黑水

Dark Water

Robert Bryndza

羅柏特・布林澤 ———著　趙丕慧 ———譯

獻給瑪兒塔

死亡降臨在她的身上，如同一場過早的寒霜，
摧殘了天地間最嬌美的一朵鮮花。

——威廉・莎士比亞《羅密歐與茱麗葉》

前言

一九九〇年秋

深秋的一個寒夜裡，他們把屍體丟進荒廢的採石場。他們知道這是一處荒僻的地點，而且水非常深。但他們不知道的是有一雙監視的眼睛。

他們趁著夜色掩護抵達，就在半夜三點剛過後——從村子邊緣的屋舍出發，越過那片行人停車的碎石地，進入廣闊的綠地。汽車關掉了大燈，在不平坦的地面上顛簸跳動，匯入了一條步道，不多時兩側都被濃密的林地遮蔽。黑暗濃稠黏膩，唯一的燈光來自於樹梢。

這一趟路一點也不鬼祟低調。汽車引擎似乎在怒吼，懸吊系統左右晃蕩，不停呻吟。樹林分開，他們放慢車速，裝滿了水的採石場映入眼簾。

他們卻不知道採石場邊住著一位隱居的老人，他霸佔了一棟閒置的舊房子，幾乎被植物攻佔了。他站在屋外，瞪著天空，欣賞著它的美，這時汽車翻過了山脊，停了下來。他起了戒心，藏到一片灌木林後監看。本地的孩子、毒蟲或是尋找刺激的情侶經常會在晚上出現，而他都想辦法把他們嚇跑了。

月亮暫時從雲層中露出臉來，兩條人影下了車，從後車廂抬出什麼大形物，抬向水邊的划艇。第一個人爬上船，第二個人把那個長形包袱遞過去，包袱彎折了，軟綿綿地垂掛著，讓老人明白了那是一具屍體。

船槳破水聲輕輕傳來，老人一手掩口，知道應該要轉身離開，可就是沒辦法。小船划到了水中央，木槳靜止了。一道銀光又穿透了雲層，照亮了小船盪起的漣漪。

老人屏住呼吸，看著兩個人在交談，說話聲低沉模糊，頗有節奏。接著是一片寂靜。他們站了起來，小船劇烈搖晃，其中一人險些就摔出船外。等他們站穩之後，他們把包袱抬起來，撲通一聲，丟進了水裡，緊接著是鐵鍊的喀啦聲。月亮從雲朵後溜出，照亮了小船以及包袱被丟棄之處，漣漪猛烈地向外擴散。

他這下子看見船上的兩個人了，而且清清楚楚看見了他們的臉。

老人吐口氣，他一直屏氣凝神。他兩手發抖。他不想惹麻煩，他這輩子都在躲避麻煩，但是麻煩似乎就是會找上他。一陣冷風攪動了他腳邊的枯葉，他覺得鼻子好癢，還沒來得及反應，一聲噴嚏就傳過了水面。船上兩個人猛地抬頭，扭動身體搜尋著水岸，然後他們看到了他。老人轉身就跑，絆到了樹根，跌在地上，肺裡的空氣都榨乾了。

廢棄的採石坑水底下寂靜冰冷，而且伸手不見五指。屍體快速下沉，被重物拉扯著，下沉，下沉，下沉，終於落在冰冷的軟泥上。

她會躺在這裡許多年無人聞問，幾乎是安詳的。但是在她的上方，在陸地上，惡夢才剛要開始。

1

二〇一六年十月二十八日週五

愛芮卡・佛斯特偵緝總督察雖然穿著笨重的救生衣，還是雙手抱胸抵禦寒風，後悔沒穿厚一點的大衣來。小小的倫敦警察廳打撈充氣艇在海斯採石場的水面上奔馳，後面拖著一台發射機應答器，正在掃描水底。荒廢的採石場就在海斯綠地的正中央，兩百二十五畝林地及石南地，緊鄰南倫敦外圍的海斯村。

「水深二十三米七。」蘿娜・柯羅季爾巡佐說。她是潛水隊督導，正趴在船頭的一面螢幕上，看著聲納回傳的深淺不一的紫色，在螢幕上就像一片瘀傷。

「那，要把我們找的東西撈出來會很困難嗎？」愛芮卡問道，一面留意自己的音調。

蘿娜點頭。「超過三十米都很困難。我的潛水員只能在水下短暫停留。一般的水池或運河只有幾米深，即使是滿潮，泰晤士河也只有十到十二米深。」

「底下什麼都有。」約翰・麥高瑞偵查佐說。他蹲坐在愛芮卡旁邊的小塑膠座位上，她順著年輕偵查佐的視線望向波動的水面。水下的能見度不會超過幾米，再底下就只會是闇黑的陰影。

「你是想坐到我的大腿上嗎？」她在他整個人趴過來看船外時不客氣地說。

「對不起，老大。」他咧嘴笑，回去坐好。「我在探索頻道上看過一集。妳知道嗎，只有百分之五的海床經過勘測。海洋佔了地球表面積的百分七十，所以地球有百分之六十五的地方，包含陸地，未經探索過……」

水邊二十米外，一簇簇的蘆葦隨風搖曳。一輛支援大貨車停在長滿野草的水岸上，旁邊是一支支援小組，正在準備潛水器材。黯淡的秋天午後唯有他們橘色的救生衣這一點顏色。他們後方是一片蔓延開來的荊豆和石南，灰色與褐色雜糅，更遠處的樹叢已葉落枝禿。充氣艇來到了採石場的盡頭，放慢了速度。

「轉回去。」巴克警員說。這位年輕的警察坐在船外馬達的舵上，來了個急轉彎，好讓他們折回去，第六次搜索整個水池。

「妳覺得底下的魚或是鰻魚會長到，像，超級大尺寸嗎？」約翰問道，轉頭看著蘿娜，兩眼炯炯有神，興味盎然。

「我在潛水時看過滿大的淡水螯蝦。不過這個採石場沒有支流，所以無論底下有什麼都一定是被人丟進去的。」蘿娜說，一隻眼盯著聲納螢幕。

「我就在那條路長大的，在聖瑪麗奎，我們家附近有一家寵物店，居然還賣鱷魚寶寶……」約翰越說越小聲，挑眉看著愛芮卡。

他總是樂觀又多話，這樣的人她雖然能勉強應付，卻怕死了跟他值早班。

「我們並不是在找鱷魚，約翰。我們是在找裝在防水容器裡的十公斤海洛因。」

約翰回頭看她，點點頭。「抱歉，老大。」

愛芮卡看了手錶，快三點半了。

「十公斤的街頭價格是多少？」掌舵的巴克警員說。

「四百萬鎊。」愛芮卡說，眼睛又回到聲納螢幕上。

他吹了聲口哨。「那東西是故意丟下去的？」

愛芮卡點頭。「傑森・泰勒，那個被我們羈押的，在等風頭過去，然後再回來拿……」

她並沒有說他們只能羈押他到午夜。

「他真以為能拿得回來？我們可是經驗老到的潛水小隊，連我們都覺得很難撈。」蘿娜說。

「事關四百萬英鎊？對，我想他是一定會回來拿的，」愛芮卡說。「我們是希望能在包裹的層層塑膠布上採到他的指紋。」

「你們又是怎麼知道他是丟在這裡的？」巴克警員問道。

「他老婆。」約翰說。

巴克警員給了他只有男人能了解的一眼，吹了聲口哨。

「等等。可能找到什麼了，關掉馬達。」蘿娜說，俯身看著小螢幕。

一團紫色之中有個小小的形體在發亮。巴克警員關掉了馬達，寂靜立刻籠罩，緊接著是船速變慢的破水聲。他站起來，也湊上去看。

「我們是在掃描船隻兩側四米深的範圍。」蘿娜說，小手抹去螢幕上的污垢。

「那範圍是對了。」巴克說。

「妳覺得找到了？」愛芮卡說，希望在胸中燃起。

「有可能，」蘿娜說。「也可能是舊冰箱。下去了才知道。」

「今天就下去嗎？」愛芮卡問她，想要保持樂觀。

「今天我不下水。我昨天才下過水，而且我們必須要有休息期。」蘿娜說。

「妳昨天去了哪裡？」約翰問道。

「羅瑟海斯。我們得從自然保護區的湖裡打撈出一具自殺的遺體。」

「哇，那一定是另一種層次的毛骨悚然，在水底找到一具屍體？」

蘿娜點頭。「我找到他了。十呎之下。能見度是零，我正在搜尋，突然間就摸到了一雙腳踝，我往上摸，是人腿。他就站立在水底。」

「媽媽咪唷。站著，在水底？」約翰說。

「是會這樣子；跟身體的氣體和腐爛的程度有關。」

「一定很精采。我當警察才幾年，這是我第一次和潛水隊出任務。」約翰說。

「我們找到幾十噸的恐怖玩意。最恐怖的是找到一袋小狗。」巴克警員說。

「混蛋。我當警察二十五年了，每天都還會重新認識人類有多變態。」愛芮卡注意到他們全都轉頭看她，她能看出他們在心裡計算她的年紀。「那，這個東西呢？你們多快能下去撈上來？」她問道，把他們的注意力再拉回螢幕上。

「我們會用浮球標記，再繞一圈。」蘿娜說，移到船側，準備好一個小小的橘色浮標，底下有條沉重的繩子。她把浮球拋出去，它立刻就消失在漆黑的深水裡，細繩垂掛在船側。巴克警員又發動了馬達，充氣艇劃過水面。

一小時剛過他們就搜尋完整座採石場，找出了三個可能的異常物體。愛芮卡和約翰上岸來取暖。十月底的白晝逐漸黯淡，他們捧著保麗龍杯盛的熱茶，躲在支援貨車外，看著潛水小隊工作。

蘿娜站在岸邊，一手抓著稱為支索的沉重繩子。繩子伸入了水裡，落在水池底，在離岸二十呎處又浮出水面。充氣艇在第一個浮球旁下錨，由巴克警員操作，緊緊拉著支索的另一頭。兩名潛水員下水已經十分鐘了，他們從支索的兩端開始，沿著水池底搜索，在中間會合。蘿娜旁邊還蹲著另一個隊員，操作著一個有公事包那麼大的通訊設備。愛芮卡能聽見潛水員的聲音，他們隔著潛水面罩透過無線電溝通。

「能見度零，還沒找到……我們一定是快到中間點了……」無線電傳出的微小聲音說。

愛芮卡緊張地吸了口電子菸，尾端的LED燈變紅。她吐出一團白色的蒸氣。

她調到布羅姆利警局三個月了，仍然在找尋自己的定位，和新的小組磨合。這裡距離她以前任職的南倫敦路易申街警局只有幾哩路，但是她漸漸習慣了倫敦外圍以及肯特郡邊緣之間的幾哩路是多麼的遼闊。有種城市鄉巴佬的感覺。

她看著約翰，他在二十碼外，正在講手機，邊聊邊嘻嘻笑。他只要一有機會就會打給女朋友。一分鐘後他結束了電話，走了過來。

「潛水員還在找嗎？」他問道。

愛芮卡點頭。「沒消息就是好消息……不過如果我不得不釋放那個小王八蛋……」

那個小王八蛋就是傑森．泰勒，一個低階的毒販，崛起得很快，控制了一個販毒網，涵蓋南倫敦和肯特邊界。

「繩子拉緊，我變鬆了……」潛水員的聲音透過無線電傳來。

「老大？」約翰彆扭地喊。

「嗄？」

「剛才電話是我的女朋友瑪妮卡……她，我們，想邀請妳來吃晚餐。」

愛芮卡瞧了他一眼，另一隻眼仍盯著蘿娜，她收緊了支索一圈，兩腳抵住堤岸。「什麼？」她說。

「我常常跟瑪妮卡提到妳……當然都是好事。從我跟著妳開始，我學了很多；妳讓這份工作變得有趣很多。讓我想要當一個更好的刑警……總之，她很想請妳吃她做的千層麵。真的很好吃。我不是因為她是我的女朋友才這麼說的。真的……」他的話沒說完。

愛芮卡正盯著岸上的蘿娜和水上的充氣艇之間的二十呎間距。日光褪得很快。她覺得潛水員必定是要在中間會合了，那就表示他們一無所獲。

「妳怎麼說，老大？」

「約翰，我們現在正在辦一件大案子。」她兇巴巴地說。

「我不是說今天，改天？瑪妮卡會很高興認識妳。如果妳想要邀請別的人，歡迎。有位佛斯特先生嗎？」

愛芮卡轉向他。這兩年來她聽見同仁傳她的八卦，所以她很意外約翰不知道。她正要回答，卻被一聲喊叫打斷，是在水邊的支援小組發出的。

他們匆忙趕向蘿娜以及那名潛水員那裡，他蹲在小小的通訊器前。他們聽見一名潛水員說：「泥巴裡有個包裹……要拉起來的話我需要幫忙……我還有多少時間？」細小的聲音切穿了冰冷的空氣，出現了干擾，愛芮卡愣了愣才發現是潛水員的呼吸器送出的氣泡，而盯著通訊器的警員則向三十呎之下的潛水員答覆。

蘿娜轉向愛芮卡。「我想我們找到了。這個可能就是。」

2

夜色降臨，水邊的氣溫驟降。愛芮卡和約翰在支援車輛射出的光圈中來回踱步，他們後方的樹木隱沒在黑暗中，而他們似乎全都被黑暗包圍了。

一名潛水員終於從陡峭的岸邊出現，拎著一個像是以模具塑造出的塑膠行李箱，泥水不斷往下流。愛芮卡和約翰移過去幫忙潛水小隊把他拉上陸地。約翰舉著一個數位小攝影機，開始錄下拎著箱子的潛水員。草地上鋪了一張塑膠布，箱子放在上面，然後大家都後退，讓約翰上前，拍下幾張箱子原封未動的照片。

「好了，老大，」他說。「我在錄影。」

愛芮卡抽出兩隻乳膠手套，拿著一把大鐵鉗，跪在箱子前，開始檢查。

「提把兩邊各有一個掛鎖，箱子上有個壓力平衡閥。」她說，指著泥濘覆蓋的把手底下的一個按鈕。她以大鐵鉗剪斷了兩個掛鎖，潛水小隊隔著幾步遠觀看，被數位攝影機的燈照亮。

愛芮卡輕輕轉動壓力閥，傳出嘶嘶聲。她掀開了兩邊的拴扣，打開蓋子。數位攝影機的燈照亮了箱內，照見了一排排的小包裹，每一個都裝著玫瑰灰色粉末。

愛芮卡一看見心臟就跳了一呎高。

「價值四百萬鎊的海洛因。」她說。

「恐怖極了，可是我就是沒辦法不去看。」約翰嘟囔著說，靠近來拍特寫。

「謝謝你們，你們大家。」愛芮卡說，轉向默默站成一小圈半圓的潛水小隊。他們疲憊的臉上綻開笑容。

通訊器傳來了一陣干擾聲，是仍在水裡的另一位潛水員。蘿娜走過去，開始用無線電和潛水員通話。

愛芮卡小心翼翼合上了箱子。

「好了，約翰，打到中控。我們需要把這玩意安全送回局裡，還有告訴葉爾警司我們需要採指紋小組待命，等我們一回去就把這玩意拆開來。我們在這玩意安全封存之前要時時刻刻盯著，聽到了嗎？」

「是，老大。」

「還有去車子裡拿個大證物袋來。」

約翰去辦事，愛芮卡站起來俯視著箱子。

「逮到你了，傑森．泰勒，」她嘟囔著。「逮到你了，你這次要坐很久的牢了。」

「佛斯特總督察。」蘿娜從通訊器那兒走過來。「我們的一名潛水員剛才搜尋了這一區，找到了別的東西。」

十五分鐘後，愛芮卡把塑膠箱連箱帶海洛因都裝袋了，約翰又拿著數位攝影機回來了，拍攝另一名潛水員從水裡出來。他抱著一個黑色的、不成形的東西，走向草地上又鋪好的一片塑膠布。這團塑膠滴著泥水，被生鏽的細鐵鍊纏住，鐵鍊上還有看似舉重器材的東西。長短不到五呎，折成兩段。塑膠布很舊了，一碰就碎，而且似乎顏色也褪了。

「是在塑膠箱的四呎外發現的，部分埋進了底下的淤泥裡。」蘿娜說。

「並不重，裡面的東西小小的；我能感覺它在晃動。」潛水員說。

他把東西放在塑膠布上，沉默籠罩住整個小隊，只有遠處的樹枝被風吹動的沙沙聲。

「可以麻煩把大鐵鉗再拿給我嗎？」

愛芮卡把大鐵鉗夾在腋下，再套上一雙乳膠手套，上前去，輕輕動起手來，剪斷了生鏽的鐵鍊，鐵鍊來來回回纏繞了好幾圈。塑膠布非常脆弱，變得僵硬，在她解開鐵鍊時沙沙響，水也從裡面流到草地上。

儘管寒冷，愛芮卡卻發覺她在出汗。塑膠布反覆包裹了幾層，她一層層解開，心裡想著無論裡面是什麼都很嬌小。它只散發出池水的味道：陳腐，有些刺鼻，也讓她的心中警鈴大作。只剩最後一層塑膠布了，她看到四周的潛水小隊徹底安靜了下來。她都忘了要呼吸了。她深吸一口氣，解開了最後一層脆弱的塑膠布。

攝影機的光照亮了內容物。是一具小小的骸骨：在一層淤泥中的一堆骨頭。衣服已難分辨，只有幾條褐色的布條掛在胸廓上。一條細皮帶，皮帶扣生鏽，繞著脊椎，脊椎仍連接著骨盆。頭骨鬆脫，嵌在一堆肋骨中。頭骨頂端仍附著著幾綹混濁的頭髮。

「我的天啊！」蘿娜說。

「它非常小……好像是孩子的骨骸。」愛芮卡輕聲說。

約翰帶著攝影機衝向採石場的邊緣，跪下來猛烈嘔吐，把他們都丟進了黑暗中。

3

愛芮卡坐進自己的車子時雨下得很大，雨點敲擊著車頂，從擋風玻璃的雨點上能看見四周警車的藍燈和潛水小組的貨車。

鑑識小組的車輛是第一個駛入採石場邊緣的。黑色屍袋被放進後車廂，看起來好小。儘管從警多年，愛芮卡仍覺得震顫，一閉上眼睛就看到那顆小小的頭顱，上面的頭髮和空洞的眼窩。她的心裡一直有個問題在盤繞。誰會把一個小孩子丟棄在採石場？事關幫派？可海斯是個富饒的地區，平均犯罪率很低啊。

她兩手耙過潮濕的頭髮，轉向約翰。

「你還好嗎？」

「對不起，老大。我不知道為什麼我……我也看過不少屍體……上面根本連血都沒有。」

「沒關係，約翰。」

兩輛支援車輛以及護送那箱海洛因的車子開動，愛芮卡也發動引擎，換檔尾隨。兩人一路沉默，肅穆的車隊頭燈照亮了碎路石兩側的濃密樹林。她感到一陣懊悔，不再是路易申街警局的命案調查小組。她如今是和專案小組合作，專門打擊組織犯罪。查出這具小小的屍骨為何會沉埋在三十呎的冰冷黑水之下，那會是別的警察的工作。

「我們找到了行李箱，就在傑森・泰勒的太太說的地方。」約翰說，努力保持樂觀。

「我們需要比對他的指紋，不然的話也拿他沒轍。」愛芮卡說。

他們離開了綠地，穿過海斯。超市、薯條店、書報店的窗戶燈火通明，排著一排的萬聖節橡膠面具，每一個都眼睛空洞，附上恐怖的鷹勾鼻。

愛芮卡似乎無法從找到一箱海洛因中得到一絲勝利感，她滿腦子只想著那具小小的骸骨。在她服務於警隊期間，她有幾年的光陰花在反毒小組裡，名稱似乎有所改變——中央反毒組，毒品與組織犯罪防制專案小組——但是反毒戰爭卻持續不斷，而且永遠也贏不了。這一個供應商才剛落網，立刻就有下一個準備取而代之，填補真空，手法更高明更狡猾。傑森・泰勒填補了一個空缺，不出多久就會有另一個人遞補上來。洗錢，洗白，循環往復。

不過命案就不同了，你可以抓住兇手，把他們關起來。

前方的警車在海斯火車站前停下來等紅綠燈。通勤族撐著傘魚貫穿越馬路。

雨水打著車頂，愛芮卡閉上眼睛一會兒。小小的骨骸躺在採石場岸上的畫面湧上。後方的車輛按喇叭，她嚇了一跳，睜開眼睛。

「綠燈了，老大。」約翰小聲說。

他們緩緩向前移動，前方的圓環塞車。愛芮卡望著匆匆經過的行人，搜尋他們的臉孔。

*是誰？誰會做出那種事？*她心裡想。*我要找到你。我會找到你，我要把你關起來，把鑰匙丟掉——*

後方的車輛又按了兩次喇叭，愛芮卡發現交通順暢了，準備繞過圓環。

「你剛才問我結婚了沒。」愛芮卡說。

「我只是想知道妳會不會帶什麼人來晚餐——」

「我先生也是警察，兩年半前在一次掃蕩毒品的任務中殉職了。」

「靠，我不知道。不然我是不會說那句話的……對不起。」

「沒事。我還以為人人都知道呢。」

「我不喜歡聽八卦。我們還是歡迎妳來吃晚餐，我是說真的。瑪妮卡的千層麵真的很好吃。」

愛芮卡微笑。「謝謝。也許等這件案子辦完之後。」

約翰點頭。接近圓環時，鑑識科的車子脫隊，轉向右邊。他們也轉彎，看著它走遠，消失在屋舍之間。載著海洛因的警車向左轉，愛芮卡也不情不願地跟上。

布羅姆利警察局是一幢現代的三層樓磚屋，座落在布羅姆利高街街尾，火車站的對面。現在剛過七點，布羅姆利南站的遮雨篷下通勤族熙來攘往，滂沱大雨加上週末，他們的腳步更顯得匆促。週五夜第一批的酒客朝相反的方向移動，年輕女孩把小外套披在頭上遮雨，不讓她們更輕薄的裙裝淋濕，穿襯衫和時髦長褲的男生則拿免費的《標準晚報》擋雨。

愛芮卡行經車站，轉入那條窄路，順著幾個彎道就能進入警局的地下停車場，前方是兩輛警車，仍然閃著燈光，護衛著運送海洛因的車子。

布羅姆利警局的一樓是一般警員的部門，走廊擠滿了前來值晚班的警員，個個都一臉憂容，因為這一晚又要忙著處理未成年飲酒的案子。她的上司葉爾警司在通往刑事偵緝科的主樓梯口等待愛芮卡、約翰以及六名押送證物的警員，在他們上樓時往下迎接。他有一張紅臉，紅髮有如刺蝟，而且他總是一副硬生生塞進制服裡的樣子：制服對他龐大的身軀來說整整小了一號。

「幹得好，愛芮卡，」他說，眉開眼笑看著證物袋裡的箱子。「採集指紋的技術人員正在樓上等。」

「警司，骨骸包裹在塑膠布裡，是個孩子——」

「愛芮卡，我們現在正在緊要關頭，別弄錯焦點。」

他們來到了一間辦公室的門口，一名便衣警員在等候；他一看見警員提的箱子就眼神發亮。

「來，讓我們看看能不能取得指紋，釘死這個傑森．泰勒！」葉爾警司說。拉起袖子看毛茸茸手腕上的錶，又說：「我們的最後期限是明天早上八點半。時間很緊迫，所以幹活吧！」

4

週六凌晨一點鐘，一聲歡呼，因為傑森．泰勒的指紋出現在箱子裡其中一包海洛因上。比對確認了。

愛芮卡的小組忙了整個週末，最後在週一早晨把泰勒送進了法院，他被起訴，而且不得交保。

週一下午，愛芮卡去敲葉爾的辦公室門，他正抓起外套準備下班。

「一塊來喝一杯，愛芮卡？妳辛苦了。第一杯我請客。」他嘻嘻笑道。

「我剛看完傑森．泰勒的新聞稿，警司，」她說。「你省略了發現人骨的事情。」

「我不想讓它分散了泰勒案的焦點，再說，根據妳的發現，那是件很久的案子了。跟他沒有關係。最妙的地方是那不是我們的案子，已經移交給命案調查組了。」

他穿上外套，走向門邊的檔案櫃，上頭用膠帶貼了一面小鏡子。他對鏡梳理一頭亂七八糟的紅髮。

愛芮卡知道他並沒有兇她，他只是很實際。

「那我們要去喝一杯了嗎？」他問，轉頭看她。

「不了，謝謝。我累壞了，大概會直接回家。」她說。

「那好。幹得好。」他說，拍了拍她的肩。

愛芮卡回到在森林山的公寓，洗了澡，頭上包著毛巾從浴室出來。下午灰濛濛的，從天井窗戶望出去，小小的花園瀰漫著霧氣。她拉好窗簾，打開電視，坐在沙發上。

接下來的幾小時裡那具小屍骸縈繞在她的夢裡，一再重演她拆開最後一層塑膠布，看見頭骨上還連接著幾綹長髮……脊椎上纏著細皮帶——

她被手機鈴聲吵醒。

「愛芮卡，嗨，我是艾塞克，」一個醇厚的男性聲音說。「妳在忙嗎？」

自從她在兩年前搬到倫敦之後，鑑識病理學家艾塞克・史壯就變成了她的朋友以及她信賴的同事。

「沒，我在看電影，」她說，揉揉眼睛，螢幕變得清晰。「莎拉・潔西卡・派克和貝蒂・米勒在騎掃帚，後面跟著另一個騎吸塵器的女巫。」

「啊，《女巫也瘋狂》。我真不敢相信又到萬聖節了。」

「這是我在森林山的第一個萬聖節，我在想住在一樓可能會讓我躲不過討糖的孩子。」愛芮卡說，另一手把頭上的包巾抽掉，發現頭髮幾乎快乾了。

艾塞克頓了頓。「這通電話不是社交電話，是和妳在星期五在海斯採石場找到的遺骸有關。」

她拿著毛巾愣住。「怎麼？」

「我在星期六早晨被臨時叫去驗屍，結束之後，我看到了遺骸，文件上是妳的名字，我就看了一下。」

「不是交給命案調查組了嗎？」

「是沒錯，而且我現在就是在跟他們打交道，可是誰也不接我的電話。我猜妳會接，而且妳也會對我的發現有興趣。」

「我是有興趣。你能告訴我什麼？」

「我在彭奇的停屍間。妳多快能趕到？」他問道。

「我這就出門。」她說，拋下毛巾，急忙著裝。

5

愛芮卡的腳步聲迴盪在停屍間的長廊石地板上，她來到盡頭的一扇門前，高掛在牆上的監視器轉頭，幾乎像在迎接她。厚重的金屬門打開來，她走入了驗屍房。

房間寒冷，缺乏自然光。不鏽鋼冰箱單位排列在一邊牆上，正中央是四張解剖台，在日光燈下閃爍著。最靠近門的那張擺著一幅藍布，上頭是已拼湊出的小小骨骸，完整地躺在那兒，骨頭呈現深棕色。

艾塞克．史壯醫生背對著愛芮卡，聽見她進來就挺直了腰，轉過身。他又高又瘦，戴著藍手套、白口罩和一頂很緊的藍帽。他的助手是一名年輕的華裔女性，態度莊重，默默地忙著弄解剖台後長椅上的一系列裝袋的樣本。她拿起一小袋裝著一段頭髮的塑膠袋，核對標籤，乳膠手套吱吱響。

「哈囉，愛芮卡。」艾塞克說。

「謝謝你打給我。」她說，越過他看著遺骨。

室內有一種討厭的味道：腐水，腐化，一種骨髓的肉味。她回頭望著艾塞克疲憊蒼白的臉。他拉下了口罩，挑高修飾得很完美的眉毛，打破了正式的禮節。她笑了笑。他們有幾週沒見了，他們的友情深厚，但是面對死亡，而且是在如此正式的場合，兩人都很專業，只是點個頭，就回到了鑑識病理學家及偵緝總督察的身分。

「按照規定我必須通知蘇格蘭場的重案組和特殊社福機構調查組的主管，不過我覺得妳會想知道我有什麼發現。」

「你聯絡了特殊社福機構調查組？所以你查出這是什麼人了？」愛芮卡問道。

他舉起一隻手。「讓我從頭開始，」他說。兩人靠近解剖台，污穢的骨頭和一塵不染的不鏽鋼形成強烈的對比。「這位是蘭，我的新助理。」他說，指著那名優雅的年輕女性。她轉身點頭，不過整張臉只露出了兩隻眼睛。

「好。妳能看到頭骨是完整的，沒有破損或擦傷，」艾塞克說，輕輕拿起了一綹粗糙的褐色頭髮，向外拉，露出了平滑的頭骨。「少了一顆牙齒，左前排的犬齒。」他說，手移向黃褐色牙齒的上排。「左下方的三根肋骨，靠近心臟部位，斷裂。」他的手挪到三根肋骨的碎片擺放之處。「屍體用塑膠布緊緊包裹，所以骨骸才會這麼完整。在水道中、湖泊或是採石場裡總是有狗魚、淡水螯蝦、鰻魚以及各種的細菌和微生物，會把屍體分解殆盡。但是塑膠布保護了屍骨，只有最小的微生物能夠吞噬屍體。」

艾塞克推出了一輛不鏽鋼小推車，上頭有從屍骨身上取出的個人物品，裝進了證物袋裡。

「我們找到了幾片羊毛布和一排鈕釦，由此可知有可能是一件開襟毛衣。」艾塞克說，拿起一個袋子展示其中的褐色陳舊織物，形狀隱約可辨。他放下後又拿起一個袋子。「還有一條皮帶，合成塑膠的；妳可以看到顏色已經褪了，但是皮帶環仍在。」愛芮卡只看出皮帶曾扣住的腰圍有多小。「還有一小段尼龍，仍然附著在頭髮上，我認為是緞帶……」他的聲音消失，拿起了最小的證物袋，裡頭裝著一束粗糙的褐髮被骯髒的細薄布料綁著。

愛芮卡略微停頓，掃了證物一眼。骨骸，既嬌小又脆弱，空空的眼窩回瞪著她。

「我八歲時也有一條這樣的皮帶。這些是小女生的東西？」愛芮卡問道，指著證物袋。

「對。」艾塞克輕聲說。

「你估計得出年紀嗎？」愛芮卡抬頭看他，覺得會得到一個粗魯的回應，就是他平常那種斥責的回答，說現在說還太早。

「我相信這具屍骨是一個叫潔西卡・柯林斯的七歲女童的。」

愛芮卡看看艾塞克又看看蘭，一時間啞口無言。「嗄？你是怎麼知道的？」

「要從遺骨斷定性別是非常困難的，特別是死亡發生在青春期之前。但是殘餘的衣物讓重案組組長決定放手一試，他調來了二十五年來六至十歲的失蹤女童檔案。我們把重點放在南倫敦區以及肯特邊界的失蹤兒童報告上。當然，每天都有兒童失蹤，但是幸好大多數都找到了。他們篩揀出姓名後，又調來了牙醫病歷，由一位法醫口腔學家檢視，結果符合一名在一九九〇年八月失蹤的女孩，她的名字是潔西卡・柯林斯。」

蘭走向長椅，拿著一份檔案回來。艾塞克接過來，抽出一片X光片，舉高就著燈光。

「這個夾在那位法醫口腔學家的報告中。我現在沒有看片箱，舊的故障了，我在等新燈泡送來，」他懊惱地說。「X光片轉數位的危害之一……這是從一九八九年七月的病歷中取出的。潔西卡・柯林斯在花園裡打槌球，被球擊中下巴。她那時六歲。妳看這裡，沒有骨折，但是X光片裡的門牙凹陷，微微歪斜，下排的門牙也不整齊。百分之百吻合。」

他們回頭看著骸骨；上排牙齒，褐色歪扭，下顎骨整齊地擺放在旁邊，透露出遺骨的身分。

「驗屍時我設法採取了少量的骨髓，立刻就送去了化驗室，不過我只是不想有什麼遺漏。我可以證實這就是潔西卡・柯林斯。」停頓。

愛芮卡一手耙過頭髮。「你知道死因嗎？」

「胸廓左邊有三根肋骨斷裂，裂口很整齊，可能是心臟或是肺部受到了重力的撞擊。骨頭上沒有擦傷痕跡，依此判斷可能是一把刀或銳器。另外左犬齒不見了，卻不是折斷的，而是整顆牙齒鬆脫，但是我不能肯定是如何不見的。有可能是七歲大的孩子在換乳牙……」

「所以答案是『不知道』？」

「沒錯。但是因為屍體是包裹在塑膠布裡，又以重物纏繞，我們不得不考慮是犯罪。」

「當然。」

「妳是幾時來英國的，哪一年？」他問道。

「一九九〇年九月。」她說。

「妳記得潔西卡・柯林斯失蹤案嗎？」

愛芮卡頓了頓，爬梳記憶。她從斯洛伐克搬來英國時是十八歲，在曼徹斯特的一個有兩個孩子的人家打工換宿。

「不確定。我那時英語很差，而且還在文化衝擊中。頭兩個月我在他們家裡工作，我都待在房間裡，沒有電視——」她停住不說，發現艾塞克的助理正緊盯著她。「不，我不知道那個案子。」

「潔西卡・柯林斯在一九九〇年八月七日下午失蹤，她去參加朋友的生日派對，就在隔壁那條街。但是她並沒有出現在派對上，從此下落不明，就好像是憑空消失了。那時可是頭條新聞。」艾塞克說。

他又拿出了檔案裡的一張紙，是一張照片，一個金髮小女孩，綻開大大的笑容。她穿著粉紅色的派對禮服，繫了條細腰帶，搭配藍色開襟毛衣和白色涼鞋，鞋上有五彩繽紛的花朵。照片中她在一扇深色木門前擺姿勢，看樣子門後像是客廳。

她露齒而笑的表情很可愛，下排牙齒歪扭，愛芮卡在解剖台上的下顎骨上能看到，忍不住倒抽一口氣。

「對，我記得。」她輕聲說，這時認出了照片。當時每一家報紙都刊登過。

「而現在只有我們三個人知道她是怎麼了。」蘭說，這還是她第一次開口。

6

愛芮卡從彭奇的停屍間開車回公寓時天色漸暗了，車流量不多。日光隱沒，低垂的霧氣盤旋，像在馬路兩側的房屋和商店之間張開了一把傘。她心裡的陰鬱加重。在她的職業生涯中，案子一樁接一樁，但總是會有一些影響了她。潔西卡死時才七歲。

愛芮卡在二〇〇八年底意外懷孕，她和先生馬克為此爭吵；馬克想要孩子，但是她不要，所以她去人工流產。馬克儘管不同意，卻跟她說無論她有什麼決定他都會支持她。流產是在懷孕的極早期就做的，但是她很肯定是個女孩子。要是她留下了孩子，那她現在也七歲了。

街道掠過，陰沉又灰暗，淚珠一顆顆從愛芮卡的臉頰落下。流產後的一年非常難熬，她一會兒覺得鬆了口氣，一會兒又覺得反胃。她自責不已，也責怪馬克不多堅持一點。有個孩子會讓她的生活有許許多多的改變。馬克曾提議在家帶孩子。如果他辭職在家裡當全職爸爸，他就不會在出事的那天去上班，就不會被槍殺。

她吞嚥了一口，抽抽答答地哭，一手放開方向盤擦眼淚，不料有個婦人帶著一個小孩子從一排停在街邊的汽車後面衝出來，想穿越馬路。愛芮卡及時反應，煞住了車子。

婦人年輕，穿著粉紅色厚短夾克。她揮手道歉，拉著小孩的手臂——孩子打扮成萬聖節骷髏，轉動小小的頭，一張小骷髏臉瞪著明亮的大燈。愛芮卡緊緊閉上眼睛，再張開時，他們已經不見了。

回到家後，她打開了中央暖氣，穿著大衣煮咖啡，再拿著筆電坐在沙發上。她直接上谷歌，搜尋「潔西卡．柯林斯失蹤女孩」。出現了一整頁的搜尋結果，她點開第一條：《維基百科》。

潔西卡．瑪麗．柯林斯（一九八三年四月十一日生）在一九九〇年八月七日下午失蹤，就在她離開肯特郡海斯鎮埃芳岱爾路的家不久後。她原本是要去參加同學的生日派對。八月七日下午一點四十五分潔西卡一個人離開了埃芳岱爾路，預備走路到埃芳岱爾路二十七號的同學家。她卻沒有出現。直到四點三十分她的雙親馬丁及瑪麗安．柯林斯來接她才驚覺有異。

失蹤事件很快就引起了英國媒體的注意。

一九九〇年八月二十五日，三十三歲的崔佛．馬克斯曼被逮捕偵訊，四天後卻獲釋。警方持續調查到一九九一年和一九九二年，調查行動到一九九三年底縮小規模。

之後沒有再逮捕嫌犯，案子仍在調查中。潔西卡．柯林斯的屍體也下落不明，警方到現在還沒破案。

愛芮卡查看了海斯採石場的谷歌地圖，距離潔西卡失蹤的埃芳岱爾路不到兩哩。

「潔西卡失蹤的時候他們當然搜查過採石場吧？」愛芮卡自言自語。她搜尋了谷歌圖片，看到了一張一九九〇年八月倫敦警察廳發布的圖片。潔西卡的雙親在記者會上坐在一張桌子後面，蒼白憔悴，兩邊坐著倫敦警察廳的警官。

「二十六年了。」愛芮卡說，閉上了眼睛，卻仍然看到一個畫面：一顆頭骨和兩個眼窩，下巴和牙齒完全暴露。

她起身去倒咖啡，手機響了。是葉爾警司。

「不好意思晚上打擾妳，愛芮卡，不過我剛和傑森・泰勒的律師聊了聊，泰勒提議供出四名同夥，並且交出銀行轉帳的電郵和明細。」

「聽你說得好像他是要跟我們買房子似的！」

「妳也是知道的，愛芮卡。我們可以把這件案子交給刑事起訴署，我們知道會得到結果，他可能會被定罪。這種結果妳應該會滿意。」

「謝謝，警司。但是讓泰勒坐牢卻減少刑期卻不會讓我覺得滿意。」

「可是他會坐牢。」

「那等他出獄之後他又會做什麼？去製造蠟燭嗎？他還不是重操舊業，販毒。」

「愛芮卡，妳是怎麼了？這是我們要的結果啊。他坐牢了，我們抓到他的同夥，切斷了供應鏈。」

「他太太和孩子呢？」

「他們會作證，可能是用錄影的方式，而且他們會得到新的身分。」

「他太太有位年長的母親和兩位阿姨。」

「很遺憾，愛芮卡，可是她當初跟著傑森．泰勒也一定清楚她跟的是什麼人。難不成她是以為他們那棟豪華住宅裡的錢都是做蠟燭賺來的？」

「你說得對。對不起，警司。」

「沒事。」

愛芮卡停頓一會兒，捲動她正在讀的維基百科文章。

「關於我們在海斯採石場找到的骨骸，身分已經查明了。是一個七歲大的女孩，叫潔西卡．柯林斯。一九九〇年失蹤的。」

葉爾在另一頭吹口哨。「天啊，妳找到的是她？」

「對。我認識那位鑑識病理學家，他一直跟我有聯絡。」

「當年被指派調查的是哪個倒楣鬼？」

「不知道，不過我想自告奮勇，擔任本案的高級調查官。」

一陣沉默。連愛芮卡都沒想到她會這麼說。

「愛芮卡，妳在說什麼啊？」葉爾說。「妳被指派到我這裡的專案小組——是擔任專家，辦的是組織及經濟犯罪。」

「可是警司，遺骸是我發現的，是在我們的地盤上。失蹤人口案本來也是從我們的轄區移交——」

「現在已經不是一九九〇年代了，愛芮卡。我們不處理綁架和命案，妳也是知道的。我們處理的是買兇殺人，主要的毒品供應商，多角犯罪集團，包括以族群為主的幫派，以及嚴重的大規模走私軍火——」

「我當初加入你的小組，你還說我就像是沒人想在聖誕節看見的姑媽，硬塞給你的！」

「我可沒有說那種話，愛芮卡，可是妳現在是我隊上的珍貴隊員了。」

「警司，我可以解決這個案子。你知道我的破案紀錄。我有獨一無二的技巧，在調查舊案上很有幫助——」

「可是說到底，這麼多年來妳還是偵緝總督察。妳想過是什麼原因嗎？」

愛芮卡沉默了。

「我的表達不對，對不起，」他說。「但是答案還是不。」

7

還不到九點，愛芮卡就把車子停好，過街到馬許指揮官家。這裡離愛芮卡家不遠，卻是在南倫敦的丘陵原野公園附近的高級住宅區。他的房子可以俯瞰倫敦的天際線，黑暗中閃爍的光芒。一群群穿著萬聖節裝扮的幼童在父母的帶領下在街道上來回穿梭，嘻嘻哈哈，嘰嘰喳喳。愛芮卡打開了馬許家的院門，用沉重的門環敲門。兩個月之前保羅．馬許曾是愛芮卡在路易中街警局的上司，後來她在嫌隙之下離開。她正在構思該和他怎麼說時，他太太瑪西就帶著雙胞胎女兒蕾貝嘉和蘇菲雅出現在院子門口，她們穿得一模一樣，都是仙女公主，也各提著一個塑膠小南瓜，裝滿了糖果。瑪西穿著黑色萊卡內搭褲、一件緊身黑外套，戴著尖耳朵，臉上畫成了一隻貓。愛芮卡忍不住對她的裝扮感到惱怒。

「愛芮卡，妳怎麼會來？」瑪西說。兩個黑髮小女娃抬頭看她。她們是五、六歲嗎？愛芮卡不記得了。

「對不起，瑪西。我知道妳最討厭我上門來，可是這件事真的很重要。我只是需要和保羅談一談……他不接電話。」

「妳試過局裡嗎？」她問道，從她面前擠過去，要去開門。愛芮卡退後。

「他也不接。」

「喔，他不在這裡。」

「不給糖就搗蛋！」一個女娃舉高了南瓜。

「不給糖就搗蛋！我們今天可以很晚才睡！」另一個尖聲叫，用她的南瓜把另一個南瓜撞開。瑪西打開了門，回頭看著女兒。

「唉呀，我沒有糖果，」愛芮卡說，在口袋裡掏摸。「不過有可以讓妳們買更多糖的東西！」她掏出了兩張五鎊鈔票，分別丟進兩人的南瓜裡。她們看看愛芮卡又看看瑪西，不確定是不是可以。

「哇，愛芮卡是不是很好？說謝謝，女兒們！」瑪西說，表情卻一點也不開心。

「謝謝妳，愛芮卡。」兩人異口同聲尖聲叫。她們非常可愛，愛芮卡微笑以對。

「別忘了吃完糖要刷牙喔。」

女娃認真地點頭。愛芮卡再把注意力轉到瑪西。

「對不起，我真的需要和保羅談一談。妳知道他在哪裡嗎？」

「等一下……」瑪西把兩個小公主帶進屋裡，叫她們去準備睡覺。她們向愛芮卡揮手，在瑪西把門關上時已經不見了。

「他沒跟妳說？」

「說什麼？」愛芮卡驚訝地問。

「我們分居了。他三個星期前就搬出去了。」瑪西雙臂抱胸，愛芮卡這才注意到她的內搭褲後懸掛著一條長尾巴，正隨風搖曳。

「沒有。對不起，我真的不知道……我跟他不再是同事了。」

「妳現在在哪裡？」

「布羅姆利。」

「他什麼都不跟我說。」

「那，他在哪裡？」

「他在苔桃路的公寓，等我們想出個……」

兩人面面相覷。愛芮卡的麻煩在很難認真看待瑪西，誰叫她裝扮成一隻貓呢？一陣冷風從屋側吹來，樓上兩個女娃在尖叫。

「我得走了，愛芮卡。」

「我真的很遺憾，瑪西。」

「是嗎？」她尖酸地回。

「為什麼不是？」

「後會有期。」瑪西說，尾巴一甩，進了屋裡，關上了門。

愛芮卡走回汽車，回頭瞧了瞧漂亮的房子。樓上的燈亮著。

「你做了什麼，保羅，你這個大蠢蛋？」她自言自語，坐進了車子。

8

愛芮卡在苔桃路八十五號前停車，屋子矗立在她的面前。這裡是一長排透天厝的盡頭，三層樓房，從布拉克利火車站一路排列過來。

她仰視頂樓的窗戶。兩年前馬許把頂樓公寓租給了她，讓她度過了漫長的寒冬，以及搬到新城市的震撼。而在這簡樸又孤寂的公寓裡曾有一名蒙面人闖入，幾乎殺了她。

「知道嗎，要是你接電話，就可以省掉一大推的麻煩。」愛芮卡在馬許來開門時說。他穿著厚格子呢睡褲和褪色的荷馬．辛普森T恤，一臉疲憊，沙色頭髮似乎在頭頂變稀疏了。

「妳好啊，」他說。「這是和工作有關呢，還是妳帶了酒來？」

「是也不是。」

他翻個白眼。「那妳最好進來吧。」

她搬走之後的一年半來小公寓沒有多少改變。有一股時髦的寒意，家具都是很普通的IKEA。愛芮卡穿過門廳進客廳時，不去看打開的浴室門。那裡就是蒙面人從後牆爬牆上來，打掉通風扇，打開窗戶的地方。那一晚她被他的雙手扼住脖子，幾乎死掉，千鈞一髮之際才被同事摩斯警員救了。她想到了摩斯，想念在路易申街的命案調查組和她共事的其他同仁。

而這更讓愛芮卡意志堅定，在馬許指示她應該坐那張小沙發時。他走向手機，啟動了，再走向洗碗槽沖洗堆在裡頭的髒茶杯中的兩只。

「我星期五從海斯採石場池底找到了價值四百萬鎊的海洛因，我們把它和——」

「傑森．泰勒。對，我看到了，就在妳調職之後的兩個月後。恭喜。」

「謝謝。打撈小組同時也發現了人類的遺骸半埋在採石場水池底的泥巴裡。和泰勒案無關……」愛芮卡大致報告了目前的線索。

「天啊，妳找到了潔西卡．柯林斯？」他說。愛芮卡點頭。「我能感應到妳就要說明來意了。」他又說，打開了小冰箱，拿出一瓶牛奶。

「對。我需要你幫忙。我想當潔西卡．柯林斯案的高級調查官。」

馬許拿著牛奶愣住，再緩緩打開，倒進兩只馬克杯裡。

「妳跟妳的上司談過嗎？」

「談過。」

「他拒絕了吧？」

愛芮卡點頭。「保羅，你都沒看到，那副骸骨。那麼小，那麼脆弱，三根肋骨斷了。被包在塑膠布裡，丟進了水裡。我們不知道她被丟進去時是死是活。殺害她的人仍然沒有落網。」

馬許往一只小茶壺裡注熱水。

「我知道有個重案組負責這件案子，可是調查根本都還沒開始。而且案子是在我的轄區裡。」

「不過因為人事裁減，妳的長官可能也被推到臨界點了。」

「倫敦警察廳的每一個部門都被推到了臨界點，但是這件案子一定得有人管。我們在布羅姆利有人力有資源。我是發現屍體的資深警官，由我來調查一點也不牽強。你現在是指揮官了，你可以促成這件事。」

馬許把牛奶放回冰箱。

「妳知道歐克利助理總監最近才提早退休嗎？我跟替代他的人關係還沒有那麼好。」

「替代他的是誰？」愛芮卡問道。

「人選明天早晨才會公布。」

「得了，跟我說有什麼關係。我又不會跑到他家去找他……」馬許挑高了一道眉。「我保證不會上門去找他。」

「是女的。新任的助理總監是凱蜜拉．布雷斯－寇斯沃利。」馬許攪動茶壺裡的茶，再加熱水，一面說：「愛芮卡，妳的表情已經不言而喻了。」

「我來猜猜。她念的是牛津？」

「劍橋。加入警隊之後就扶搖直上。」

「所以她幾乎沒有上街巡邏過？」

「現代的情形不是那樣了。」

「什麼意思？每天都有警察上街巡邏，清大便，解決問題？他們又拔擢了一個坐高位，卻對私立學校和去高檔地區度假之外的真實生活一無所知的人。」

「妳這麼說太偏頗了，妳又不認識她。」他把一杯茶端給她，又說：「妳是覺得委屈。」

「所以呢？」

「所以，我很喜歡妳罵罵咧咧的，不是針對我的時候還滿好玩的。」他咧咧嘴笑。

「喂，保羅，我知道我有時候很白痴。要不是我耍白痴太多次，我知道我現在已經是警司了，哼，搞不好還是總警司呢——」

「別激動。」

「我學到了教訓。拜託，你能不能幫我說幾句好話，讓我負責潔西卡・柯林斯案？我知道我能逮到那個犯案的混蛋。不管是男是女，這麼多年來，他們自以為已經沒事了。可是我會逮到他們。」

馬許坐在她旁邊的小沙發上，喝了口茶。

「妳聽說了那個當初偵辦這件失蹤人口案的高級調查官了嗎？亞曼達・貝克偵緝總督察？她被調走了。」

「我也有三件大案被抽走過，可我還是據理力爭，回來破了案。」

「亞曼達不是妳。嗯，她是，她是位優秀的警官，可是她不夠強大，這裡。」他敲了敲額頭。「她是倫敦警察廳的第一批女性偵緝總督察，也是第一個被指派調查這種受矚目的大案的。

她真的是受了很多同事的氣，警察廳的上層和媒體。他們非常懷疑一個女人怎麼可能會當上偵緝總督察。」

「那她是怎麼當上的？」

「高層的停損考量。潔西卡失蹤之後的頭幾天發生了太多的錯誤，警方面對了很多問題。讓一位女性偵緝總督察來負責調查是個很好的話題，可以轉移焦點，讓警隊面子上好看。」

「可是高層總是相信她能破案吧？」

「對，可是高層卻不知道在她爬上偵緝總督察這個職位時，她一直在看心理醫師。」

「為什麼？」

「當時，八〇年代晚期，如果妳是女警，就會處理強暴案。亞曼達得在現場採證，在整個調查過程中支援被害人。唯一的問題是她不知道該怎麼放下，怎麼把工作隔絕開來。她會和被害人在事後還保持聯絡，幾星期、幾個月，甚至是幾年。她把許多女人從深淵中拯救出來，那是得付出代價的，而誰也沒有關心過她。亞曼達正要請病假時接到電話說她會負責潔西卡．柯林斯案。案子變得越來越大，線索和證物都縮減為零。潔西卡．柯林斯就像是憑空消失了。最後她沒能扛住壓力。那是一只有毒的聖杯，愛芮卡，妳最好別去碰，相信我。」

「你是知道我的。我是不會扛不住壓力的，」愛芮卡悄聲說。「不過呢，如果接下來幾年我都得在拿下街頭毒販，卻只是讓另一個人崛起的惡性循環裡打轉，那我一定會瘋掉。」

兩人坐了一會兒，喝著茶。

「保羅，拜託。這是個七歲的孩子被綁架。天知道她出了什麼事，是被人怎麼樣了。然後被丟棄在採石場水坑裡二十六年。想想看如果有人對蘇菲或是蕾貝嘉做那種事——」

「不！愛芮卡，別把我的女兒扯進來！」馬許警告道。

「潔西卡也是別人的女兒……你可以促成這件事。」

馬許揉眼睛，站起來走向窗戶。

「我可以說句話，但僅此而已。我不能保證什麼。」

「謝謝你，」愛芮卡說。「不過對葉爾警司來說，我沒來過這裡，也沒跟你說過話。」

「妳不問我瑪西的事嗎？」他停頓了一下之後才說。

「不。我猜你要是想說，早就說了。」

他靠著牆，一臉痛苦。

「謝謝，」他說。「我們在努力想清楚。我們暫時分居。」愛芮卡挑高眉毛。「她說的，不是我。她想要『暫時分開』，讓她能找出……」他的聲音分岔，一句話沒說完。「她有了別人了。」

「是她劈腿？」愛芮卡詫異地問。

「對。跟她一起上藝術課的，二十九歲。他有在健身。我要怎麼……？」

「保羅。瑪西愛你。別放棄，別讓她忘了你愛她。」

「妳覺得是我嗎？」他突然說。「妳覺得有外遇的人會是我？」

「對。」

他一臉受傷。

「唉唷，保羅，你知道我的意思。你位高權重，警局的基層裡有的是年輕性感的女孩子，而像你這樣的權位可是很誘人的春藥。」

「是嗎？」他問道，看著她。

「權力是──對某些女人來說是春藥。你一定知道。」

他點頭。「要不要再喝一杯，或是更烈一點的？」

「不了，我該走了。」

「妳想要的話可以留下來，」他輕聲說。

「嗄？我就住在馬路那邊──」

「我只是說，夜深了──」

「不，保羅，我不會留下來。」愛芮卡說，站了起來，抓起沙發背上的外套。

「妳也不必那麼直接吧！」

「你有兩個小孩。就算瑪西決定要在花叢裡到處逛一逛，並不表示你也應該要那麼做。」

他的臉現在又紅又氣憤。「我不是那個意思！我是說妳可以睡沙發。」

「我知道你是什麼意思。沙發還不到四呎長，而公寓只有一間臥室──」

「他媽的！」馬許吼叫了起來。「我這只是朋友間的提議──」

「我不是笨蛋，保羅。」

「妳就是。妳他媽的笨死了！怎麼會有人工作上那麼聰明，生活上卻是白痴？」

愛芮卡站了起來，抓住外套就離開了他的公寓。怒沖沖下樓，從前門出去，用力甩上門。她走到停車處還氣得冒煙，掏摸著鑰匙，鑰匙卻被一片襯裡卡住。

「靠！」她用力拉扯。「靠，靠，靠！」鑰匙拔了出來，也扯破了內襯，她打開車門坐了進去，一手用力捶打方向盤，把頭靠在頭枕上。

「我可以處理得更圓融的。我一定是太笨了。」她嘟嘟囔囔著說。

9

週二一大早愛芮卡一進布羅姆利警局就在一樓撞上了葉爾警司，他正從男廁出來，腋下夾著一份《觀察者報》。

「愛芮卡，能說句話嗎？」他說。

她點頭，跟著他到他的辦公室。他關上門，繞到桌後，一面把襯衫塞進越來越大的褲腰下。他指示她應該坐下。他用手指在桌上敲，調整了他太太和兩個小兒子的照片。他太太是嬌小的金髮女郎，但是兩個兒子都繼承了他不聽話的紅髮，而且他們都剪成孤兒安妮的髮型。

「我剛接到助理總監的電話。」他頓了一下才說。

「凱蜜拉．布雷斯－寇斯沃利？」愛芮卡問道，盡量不顯得興奮。

「對。我以為她是打來自我介紹的，結果不是——」

「那她為什麼打來？」

「她想見妳。」

「我？真的假的？」愛芮卡不知該如何反應。她該顯得震驚嗎？是的話，該多震驚？她可不是以情緒外放出名的。最後她只是瞪大眼睛表示詫異。

「對，真的。我在新任助理總監面前還說不上話，她才就任一天，卻想要見妳問潔西卡．柯林斯案……妳是不是有什麼事瞞著我？妳的表演是贏不了奧斯卡獎的。」

「沒有，長官。」她說，明白這部分是真的。

「我是妳的上級，愛芮卡，而且我們已經討論過了！我告訴妳我們沒有那個資源或是時間來處理像這樣的一件舊案。顯然，妳聽不進去，而現在我卻冷不防接到助理總監的電話。」葉爾生氣了，臉比平常還要紅。

「我沒有找她。」

「那妳找誰了？」

「一個也沒有。」

葉爾坐了下來。

「妳好像有九條命，愛芮卡。馬許指揮官花那麼大的力氣，央求我在隊裡給妳安插個位子，我還以為妳跟他有什麼特殊關係呢。」

愛芮卡靠著椅背，盡量保持淡定。「我們一起受訓，長官。也一起進基層；他是先夫的好朋友。而且他結婚了。」

「嗯，馬許指揮官也會出席今天的會議，妳知道嗎？」

「不知道，長官。我也希望你知道我非常感激你給我的機會。」

他點頭，一點也不相信。「他們要妳十一點到。妳需要去她在新蘇格蘭場的辦公室見她。」

他不等她回答，轉身就看著電腦，她知道這次的召見到此為止了。

「謝謝你，長官。」

「今天下班以前把傑森．泰勒的最後報告交給我。」

「是。謝謝你，長官。」她起身要走。

「愛芮卡，每一隻貓都會把九條命用完。好好使用妳剩下的命。」他說，抬頭看了她一會兒才又回頭工作。

10

助理總監凱蜜拉・布雷斯－寇斯沃利坐在辦公桌後，姿勢挺拔，一副公事公辦的派頭。她五十幾歲，舉止優雅，而且正處於顛峰狀態。她穿著倫敦警察廳的制服，白上衣、格紋領巾。及肩長金髮整理得完美無瑕，妝容也是隨時都可以上鏡頭。

「進來，愛芮卡。請坐，」她說，高雅的口音強調著「請」字。「妳當然認識馬許指揮官。」她又補充說，搽著紅色指甲油的手指朝他比了比。

「對，哈囉，長官，」愛芮卡說，坐進了辦公桌前面的椅子。「恭喜妳升職，長官。」

凱蜜拉沒理會她的恭維，戴上了一副名牌黑框大眼鏡。

「時間才能證明我是不是尸位素餐，」她說，瞪著被放大的眼睛。「好，潔西卡・柯林斯案。妳週五找到了她的遺骸，已經正式指認過了嗎？」

「是的，長官。」

愛芮卡看到凱蜜拉的桌上有份檔案，她正在翻閱。

「妳在幾個重案組工作過，倫敦和曼徹斯特？」

「是的，長官。」

凱蜜拉合上檔案，摘掉眼鏡，用一邊鏡架敲牙齒。

「妳調到布羅姆利顯然是降級。為什麼？」

「愛芮卡覺得自己不受重視。」馬許說。

「有一個升警司的機會，我覺得我被忽略了，」愛芮卡糾正道。「被妳的前任，長官。那時我抓到了暗夜殺手，她——」

「對了！還相當橫衝直撞呢。」凱蜜拉高聲說。愛芮卡不確定是表達不悅或欣賞。

「我聽說升遷機會掠過了我，就質問馬許指揮官，他當時是我的上司，我威脅要離開。他接受了。」

愛芮卡看著馬許，他正大皺眉頭。她這才明白這麼說對她並沒有好處。

「可是馬許指揮官卻很堅持要妳擔任潔西卡．柯林斯案的高級調查官。」凱蜜拉說。

「我覺得愛芮卡的能力仍然……」馬許開口解釋。

凱蜜拉戴回眼鏡，又參考檔案。

「妳的職涯表現好壞參半，愛芮卡。連同暗夜殺手，妳也破解了巴瑞．派頓的多起命案——」

「約克鎖喉兇，長官。」

「我有資料。約克鎖喉兇殺了八名女學生，而妳有重大突破，從監視器拍到的提款機對面商店櫥窗上的倒影指認出他來。」

「對，而且每年聖誕節和生日他都還會感謝我。」

馬許咧嘴笑，但是凱蜜拉卻沒有。「其他的案子就沒有這麼幸運了。妳因為一件調查案被停職了兩年。」

「後來也還我清白了，長官——」

「麻煩聽我說完。妳因為一件調查案被停職兩年。妳在大曼徹斯特區領導一次掃毒行動，卻導致五名警員死亡，其中一位是妳的先生。」

愛芮卡點頭。

「妳是怎麼回來的？」凱蜜拉問，仔細盯著她。

「我接受心理諮商。我幾乎失去了自我，也懷疑自己是不是還想待在警界。但是我回來了，而結果都寫在妳面前的檔案裡。」

「我需要一雙安定的手來主導重啟調查。妳為什麼覺得妳是那個人？」

「我不是只以警察為職業，我是把全副心神都投注在案件上。這件案子是一個脆弱的七歲女孩失蹤，有人把她像一袋垃圾一樣丟進採石場。我想找出是誰做的，我要為潔西卡討回公道，我要她的家人能夠哀悼，再放開過去。」

愛芮卡向後坐，全身出汗。

「為潔西卡討回公道，這倒是個好說法。」馬許說。

「不。」凱蜜拉向他投去嚴厲的一眼。「愛芮卡，可以請妳到外面去等嗎？謝謝。」

愛芮卡到外頭的等候區，坐了下來。她有好幾次覺得自己的事業完蛋了，而現在又來了，又在某件刺激的事的開端。她是走在向上的階梯上，或是峭壁邊緣？不到幾分鐘，秘書桌後的電話就發出鈴聲，她又被請回了辦公室裡。

凱蜜拉正在穿上外套，撫平頭髮。馬許耐心地站在她的桌旁。

「愛芮卡，我很高興地說我要讓妳擔任潔西卡・柯林斯案的高級調查官。」她說。

「謝謝，長官。妳不會後悔的。」

凱蜜拉小心地戴上警帽。「但願如此。」她繞過辦公桌和愛芮卡握手。「哎喲，妳好高啊。會很難找到合身的長褲嗎？」

愛芮卡愣住了。「呃，會，不過網購比較方便了——」

「對吧？」她說，雙手包住愛芮卡的手，誠摯地握了握。「好。嗯，我得走了，我得去跟總監開會。馬許指揮官會把一切的細節都告訴妳。」

「請代我向布萊恩爵士問候。」馬許說。

凱蜜拉點頭，送他們到門口。

愛芮卡和馬許在沉默中搭電梯下樓。

「感覺太容易了。」愛芮卡最後說。

「沒有人想接這個案子，」馬許說。「重案組很高興能移交出去。妳會用布羅姆利的事件室當總部，我會監督妳，妳要向我報告。」

「那葉爾警司呢？」

「他的事情還不夠多嗎？」

「他覺得我在他背後搞鬼。」

「妳是在他背後搞鬼。」

「可又不是為了私事。」

「妳好像老是把每一件事都弄成私事，愛芮卡。」

「這是什麼意思？」

馬許鼓著臉頰。「我老是猜不透妳在想什麼。妳那種開門見山的態度已經到了粗暴的程度了。妳並不信任別人。」

「所以咧？」

「所以，很難共事。」

「如果我是男的偵緝總督察，我們還會在電梯裡有這段對話嗎？你是不是會直接問我在想什麼？」

馬許一臉不悅，別開了臉。

「現在是怎麼回事？是因為昨晚嗎？」

馬許看著地板一會兒，才再抬頭看她。「妳需要在這裡做妳的工作，愛芮卡，而且妳需要做得好。

「是，長官。」

「我會安排把前兩次調查的所有檔案和資料都送到布羅姆利警局，」馬許說，現在是一副就事論事的口吻。「妳需要把事件室整頓起來，明天下午三點我會向妳的小組說明案情。」

「那你是老大還是我？」

「是妳，不過妳得向我報告，而我會向助理總監報告。妳也需要和葉爾警司密切合作，因為妳使用的是他的資源。」

「我可以挑選我的組員嗎？」

「在合理的範圍內。」

「好，我要摩斯偵緝督察和彼得森偵緝督察。他們都是好刑警。」

馬許點頭，電梯抵達一樓，門打開來。兩人走入大接待區。

「愛芮卡，上一次的調查捅了很大的婁子，其中一名嫌犯還控告了倫敦警察廳，拿到了三十萬鎊的賠償……我們只差一點就被正式調查了。」

「你現在才告訴我。」

「一定不能出錯，愛芮卡。查出潔西卡・柯林斯是出了什麼事。身為高級調查官，妳的第一步是什麼？」

「我必須通知柯林斯家我們找到潔西卡了。」愛芮卡說，一顆心往下沉。

11

瑪麗安．柯林斯打開門鎖，拖著腳走進門廳，提著採購的食品和一個黑色小服飾袋。她把購物袋放在大木樓梯旁的深紅色地毯上，停下來歇口氣。今天下午昏暗陰沉。她出門時並沒有關燈，但是明亮的門廳似乎並不歡迎她回家。屋裡很安靜，只有客廳的時鐘在響，大房子似乎被一股寒冷的陰霾籠罩著。

她把服飾袋掛在門邊的衣帽架上，輕輕拉開拉鍊。一陣塑膠窸窣聲，乾洗衣物的化學味飄出來。她極其小心地拿出了一件吊在白色加墊衣架上的小紅色大衣，以前曾是深紅色的，多年來反覆清洗已褪色了。

瑪麗安抬頭看著衣帽架和全身鏡之間掛著的相片，那是一九九〇年四月十一日拍攝的。潔西卡坐在當地公園的鞦韆上，金色長髮反射著日光，她就穿著這件紅色大衣，搭配一條牛仔褲和彩虹熊（Care Bears）毛衣。瑪麗安輕柔地將大衣掛在衣帽架上，手指拂過大衣鈕釦，鈕釦依舊閃耀著深紅光芒，接著她把大衣拉近，把臉埋了進去。這是潔西卡的七歲生日禮物，是他們最後一次慶祝她的生日。

二十六年了，要保住女兒的回憶是很難的。樓上她的衣櫃抽屜裡她還用塑膠袋真空收藏了潔西卡的一件T恤，但是多年後它變得發黃，也沾染上了瑪麗安護手乳的香味。時光似乎不留情地抹去一切，只留下記憶。

眼淚湧出，她放開了大衣，抹掉淚水，脫掉了她總是穿去超市的黑皮鞋。她瞥見了鏡中的自己：及肩灰髮旁分，綁成馬尾，似乎把她皺紋深刻的臉拉向兩旁。她脫掉外套，掛在紅大衣旁。鏡子也映照出她後方的一幅大型聖母畫。瑪麗安把手伸進裙子口袋裡，摸索玫瑰念珠，把珠子繞在嶙峋的手指上轉動；禱告詞脫口欲出，但是她發現還有冰淇淋得放進冰箱。

她畫了十字，提起購物袋到廚房，裝滿了水壺，在她最喜歡的白色馬克杯裡放了個茶包。二十六年來廚房除了油漆和新家電之外沒有什麼變化，不過冰箱倒是第三台了。冰箱門上貼著一大張白紙，上頭覆滿了潔西卡四歲時在幼兒園裡畫的手指畫。

瑪麗安把冰箱門打開，一一放入培根、起司、冰淇淋。她關上門，停下來看著手指畫，黃的、紅的、綠的小指紋。顏料沒沾到的地方留下白色細紋和皺褶。原畫收藏在抽屜裡，用衛生紙包住。展示了幾年之後，瑪麗安驚恐地發現顏色開始變淡了，所以她拿去掃描，而就連第一版的掃描畫也又列印了幾次。瑪麗安一根手指拂過，注意到邊緣有些捲翹。

她的傷心銘刻在她的骨子裡了，成為了她的一部分。她現在還是會流淚，但是她已經學會了與痛苦共生，像是個甩不掉的同伴。從臥室走向浴室，一路上看著大衣，手指畫，瞥見潔西卡的照片——這是她的日常生活，心痛也是。

水燒開了，她倒滿了馬克杯，用湯匙撈出茶包，放在瀝水盤上，正要加牛奶，門鈴響了，響徹了整棟房屋。她看著時鐘，發現已經四點了。

她沒有客人，而且一般人也幾乎不會不請自來。

12

愛芮卡緊張地立在埃芳岱爾路七號的結實木門前，身邊是約翰以及已退休的偵查員南西・格林；她是位矮小活潑的女士，灰髮剪成小平頭。他們把車停在馬路上，步行在斜坡車道上，進入一處小庭院，裝點著大陶盆，裡頭種著繡球花，現在已枯褐，風一吹就發出沙沙聲。前院頂端有一排灌木，遮擋住了房屋，而在光禿的枝椏間亮起了一盞橙色街燈。

「現在天黑得真早，」南西說，打破了沉默，隨即又說：「有人在家；我看到前窗有燈亮著。」

她又按了門鈴，而大門也應聲而開。

「哈囉，瑪麗安。」南西笑得心虛。

愛芮卡這輩子沒見過如此蒼白又憔悴的女人。瑪麗安的皮膚老皺，眼珠是灰色的，黑眼圈很深。她剛硬的灰髮長過肩，旁分，向後梳，遮住了耳朵。一件灰色長袖高領馬球衫、黑色羊毛開襟毛衣、黑色A字裙。脖子上掛著一條大木十字項鍊。她的眼睛在南西、愛芮卡和約翰之間游移。

「瑪麗安，這位是愛芮卡・佛斯特偵緝總督察和偵查員約翰・麥高瑞。」南西說。

約翰和愛芮卡都亮出了警徽。瑪麗安幾乎沒看。

「南西？妳為什麼會來？是蘿拉或托比……大家都沒事吧？」她的聲音中有種生硬的味道，很像是愛爾蘭口音。

「大家都沒事，」南西說。「只是——」

「我們可以進去嗎，柯林斯太太？」愛芮卡說。「我們必須要和妳私下談。格林警員，南西，陪我們來，因為她是你們家的聯絡警員，在妳的女兒失蹤那時——」

「這是怎麼回事？告訴我啊？」瑪麗安向南西伸手。

「瑪麗安，我們可以進去嗎？」南西說，握住了她的手。

她點頭，站到一側去讓他們進門。瑪麗安帶他們到一處大客廳，裝潢高雅卻冰冷，深色木家具，深紅壁紙，深綠色厚窗帘與家具相映。

「請坐。有誰要喝茶嗎？我剛泡了一杯。」瑪麗安說，勉強讓口氣顯得活潑快樂。

「不用了，謝謝。」南西說。

他們坐在窗下的大沙發上。愛芮卡注意到雕花壁爐上方有一幅大聖母畫，再瞧了房間一眼就數到牆上有四個大小不一的十字架。到處都有潔西卡的鍍金框相片：小桌上、窗台上、角落裡一架袖珍三角鋼琴上更是擺滿了。除此之外，看不出這個房間有人使用。沒有雜誌，沒有電視或圖書。瑪麗安仍站著，手指扭絞著玫瑰念珠。

「我們也打電話給妳的家人，卻打不通。」南西說。

「他們都去西班牙了。托比和蘿拉去看他們的父親和他的新、嗯、不是他太太——」

「我們也需要和他們談……」南西開口說。

瑪麗安的手指動得更快，念珠嗒嗒響，小小的銀色十字架抵著她的裙子搖晃。她的下唇開始顫抖，眼眶也積蓄了眼淚。「我來泡茶吧；三位都喝茶嗎？」

「瑪麗安，拜託妳坐下來。」南西說。

「我是在我自己家裡，我他媽的想幹嘛就幹嘛！」她突然大吼。

「好、好。拜託，瑪麗安，拜託妳冷靜；我需要妳聽我要說的話。」南西說，站了起來，握住瑪麗安的雙手。

「不！不！不！」

「佛斯特偵緝總督察今天早晨打電話給我，因為我在那時是你們——」

「不！」

「在潔西卡——」

「不，別說她的名字，妳沒有權利！」

愛芮卡瞧了瞧約翰，他的喉結聳動，臉色非常蒼白。南西往下說，話聲輕柔：「在潔西卡失蹤時。」

「不。不……」

南西回頭，向愛芮卡點頭，示意要她接話。

「柯林斯太太，我和麥高瑞警員在週五晚上到海斯採石場執行搜索行動，發現了人類遺骸。

一副骷髏。」

瑪麗安安靜了下來，瞪大眼睛，雙眼無神。她搖頭，開始倒退，最後抵著牆。南西一直陪著她。

「骨骸是……是潔西卡。」愛芮卡柔聲說。

瑪麗安搖頭，淚水從雙頰流下。

「不。妳弄錯了！她會回來，有人會找到她。她在外面，她大概是忘了她真正的家人。我今天才把她的大衣洗好了……」

愛芮卡和約翰仍坐著。

「很遺憾，瑪麗安。他們找到了潔西卡。」南西自己也眼中帶淚。「他們從牙齒紀錄指認出她了。」

瑪麗安不停搖頭，淚水默默從臉上落下。

「柯林斯太太，」愛芮卡柔聲說。「我們需要聯絡妳先生，妳女兒蘿拉和妳兒子托比。他們都在西班牙是嗎？妳有哪支電話是我們可以打的嗎？我們希望在向媒體發布消息之前先通知家屬。」

「對。」瑪麗安輕聲說。瞪大了眼，不敢相信。

「我能做什麼，瑪麗安？」南西問道。

瑪麗安轉頭看南西，突然抽回了手，打了她的臉一拳。南西踉蹌後退，鼻子流血，撞上了咖啡桌。

「滾出去！你們三個！」瑪麗安放聲尖叫。「滾！滾！」

約翰和愛芮卡一躍而起，過去扶南西，她的臉鮮血淋漓。瑪麗安在尖叫，靠著牆坐了下來。

從前面的廣角窗傳來了車輛抵達聲，同時也燈光大作。媒體聽見了風聲，又一次包圍了這棟屋子。

13

十哩之外，西南倫敦巴冷區一條安靜的住宅街道上，有一棟小小的透天厝，雜亂的客廳一隅傳來電視聲。下午的日頭漸漸隱沒在低矮的灰雲後，已退休的亞曼達·貝克偵緝總督察頹坐在下陷的扶手椅上，垂著頭，正在睡覺。電燈都沒開，電視螢幕的光在她鬆弛多肉的臉上跳動，觀眾迸出笑聲也沒能吵醒她。她肘邊的小几上擱著一個外溢的菸灰缸，一杯還剩一半的白酒。她開的第二瓶酒就剩這麼多了。早上九點半她又是顫抖又是出汗，情況太嚴重，所以她就開了第一瓶酒，那時早餐的碗盤仍堆在洗碗槽裡。

她的房子曾經很漂亮，是那種高冷的裝潢，和主人非常類似，但是現在，也和主人一樣變得不修邊幅。壁爐中的假火輻射出各種紅色和橘色的光芒，旁邊的狗窩覆上了厚厚的灰塵。

門廳的電話響了，壓過了電視聲，最後轉入答錄機。亞曼達直到現在才醒。

「怎麼回事啊？」她漫不經心地說。

有一種吼叫聲，她一手抹臉，把自己從椅子裡撐起來，蹣跚走進廚房，腦子糊塗，視線不清。她打開裝滿罐頭的櫥櫃翻找了一會兒，這才清醒過來。她的狗山帝幾個月前就死了。她停下來，靠著櫥櫃，淚水滴在佈滿麵包屑的流理台上。她拿衣袖擦臉，聞到了自己的口臭。

門廳的電話又尖聲大叫，她拖著腳走過去接，靠著扶欄支撐。

「請問是前偵緝總督察亞曼達‧貝克嗎？」一個聲音略尖的年輕女性說。

「妳是誰？」

「我是想來請妳對潔西卡‧柯林斯一案發言的，警方找到她的屍體了。」

亞曼達微微後仰，說不出話來。

「喂？」對方不耐煩地說。「妳曾是負責的警官，直到被開除——」

「我是提早退休……」

「這個星期五，潔西卡‧柯林斯的骨骸在海斯採石場找到了——」

「我們在她失蹤後的幾週之後就搜索過採石場，她不在那裡。」亞曼達說，比較像是自言自語。

亞曼達垂頭喪氣靠著欄杆的地方可以看到客廳裡的電視螢幕，跑馬燈寫著：最新消息：發現失蹤女童潔西卡‧柯林斯的遺骸。電視暫時靜音，畫面轉為瑪麗安和馬丁‧柯林斯在一九九〇年的警方記者會上，對著麥克風說話，在年輕許多的她的鼓勵下；後方是倫敦警察廳的舊白色警徽。

「那，妳有什麼話要說嗎？」對方問道。她似乎是感興趣，可能是嗅到了血腥味。螢幕上有一名金髮高挑的警官在讀稿，她的名字出現在下方：愛芮卡‧佛斯特偵緝總督察。

「**妳有什麼話要說嗎？**」對方問，一個字一個字說得很慢，顯然是不滿意她的緘默。「他們在本地的一名性侵犯家裡找到了潔西卡的相片，妳逮捕過他，可是妳放他走了，是不是？」

「我沒有辦法！證據不足。」

「他現在還是自由之身。妳認為是他殺了潔西卡．柯林斯嗎？妳在事發後幾個月的行動證明了妳認為他有罪。妳覺得妳的手上也沾了血嗎？」

「別煩我！」亞曼達尖叫，摜了電話。

話筒才剛放下，電話又響了起來。她在地板上跪下來，在一堆舊報紙雜誌和垃圾郵件中摸索，找到了電話線，一把從牆上扯下來。電話歸於岑寂。她匆匆回到客廳，調高了音量。

「我們想對柯林斯家表達慰問。案子重啟調查，我們正在追查幾條新線索。謝謝。」

鏡頭拉遠，愛芮卡．佛斯特走進了布羅姆利警局的大門，兩側各有一名警員陪伴。畫面跳回BBC的攝影棚內，下一條新聞開始。

亞曼達又坐了回去，做了幾次深呼吸，整個身體抖個不停。

「不，不，不……不可能。」她呻吟道。

她發現那堆舊垃圾底下露出一隻白色的吱吱叫玩具兔，是山帝的。她伸出手撿了起來，抱在胸口，哭了出來，為潔西卡，為她心愛的山帝，為她應該有的人生。

終於哭完後，她用衣袖擦臉，走進廚房去打開第三瓶酒。

14

愛芮卡開車到路易申醫院的急診室大門時天色已黑，還在下雨。今天既漫長又緊繃，她覺得自己沒有停下來過。

她從雨刷後看到南西．格林警員在遮雨篷下等候。一輛救護車駛離，一名年長女士被擔架抬進了自動門裡，一條枯瘦的胳臂從紅色毛毯下外露，痛苦地舉著。

愛芮卡停好車，打開了乘客座車窗。「我們得快一點，後面還有一輛救護車。」

南西的鼻子上貼了厚厚的一塊紗布，還透著血。她打開了門，坐上車，緊抓著一個白色小紙袋。

「斷了，兩個地方。他們幫我縫了六針。」她說，小心地摸著厚紗布，在座位上放鬆。她的鼻子因此而多了點鳥嘴的感覺，配上她的褐色大眼，讓愛芮卡聯想到貓頭鷹。她幫忙南西扣上安全帶，再換檔駛離。

「謝謝妳來接我。現在這麼忙亂，我沒想到會是妳。」南西說。

「我想知道妳是不是沒事。是我的主意帶妳去告訴瑪麗安的，結果有點反效果……」

南西在座位上挪動，頭向後仰。「妳這麼覺得？」她苦笑。「我在候診室裡看到妳在電視上。妳是哪裡人？妳有這種北方口音，可是妳的樣子，很難說，像波蘭人？」

「我是斯洛伐克人，」愛芮卡說，努力掩飾被誤認的氣惱。「我在曼徹斯特學的英文──」

「我沒辦法在北方生活。我是土生土長的倫敦人。我看《加冕街》（*Coronation Street*）最多只能看半個小時，每次片尾名單出現，總是讓我鬆一口氣。」愛芮卡咬住嘴唇，把雨刷調快，因為雨下得很大。「瑪麗安還好嗎？」南西又問道。

「麥高瑞警員叫了醫生，幫她開了讓她能入睡的藥。她的家人今晚會飛回倫敦。我們得用電話通知他們，雖然不是理想的做法，可是媒體已經知道了。」她們來到出口，停在一輛等著要駛離的汽車後。「要去哪裡，南西？」

「我在達利奇的另一邊，從森林山過去。」

前方的車輛離開了，她們能看到馬路上尖峰時段的交通壅塞。一輛廂型車放慢速度禮讓愛芮卡，她揮手致謝。雨越下越大，敲打著前方車流的車頂。

「我覺得妳可以幫我個忙，當作我來載妳的回報。」愛芮卡說。

「原來妳來載我是別有目的啊？」南西說，想轉頭卻痛得縮了縮。

「我是想要在這件案子上加快腳步。潔西卡失蹤時妳從頭到尾都是他們的家庭聯絡官嗎？」

「對，說實話，時間實在是太久了。紀錄上都有，但是我可以幫妳……唉喲，痛死了，」她說，做個苦瓜臉，打開了紙袋，拿出一條錫箔包裝藥丸，擠出一顆乾吞下去。

「我得問妳是不是打算提告？」愛芮卡說，在車陣中一吋吋挪移。

「告瑪麗安嗎？當然不要，那個可憐的女人吃的苦頭夠多了。」南西說，仰頭靠著頭枕。

「不過我倒是想投訴那些混蛋醫生，他們給我的止痛藥少得可憐——」

「她打了妳，而且拳頭上還纏著念珠。」

「天主教鐵蓮花，」南西咧嘴說。「瑪麗安一點也不暴力，這麼多年來，經歷了那麼多心痛。有時當家庭聯絡官會讓妳感覺只是個備胎，妳其實是想要在外頭，在調查，可是妳卻在泡茶和接電話。」

「家庭聯絡官是很重要的工作。」

「我知道。說來也真怪，我滿高興我今天挨了這一拳的。他們從來不會在報告裡寫妳泡了幾杯茶，給了什麼建議。這一次會記錄下來，而且是結案了。」

「潔西卡失蹤後妳陪了他們多久？」

「頭五個月，從一九九〇年八月開始，我差不多是搬進他們家了。瑪麗安和馬丁那時仍然在一起。」

「他們是幾時離婚的？」

「他們沒有離婚。妳也看到瑪麗安拳頭上的念珠了，離婚在她的世界裡是不存在的。他們在九七年分居，我也沒想到他們能撐那麼久。夫妻如果失去了孩子，那種壓力幾乎是一定會讓兩人有隔閡的。但是他們還有小托比，潔西卡失蹤時他才四歲，而有一段時間他是讓他們活下去的黏著劑。蘿拉的年紀大多了，已經是念完大學一年級了。她沒有接著念二年級，不過她應該回學校念書的。她和瑪麗安把彼此逼瘋了。瑪麗安什麼事都不放在心上，一心一意只想找到潔西卡。托比那麼小，蘿拉只好自己來照顧他。」

「托比現在多大了？」

「二十九。他是同志。而瑪麗安當然是一直沒有真正接受。」

「托比住在本地嗎？」

「沒有，在愛丁堡。蘿拉嫁了，有兩個小兒子，住在北倫敦。馬丁在西班牙，把房子讓給了瑪麗安。他是百萬富翁；我想他是安排好讓她生活無虞……她就在那棟大房子裡像陀螺一樣轉，活像她是狄更斯筆下的郝薇香小姐❶。心碎傷痛。不過呢，跟郝薇香小姐不一樣的是瑪麗安老是推著吸塵器在打掃。妳也看見了，那裡一塵不染。」

「馬丁在西班牙做什麼？」

「他為有錢的外國僑民蓋度假屋，賺得盆滿鉢滿。跟他的女朋友，一個年輕的女人和他們的兩個小孩住在馬拉加。」

愛芮卡很高興車流移動的速度如牛步，南西可是情報寶庫。

「妳知道馬丁和瑪麗安是怎麼認識的嗎？」她問道。

「在愛爾蘭認識的。他是愛爾蘭人，瑪麗安是英格蘭人，可她是在高威長大的。兩人在二十

❶ 郝薇香小姐是英國小說家查爾斯．狄更斯的小說《遠大前程》中的一角。她被男友和弟弟聯手詐騙，從此一直活在過去的陰影中。

歲之前在某個天主教青年會認識了。她十七歲就懷孕了，只能奉子成婚……在瑪麗安告訴我這件事的時候，我就知道她快把我當自己人了。那時是七〇年代後期，他們兩個開始得很不平順，但是他在建築界闖出了一片天，後來潔西卡出生了，他們就在一九八七年搬來了倫敦。他們選對了時機，正好是房地產的榮景，賺了一票。他們搬家時蘿拉已經十四歲了，我想她一定很不好受，她得丟下她在愛爾蘭的朋友和她的家。」

「麻煩就是從那時開始的嗎？」

南西點頭，立刻就痛得縮了縮，想起了她的傷。交通比較快了，她們慢吞吞通過了紅綠燈。

「我覺得蘿拉在剛搬來時適應得不太好。她在成長階段家裡是赤貧，一直到她十七、八了他們才開始有錢。後來他們有夠多的錢可以寵壞潔西卡和托比，他們參加了數不清的課後俱樂部。潔西卡學芭蕾……她可真是個漂亮的小東西，潔西卡。」

車陣向前挪移，經過了卡特福高街上的倒閉商店，只有一家西印度超市開著，旁邊就是一家簽注站。她們可以從凝結著水珠的光線明亮的窗戶看見一群老人圍立，注視著螢幕。

「妳真覺得能破案，都經過了這麼多年？」南西問道。

就算愛芮卡有疑慮，她也不會說出來的。「我一向都能破案。」她說。

「那，祝妳好運……只是要小心。她瘋了——那位以前負責這件案子的警察——亞曼達．貝克。」

「她是怎麼瘋的？」

「在倫敦區刑事偵緝科處理強暴案被害人太多年，公私混淆了，然後是潔西卡的案子。找不到證人。潔西卡那天下午出門去參加朋友的生日派對，就在同一條街上，可她卻像憑空消失了。她根本就沒有去，也沒有人看見什麼。唯一的嫌犯是崔佛．馬克斯曼，當地的一名性侵犯。他們找到了在幾星期之前他拍攝的潔西卡相片和錄影，在她和瑪麗安、蘿拉去公園玩的時候。」

「他們逮捕他了嗎？」

「有，可是他有不在場證明，而且是鐵打的證明。他才剛出獄，住在中途之家。八月七日那天他都沒出門。好幾個證人可以作證，包括兩名假釋官。可是只有他有綁架她的動機。他之前也因為在公園裡架走一個女孩子而被判刑，她也是金髮，和潔西卡長得很像。最後亞曼達沒有辦法，只能放了他。他們一直監視他，時間久了，她越來越灰心，就開始騷擾他；而他很喜歡招惹她，嘲笑她破不了案。到後來她就失控了，通報了一群當地婦女，治安會的成員說他是性侵犯。她們半夜三更把一只裝滿汽油的瓶子從郵箱塞進了他家裡。他沒被燒死，卻留下了恐怖的疤痕。」

「這筆帳算到亞曼達的頭上？」

南西點頭。「崔佛．馬克斯曼找到了一個厲害的律師，控告了警察廳，賠了三十萬鎊。他搬去了越南，那個下流的混蛋。亞曼達提早退休，其實也是她活該，但是她留下的名聲是她是個不乾淨的警察。我最後一次是聽說她肝硬化……好，下個路口左轉。」

愛芮卡很失望車程到此結束。她離開主街，這裡的車流正常。兩人經過了一間大酒吧，幾家烤肉店，接著街道就變成住宅區。

「我家到了，那邊的公寓。」南西說。

那是一排透天厝中的空檔，被一片單調低矮的水泥公寓佔據。愛芮卡路邊停車。

「謝謝妳來載我。我要喝點什麼，再吃一顆這個強效錠。」她說，解開了安全帶。雨仍下得很大，她戴上兜帽，碰到了紗布的邊緣，痛得瑟縮。

「妳覺得是誰做的？妳覺得是誰殺了潔西卡？」愛芮卡問道，俯身從乘客座的門望出去。

「誰知道……也許唯一的動機就是隨機擄人，然後駕車逃逸。」南西說，低下頭又補充道：「妳找到了潔西卡的屍體，也許只有一個人真的憑空消失了……就是那個擄走她的人。」

15

愛芮卡回布羅姆利警局時天色已經黑了。一樓的一間開放式辦公室指派給了她當事件室。她甩不掉南西的臨別話語：「妳找到了潔西卡的屍體，也許只有一個人真的憑空消失了。就是那個擄走她的人。」

她走進事件室，裡頭已經擺了辦公桌，一名技師正忙著把工作站連接上內政部大型重要查詢系統，把滿地的電纜接上硬碟。幾名她還不認識的警員在講電話，另外兩名警員，一男一女，正把案子的證物組合在一整面後牆那麼寬的白板上。

一面南倫敦和肯特邊界地圖佔據了一角，一名留著黑色短髮的清瘦女警正把照片釘在旁邊，包括海斯採石場和埃芳岱爾路七號。一個沙色頭髮、門牙像兔子的過重男警在她旁邊的桌上分類相片，有潔西卡·柯林斯穿著派對服裝的，一張是她的骨骸擺在停屍間，一張是她沉入水底多年的發黃衣物殘跡。

「嗨，我是佛斯特偵緝總督察。」愛芮卡說。

「我是奈特偵查員，」女警說，和她握手。「這位是克勞佛偵查員。」

「我又不是啞巴。」他兇巴巴地說，俯身和愛芮卡握手。他的手既冰又黏。

奈特不理他，接著說：「我們在佈置時間線：潔西卡在八月七日離開埃芳岱爾路七號之前的活動。我從原始的失蹤報案和所有的口供開始，但是內政部查詢系統上的紀錄有限。」

內政部查詢系統是在一九八五年引進的，全國警力都用於分類建立檔案，有些單位經過了幾年的磨合才全面運用。奈特接著說：「麥高瑞偵查員去載運檔案的列印件，應該很快就回來。我想他也順便去吃飯了。」

「這個是誰？」愛芮卡問道，指著一張泛黃的相片。是一個三十五歲男人的大頭照，他的藍眸冰冷，金髮油膩，一張臉又圓又短。

「那是崔佛．馬克斯曼，」克勞佛說，靠過來拿起那張相片。「一臉猥瑣愛吃幼齒的雜碎，對不對？不過，這是他現在的樣子。」

他在照片中翻找，拿起另一張相片，相片中人的臉和脖子都有可怕的燒燙痕。他筆直瞪著鏡頭，皮膚既亮又紅。跟第一張照片唯一的相似處就是那雙冰冷的藍眸，從植皮過的臉上往外看。他的臉上沒有毛髮，眉毛和睫毛都沒有。

「他住在南非。」愛芮卡說，接過照片。她捏著邊角，不想碰到他的臉。

「對，我們查到了一處德班的地址，可是不知道是不是最新的，」奈特說。「我會繼續調查。」

「我也在調查，我們是一起調查的。」克勞佛說。他說話的樣子有點幼稚，彷彿是要讓愛芮卡知道他也一樣很認真。

她把照片還給他。

「別說『吃幼齒的』，拿嚴肅的事開玩笑。用性侵犯，或是戀童癖，好嗎？」克勞佛接過相片，臉頰漲紅，點了頭。「你們覺得明天早晨就可以準備好嗎？」

「是的，長官。」奈特說。

「拜託叫我老大。」

「是，老大。」

約翰拿著一個外送盒和一罐可樂走進門，向愛芮卡走來，一面把薯條塞進嘴裡。

「約翰，我聽說我們拿到了潔西卡・柯林斯案的檔案列印本？」

約翰在嘴巴前揮手。「喔，對不起，好燙，」他說，嘴裡塞得滿滿的。喝了一大口可樂吞進去。「抱歉，老大，我一整天沒吃東西。對，我們也拿到了史壯醫師的驗屍報告。我放在妳的桌上了。」

「我的桌子在哪裡？」

「妳的辦公室裡。」

「我有辦公室？」

「在後面。」他說，拿著一根薯條比劃。

愛芮卡一轉身就看到事件室後部的大玻璃盒隔間，裡頭的白色文件箱堆得有一個人的胸口那麼高。她走向玻璃門，約翰尾隨其後。她可以在成堆的箱子中看見一張桌子。

「是誰把那些東西都放進去的？那我是要怎麼進去？」她厲聲說。

「我不知道有這麼多。我只是叫他們放進妳的辦公室——」

「不會還有吧？」她問道。

「沒有了。專案調查組把保存的每樣東西都送來了。有些箱子的日期是從一九九一年排到一九九五年的，有些是按照地點分類的，還有一堆連標籤都沒有的，檔案都隨便塞進去——」

愛芮卡辦公室裡的電話響了，約翰幫忙她在一堆箱子裡找了出來，讓她能趴過去接。是馬許。

「妳從舊檔案裡找到了什麼？」他開門見山就問。

「我才剛拿到，長官。」

「妳列出嫌犯名單了嗎？我想盡快看到。」

「我跟格林警員聊了聊，她是本案的聯絡官。她提供了很好的見解，但是我需要更多人力來處理這堆東西。」愛芮卡說，沮喪地環顧四周。

「好，我看我有什麼辦法。妳看報紙了嗎？」

他說話時，約翰遞給她一份微微被雨淋濕的《標準晚報》，她看到發現潔西卡．柯林斯的新聞登上了頭版。

「對，我拿到了一份。」

「好，不知為何，他們忘了把事件室的電話刊登上去。不過珂琳．斯坎倫和媒體聯絡組在處理了，他們應該隨時都會把電話放到網路版上。馬丁．柯林斯今晚會飛回來，帶著他的家人。他要求明天一大早和高級調查官以及媒體聯絡官見面。」

「我明天一大早要簡報，長官，」她說，脾氣上來了。「然後才會和他們家人見面——」

「嗯，馬丁・柯林斯想要確保這件案子會妥善處理，不會再像上次那樣讓人難堪。愛芮卡，我們這一次需要有結果。」

「我在這裡忙著解開一個網，長官。我說需要人手是認真的。我們需要趕快過濾這些卷宗，然後我才能動手列出嫌疑人。」

「好吧，交給我。」馬許說，就掛斷了。

她再趴過去把電話掛上。約翰緊張地咬嘴唇，看見了愛芮卡有多氣惱。

「葉爾警司打電話來，他還在等傑森・泰勒的報告……說妳昨天就答應要交了？」

「可惡！」

「妳確定不要吃薯條嗎？」約翰問道，把袋子拎過去。她拿了一根，丟進嘴裡，再拉出標著「一九九〇年八月七日」的箱子。

「我們從頭開始吧。」她說，覺得發慌。

16

隔天早晨抵達布羅姆利警局時愛芮卡的兩眼昏花，她熬夜研究潔西卡．柯林斯案，也寫完了傑森．泰勒報告，只睡了幾小時。

她在地下室停好車，下車就聽見一聲口哨，兩張熟悉的臉孔朝她過來。

「老大！見到妳太好了！」摩斯偵緝督察大聲喊道。她是個矮小的女人，紅色短髮塞在耳後，雪白的臉上處處是雀斑。她向前衝，一把抓住愛芮卡就熊抱。

「她非常興奮能看到妳，」一位高個子黑人警察說，一會兒之後也走了過來。他是彼得森偵緝督察，一身黑色套裝，精明能幹又英俊。

「好了，我沒法喘氣了。」愛芮卡笑著說。摩斯放開了她，退後一步。

「我還以為妳把我們忘了呢？」

「實在是太忙了。我被調來這裡當備胎，突然間他們就把我埋進案子裡了。」愛芮卡說，覺得內疚，沒和前同事保持聯絡。

「來吧，彼得森，也給老大一個擁抱啊。」摩斯開玩笑說。

他翻個白眼。「見到妳真好，老大。」他咧嘴笑，上身前傾，拍了她的肩膀一下。

「你們需要停車證嗎？」愛芮卡問道。

「只要一張，我們是開我的車來的。彼得森在等派給他新車。」摩斯說。

「舊的那輛上星期在大太陽底下在沙漠圓環那兒拋錨了，」他說。「簡直是惡夢，還是尖峰時段。喇叭震天響，而我的引擎蓋底下卻一直冒煙。」

「妳真該看看那頂鐵帽的，老大。他戴上真的很好看。我叫他今天別戴——」

「滾一邊去，摩斯。」彼得森說。

「他只是不好意思，老大。帽子的飾邊框住了他的臉……讓他就像是伊卓斯・艾巴❷還是奶娃的樣子。」

愛芮卡噗哧一聲笑了出來。「不好意思，彼得森。」她說。

「沒事。」他咧嘴笑。

愛芮卡都忘了她有多喜歡和摩斯及彼得森共事了，她又有多想念他們。三人走向停車場盡頭的電梯，她按了對講機。

「你們兩個能來，真謝謝你。不過呢，我們今天應該不會笑了，這件案子很棘手。」

事件室擠滿了人。愛芮卡介紹了摩斯和彼得森，很開心看到又多了六名警員來處理卷宗。

愛芮卡瞪著一排排期待地等待她開口的臉孔。

---

❷ 伊卓斯・艾巴（Idris Elba, 1972-）是英國男演員，在BBC One頻道的《路德探長》影集中擔任主角。

「大家早。謝謝你們這麼快就趕來支援……」她接著概述了潔西卡．柯林斯案以及迄今的進展。「這件案子打開了一個潘朵拉的盒子，不，應該說是很多盒子。」她說，指的是高高堆在後牆的那些卷宗。「我們現在需要做的是專注在與潔西卡失蹤有關的事實上，不要理會傳言。我們不能預測發現潔西卡．柯林斯的骨骸之後媒體的走向，但是我們必須要領先一步。而且和一九九○年代不同的是，挑戰可能會更大。我們現在有了即時新聞，社群媒體，部落格和網上論壇，所有的人都會重提舊事，二十四小時不停重複。所以牆邊的那些檔案都需要再看一次，重複核對。我要知道海斯採石場的一切，多年來都有什麼用處，為什麼潔西卡的屍體居然沒有人發現？我等一下馬上就要去見柯林斯一家，他們無疑會有許多問題要問我。我需要你們全力以赴。」

奈特偵查員這時站了起來，帶眾人看過一遍潔西卡．柯林斯失蹤之前的活動時間線。

「妳要我怎麼解釋地點，老大？」她問道。

「假設我們一無所知。我們不住在海斯附近，也沒聽過潔西卡．柯林斯。我們都是第一次聽說這件事……還有記住，」愛芮卡補充說，「無論什麼樣的問題都不是蠢問題。有什麼不懂的，只管問。」

她靠著桌子，奈特移向後牆上四米平方大小的地圖。

「這張地圖涵蓋了二十哩的區域。中間是中倫敦，底下南方是肯特邊界，而布羅姆利在這裡，」她說，指著地圖上一個紅色十字。「我們距離海斯村二點六哩，那裡是通勤族眾多的一日生活圈；許多人住在那裡，在倫敦上班，搭火車三十分鐘就到倫敦市中心，而且退休族的人口高出平均值。房地產價格高昂，而且是以白人為主。」

奈特接著向克勞佛點頭，他移向一張桌子的筆電，開啟了投影機，白板上立刻出現了一張大尺寸地圖。奈特走向一邊，接著說：「這是海斯綠地及村莊的放大地圖，可以看到主街和火車站。這片遼闊的綠地就是海斯綠地，遍佈林地和石南，中間交錯著騎馬道和步道，還有幾條馬路。這是大倫敦區最大的一片綠地之一，佔地二百二十五畝。

「綠地有很多入口：普瑞斯頓路、西綠地路、五榆路、克羅伊頓路、巴斯頓路、巴斯頓大宅路，以及綠地邊路。海斯採石場，就是發現潔西卡遺骸的地點，是在這裡。」她的手移向了綠地的東南區，克羅伊頓路、巴斯頓路和綠地邊路切過了一片綠意，形成了一個很大的倒三角形。

「採石場是在一九〇六年到一九一四年間創立的，開採砂子和碎石。這些年來填實過兩次：在二戰期間，海斯綠地駐紮了軍隊，架立了防空砲。一九八〇年採石場又由人類學家清理過，為了寬泛尋找青銅時代遺跡。之後，就荒廢了，開始積存雨水。布羅姆利議會有兩次提議把採石場變為釣魚池，但是兩次都沒有通過，因為綠地是自然保護區，不能有商業行為。」

她停下來，走向地圖的另一邊，投影的馬路照射在她疲憊的臉上，像是動脈。

「我現在要介紹在潔西卡．柯林斯失蹤之前的事件。他們家人住在埃芳岱爾路七號，和海斯採石場相距不到一哩；最近的入口是在這邊的巴斯頓路。你們可以看到埃芳岱爾路的房屋都有獨立的大花園。這裡是高級住宅區。一九九〇年八月七日週六下午一點四十五分，潔西卡出門去參加同學凱莉．莫里森的生日派對。兩家距離只有短短的五百米，可是她卻沒走到。一直到三點半凱莉的母親打電話給瑪麗安詢問潔西卡的去向，大家才驚覺不對。」

她向克勞佛點頭，他就走向筆電，按了滑鼠。「佩雷斯．希爾頓」網頁出現，有一張金．卡戴珊離開星巴克的相片。

「糗了！」他輕聲笑。「我的錯。不過我敢說這裡不是只有我一個人在追蹤卡戴珊家族！」

一陣死寂。事件室中的幾名警員臉上掠過嘲笑。摩斯和愛芮卡眼神交會，揚起一道眉。

「好了。」他紅著臉說。投影變成了谷歌街道圖；奈特瞪了他一眼，再繼續說明。

「巴斯頓路在這裡離開綠地，變成埃芳岱爾路。」谷歌街道圖突然向前移動，掠過了埃芳岱爾路的房屋。「大家可以看到房屋都很大，兩三層樓。都遠離馬路，許多還用高樹籬或樹木來遮擋。我在設法弄到二十六年前的街景。」

谷歌街道圖掠過了許多外觀高雅的房屋。一名郵差定格在步行途中，臉孔模糊，一手插入郵務袋中。再過去，一名女性牽著一隻小狗出現在某條車道上，從背面看她留著鬈曲的金色短髮。

「我們現在經過的是二十七號，潔西卡的朋友凱莉．莫里森家。大家可以看到埃芳岱爾路在這裡向左急轉，接上了馬爾斯頓路。」谷歌地圖向前快轉，再變得清晰，出現了一幢豪宅，漆著奶油黃色，大門有粗大的柱子。「這裡現在是司旺退休村，一家安養中心，不過二十六年前是被定罪的性侵犯的中途之家。社區民眾並不知情，潔西卡失蹤之後不久他們才發覺。其中一名住戶，崔佛．馬克斯曼是原始調查中的主嫌。在他一樓的房間找到了潔西卡的照片和錄影，有一個鄰居也目睹他在八月五日下午在他們家外面徘徊；六日的同一個時間，以及七日早晨。他兩週後被捕，被羈押偵訊，卻沒有證據，只有他拍攝的潔西卡照片和影片讓他在潔西卡失蹤一案上有嫌疑。」

「可是這一處中途之家是住滿了被定罪的性侵犯，不可能只有崔佛・馬克斯曼一個嫌犯吧？」摩斯問道。

「對，但是中途之家的安全規範非常嚴格，八月七日下午一點三十分，保釋官和住戶召開每週一次的會議，一點三十分點名。全員到齊。會議開了兩個小時，三點三十分才結束。沒有人離開。凱莉・莫里森的母親在三點三十分打電話給瑪麗安・柯林斯，詢問潔西卡的下落。沒有多久她們就立刻展開搜尋。」

「可是現在卻找到了屍體。」摩斯說。

「我們有的是潔西卡的殘骸，但是在水裡泡了二十六年，是找不到證據的。」愛芮卡說。

奈特往下說：「潔西卡的直系親屬都有不在場證明。瑪麗安和馬丁都在家裡陪托比。一位年長的鄰居和她先生在一點四十分來串門子，歐席亞先生太太，已經過世了。潔西卡出門時他們也在場，夫妻倆一直待到他們驚慌起來。他們的大女兒蘿拉正在兩百四十哩之外和男朋友奧斯卡・布朗露營，在威爾斯的高爾半島。他們在前一天一大早就出門了。」

她看著房間。「挨家挨戶查訪沒有問出什麼，大多數的鄰居都不在家，而那些在家的都有很牢靠的不在場證明。大家可以在谷歌街景圖上看到，大多數的房子是看不到埃芳岱爾路的；所以有兩小時的空白，而兩小時什麼事都有可能發生。有一兩個建築工，星期六下午不送信。一九九〇年時那一區也很少有監視器，也沒有公車走埃芳岱爾路。」

室內一陣短暫的沉默，克勞佛把燈又打開。愛芮卡走到前面，站在地圖旁，地圖被日光燈照得顏色變淡了。

「謝謝。對了，克勞佛，你的筆電也許應該盡量用在公務上。」

「是，我非常抱歉。不會有下次了。」他結結巴巴地說。

愛芮卡繼續說：「我需要每個人專心，而如果有誰覺得快分心了，就看一下這張照片。」她比著潔西卡的驗屍照，骨骸擺在藍布上，有如一幅完成的拼圖。「我們必須立刻開始過濾這些巨量的舊檔案，不過，應該要正面看待。這些檔案可以查出許多線索。而且我們也有了後見之明。我要各位分配這些箱子，由摩斯偵緝督察負責。我要各位重新審視崔佛．馬克斯曼的相關證據，我也要各位注意之前的高級調查官：亞曼達．貝克偵緝總督察——」

「我認識亞曼達，」克勞佛插口說。「我在一九九〇年辦這件案子時是警員。」

「你怎麼沒說？」愛芮卡問道。室內的警員都轉頭看克勞佛，他站在門邊，鼓著雙頰。

「呃，嗯，我是想等該說的時候再說，那時候很混亂——」

「昨天你和奈特偵查員在準備時我就跟你談過，你不覺得那是該說的時候？或是說你可以給我們一點意見？」

這會兒人人都瞪著克勞佛。他又鼓著臉頰，這個習慣快要讓愛芮卡恨得咬牙了。

「針對貝克偵緝總督察的閒話很多……」他開口說道。「我一直認為她是在應付兩方面來的壓力。柯林斯家在批評她，當時也有很多高層背著她在下指導棋。那樣子不對。」

「我們知道。能不能告訴我一點別的？」

「唔。我負責搜索海斯綠地和採石場，在一九九〇年八月和九月。潛水隊也在搜尋水底。我們……他們什麼也沒找到。」他說。

「那潔西卡就有可能還活著，或是在另一個地點被殺的，而棄屍則是在之後一點的時間，」愛芮卡說。

「事件室裡的進展不是我能知道的，當時我只是制服警員，充滿了熱忱……還沒有被現實掩埋。」他說，還咯咯笑，笑得很古怪。

克勞佛的笑聲過了一會兒才消散，站在門邊彆扭地扭動。他的臉仍然是紅一塊白一塊的。愛芮卡在心裡記住要調看他的檔案。她猜他是快奔五十歲的人了，她在布羅姆利警察局三個月都沒見過他。

「好了，各位。我要你們優先審查物證。等我們知道這些箱子裡都裝了什麼，我們就能向前更進一步了。明天早晨我們再集合，報告進度。」

房間裡生氣盎然。愛芮卡走向摩斯和彼得森所坐之處，就是她的辦公室旁。

「彼得森，你跟著我。我們要和柯林斯家人談一談。摩斯，注意這裡的事情，還有——」她朝克勞佛歪頭，他正在解開打結了的筆電充電線。

「妳要我調查他的檔案？」她悄聲說。

「對，但是要低調。」

摩斯點頭，愛芮卡就帶著彼得森離開繁忙的事件室了。

17

一名皮膚曬黑的高瘦男子打開了埃芳岱爾路七號的門，他剃個光頭，看邊緣的髮根別人才知道他是頭頂禿髮，而且他的臉也佈滿了黑灰色的鬍碴。他穿一件斜紋布褲、海軍藍襯衫，袖子捲起，露出強健的前臂，腳上趿著一雙昂貴的黑色懶人皮鞋。他自稱是馬丁．柯林斯，愛芮卡頗為詫異。他雖然六十幾歲了卻年輕時髦，不像瑪麗安整個就是一個老太太。

「我們都在客廳。」他忿忿地說，仍然有很重的愛爾蘭口音。

他們跟著馬丁進屋；他昂貴的鬍後水味道切開了屋子裡教堂般的霉味。

愛芮卡介紹自己和彼得森。瑪麗安坐在壁爐旁的長沙發尾端，從頭到腳一身黑，更襯托出她毫無血色的皮膚。她緊抓著玫瑰念珠，攥得死緊，咬進她的右手皮膚了。她身邊坐著一名迷人的黑髮女性，四十來歲，化著大濃妝，穿著名牌黑色褲裝，搭配白上衣。她的褐眸充血，眼神冷漠。

「哈囉，警官，這是我女兒蘿拉。」瑪麗安說，指著身邊的女子。

蘿拉站起來和愛芮卡及彼得森握手。一名五官深邃的英俊年輕人坐在長沙發旁的扶手椅上，他也一樣穿著時髦的黑色套裝。他站起來自我介紹是托比；而他的旁邊有一個又瘦又漂亮的印度男人，黑色長髮及肩。他也穿著一身黑色套裝。

「這是我未婚夫坦維爾。」托比又說。

他們都握手。瑪麗安咬著嘴唇，懇求地看著馬丁。

「怎樣？」托比說。

「托比，你母親要求只有家人在場。」馬丁說。

「坦維爾也是我的家人，我要他在這裡。蘿拉讓她先生或是孩子來就沒有問題——」

「我可沒把陶德帶來，」蘿拉厲聲說。「他在照顧湯馬斯和邁可。」

她握住了她母親的另一隻手。托比張口要回嗆。

「我想向各位致上我們的慰問。我們了解這是非常難熬的時刻。」愛芮卡說。

看到這一家的其他成員令人震驚；和瑪麗安相比，他們似乎是那麼的生氣勃勃又時髦有型。

「對，請坐，兩位警官，」瑪麗安說。她指著沙發前的兩張高背餐椅。愛芮卡和彼得森坐下來。

「請讓我為昨天的事道歉，我不知道我是怎麼了。」

「我和南西談過了，儘管我們認為攻擊警察是很嚴重的事情，她卻不願意提告。畢竟情況特殊。」愛芮卡說。

「我好羞愧……」

「大家想不想喝茶？」坦維爾打岔道，站了起來。人人都愣住。

「茶很不錯。」彼得森說。

「你又不知道東西放在哪裡。」瑪麗安不客氣地說。

「他可以用電壺，而且茶杯一定還放在微波爐上面的老地方。」托比說。

坦維爾彆扭地在原地徘徊。

「對，茶很不錯。」愛芮卡說，給了他一個笑容。

「我來泡吧。」瑪麗安說，站了起來。

「媽，他又沒有傳染病。」托比說。

「托比！夠了！」馬丁厲聲大喝。

「坦維爾。我相信你是個非常好的人，但是——」瑪麗安開口說。

「夠了！」馬丁厲聲說。「妳失去了女兒還不夠，還想失去兒子嗎？就讓坦去泡茶！」

坦維爾離開了房間。瑪麗安把一團衛生紙按在臉上，蘿拉傾身握緊她的手。

「你怎麼能這麼說，馬丁？」瑪麗安氣憤地說。

「他媽的！」馬丁說。

他沒有坐下，仍然在窗簾前來回踱步。愛芮卡這才明白她必須主導這場會面。

「沒關係，」愛芮卡說。「我知道這件事一定很不好受。」

「聽到了嗎，托比，」馬丁說。「這是很不好受的事情。今天應該是只限家人的，我要大家全都在一起，而不——」

「你怎麼能這麼說，馬丁？我們再也不能全都在一起了。你怎麼能忘了潔西卡！」瑪麗安哭喊道。

「主耶穌。我不是那個意思。妳難道真以為我把她忘了？」馬丁大吼。「不是只有妳一個人傷心……耶穌基督。我們都傷心——」

「你不要再妄稱主的名了！」

「爸，」蘿拉插口說。

「不，我不要再聽人說我哭得不夠，我做得不對！」他挪向沙發，一隻指頭戳到瑪麗安的臉上。「我愛我的小女兒，我願意上天下地，只求能跟她再多相處個一分鐘，能讓她現在和我們在一起……能看著她長大——」他的聲音沙啞，轉身躲開了他們。

「呣，我們不想再多打擾你們，」愛芮卡說。「是你們要求要和我們見面，拜託大家專注在我們的調查上，以便抓到那個犯案的人。」

蘿拉也哭了，跟她母親一樣，而托比仍坐著，雙臂抱住寬闊的胸膛。

「喔，我知道兇手是誰，」瑪麗安說。「那個邪惡的混蛋，崔佛・馬克斯曼。你們逮捕他了嗎？」

「目前我們正在調查本案的各個方面。」愛芮卡開口說。

「少給我打官腔，」馬丁說。「說人話！」

「好吧，柯林斯先生。我們接手了一件複雜的案子。潔西卡在二十六年前失蹤時，目擊證人寥寥可數。我們必須回溯原始的調查，一一過濾，而你也知道初始的調查有許多疏漏。」

「他人呢？馬克斯曼？」

「據我們所知他住在越南。」

「越南？到處都是貧窮的小孩子。只要三千鎊什麼都買得到！」馬丁說。

「那個人，那個邪惡的人。他居然還能告警察，拿到那麼多錢，拍拍屁股走人，什麼事也沒有，這樣公平嗎？」瑪麗安說。

「當時沒有足夠的證據。」愛芮卡說。

「我看過這些電視節目，有了犯罪鑑識，你們當然可以做更多吧？」馬丁說。「那些當時做不了的事？」

「我們發現潔西卡的骨骸時……她在水裡許多年了。鑑識上能做的有限……」

全家人都瞪著她看，各自沉吟著潔西卡被丟進水裡的這個訊息。

愛芮卡往下說：「我破過兩件綁架案，我也親自挑選了最優秀的警員和我共事。我知道很多人已經放棄了潔西卡，但是我不會。我會抓到這個混蛋，讓他接受司法的制裁。我向你們保證。」

馬丁看看愛芮卡又看看彼得森，點了點頭。

「好吧，我就信妳一次，」他說，眼淚盈眶了。「妳像是個我可以信任的女人。」他別開臉，從口袋裡掏出一包香菸，點燃了一根。

「你也要上她嗎？」瑪麗安說。一陣沉默。「你們知道嗎？他上了那個婊子刑警，亞曼達・貝克。」

「瑪麗安，閉嘴——」馬丁說。

「我不要，我為什麼要閉嘴？你跟那個女人上床。那個女人還安慰我，我還把私密的心事都告訴了她。」

「那是在她來辦案之前很久的事了！」馬丁大吼。

「所以就沒關係嗎？」瑪麗安說，搖搖晃晃站了起來。

「你們卻還說我是這個家裡人人都覺得丟臉的那一個。」托比說，幾乎是在向愛芮卡和彼得森說悄悄話。

「閉嘴！」蘿拉大喊。「你們三個。現在是在說潔西卡！我的……我們的妹妹；她沒有機會長大，她應該在這裡的！而你們三個卻只顧著鬥嘴吵架！」眼淚流過了厚厚的粉底，她拿手背去擦。

「沒事，達令。」瑪麗安說，抱住了蘿拉，卻被甩開了。

「我們什麼時候能看她？我要看她。」蘿拉說。

「我也想看她。」瑪麗安說。

「我也是。」托比說。

「這當然是可以安排的，但是必須先等鑑識完成，然後潔西卡的屍骨才能還給你們。」愛芮卡說。

「他們在把她怎麼樣？」蘿拉說。

「他們正在檢驗，設法獲得更多線索，拼湊出她的死因。」

「她吃苦了嗎？拜託，告訴我她沒有吃苦。」瑪麗安懇求道。

愛芮卡深吸一口氣。「艾塞克·史壯是國內首屈一指的鑑識病理學家，備受敬重。潔西卡由他來負責是不會有什麼損傷的。」

瑪麗安點頭，仰望著馬丁。他背對著他們，倚靠著牆，低著頭。手上的菸快燃盡了。

「馬丁，過來這裡，親愛的，」她說。他移向沙發，坐在瑪麗安旁邊的椅臂上，頭埋到她的頸子，發出了深深的一聲嗚咽。「沒事，沒事。」她說，一手按著他的背，把他拉過去。蘿拉也挨著母親，三人一起啜泣。

「我幾乎不記得她。」托比說，眼中含淚，抬頭看著愛芮卡和彼得森。

坦維爾端著一盤茶回來，放在大咖啡几上。愛芮卡只想要離開這棟壓迫窒悶的房子，不但家具陰暗，而且氣氛恐怖，聖母像都多了一種不祥的憂鬱。

「我們想要重新在媒體上呼籲，想請問你們是否願意——全家人一起出面？」愛芮卡問道。

他們都點頭。

「我們的媒體聯絡官可以建議時間以及方式。」

「你們有新的嫌犯嗎？」蘿拉問道。

「目前還沒有，但是我們有了新的線索。」

「什麼線索？」蘿拉問得犀利。

「呣，最明顯的一條就是我們是在海斯採石場找到潔西卡的。我能請教你們對那地方有什麼了解嗎？你們曾全家人去過，或是帶潔西卡去過嗎？」

「我們幹嘛要去那個舊採石場？」瑪麗安說。「潔西卡喜歡的是跳舞，是去寵物園地……」

「我去釣過魚，」托比說。「十二歲或是十三歲時……喔，主耶穌，她一定就在水底下。我是搭船的，她一直在那裡。」坦維爾坐在托比的椅臂上，握住了他的手。

瑪麗安看到了，馬上別開臉。然後彼得森說話了。

「我知道是在為難你，不過你搭的是誰的船？你認識哪個人是能弄到船的？」

「我朋友，卡爾。那是一艘橡皮艇，」托比說。「可是卡爾跟我去釣魚時才十三歲；潔西卡是在我四歲時失蹤的。」

「說來說去還是繞到崔佛．馬克斯曼身上，」馬丁說，抬起頭來擦眼淚。「市議會似乎認為把個天殺的猥褻兒童犯中途之家放到我們這條街上來沒什麼關係！你們看過他拍的照片嗎？還有錄影，錄的是潔西卡和瑪麗安和蘿拉在公園裡玩的畫面！」

「他是我們的嫌犯名單上的頭一個，而且他會被帶來再次接受訊問。」愛芮卡說。

馬丁搖頭。「我寫信給我們本區的國會議員問她能不能追查第一次的調查。妳知道她是怎麼說的嗎？」

「不知道。」愛芮卡說。

「她寄了一封樣版信來，連他媽的動支筆都懶。我的建築公司雇用的秘書只有基本的資歷，可就連他們都知道回信起碼要用手寫的，國會議員會不知道？妳知不知道國會議員居然什麼資歷都不需要……？」他這時在客廳裡踱步，瑪麗安、托比和蘿拉緊盯著他。「你們兩個又有什麼資歷？」

「我們是警察。」彼得森說。

「是嗎？哼，馬克斯曼那個不識字的混蛋找了個厲害律師，得到司法協助，告贏了你們，還拿了三十萬鎊。」

「過去的事令人遺憾。」愛芮卡說，但是一聽見自己說的話，她就知道只會更加激怒他。

「哼，我有錢，我不需要司法協助，還有，你們知道嗎，蘿拉的前男友現在也是一個他媽的好律師了？」

「爸，」蘿拉說，瞪了他一眼。

「奧斯卡．布朗是『剛毅事務所』的合夥人，而且他已經說過他隨時都可以為我效勞。」

「奧斯卡．布朗，」愛芮卡說，想起了在卷宗裡見過。「潔西卡失蹤時他是妳的男朋友？」

「對。」蘿拉說，一邊擦眼淚。

「潔西卡消失時你們兩個在威爾斯露營？」

「對。我們一聽說消息就直接回來了。我們是在新聞上看到的……」她的下唇開始抖動。

「那妳一直和奧斯卡有聯絡？」

「他跟我一樣，結了婚，有孩子了，但是他一直有聯絡。那種事情會讓你們之間有一種牽絆。」

愛芮卡看到馬丁又在踱步，而且臉孔發紅。

「殺死潔西卡的人這二十六年來到處逍遙，高聲大笑，就因為你們這票人，你們這票他媽的廢物，什麼事也辦不好。你們讓線索從指縫溜走。她怎麼會就憑空不見了？她只不過是走在天殺的馬路上，根本沒多少時間，卻**一個人也沒看到！**」

說完他掀翻了一盤茶，茶杯和盤子砸在地板上。

「請冷靜點，先生。」彼得森說，向馬丁走去。

「你憑什麼叫我冷靜！你憑什麼走進我的房子——」

「這裡不再是你的房子了，馬丁，」瑪麗安尖聲說。「而且你也無權回來這裡打破東西。」

她跪在地上，開始撿大片的碎瓷。

「媽，妳會割到手。」托比溫柔地說，也跪下來輕輕把她的手拉開。

蘿拉無助地看看弟弟又看看母親，而她的父親來回踱步，臉孔漲紅。

馬丁開始踢牆，瑪麗安尖聲叫他停止。

「柯林斯先生，你再不冷靜我就不得不把你銬起來，送進警車裡了。」愛芮卡說，拉高了聲音。「你真的想要這樣子嗎？外面有記者，他們最喜歡找到新角度了，而內疚的父親正好可以讓他們大作文章。」這句話讓馬丁戛然而止，回頭看著愛芮卡。「那你是要冷靜下來了嗎？」

他點頭，因為受到了斥責。「對不起。」他說，一手揉著腦袋。

「我無論如何也沒辦法想像你們全家的心情。」愛芮卡說。

「我們都被撕成了碎片。」他又哭了起來，瑪麗安移過去安慰他，托比和蘿拉也是。坦維爾站在一邊，和彼得森一同盯著他們。

「好，我想今天就這樣吧。你們需要一點時間相處。我們會再核查一遍所有人的證詞，可能會和你們請教一些事情。我的一名警員會和你們聯絡。」愛芮卡說。

她向彼得森示意，兩人就快速離開了。

18

跟柯林斯一家見過之後，愛芮卡和彼得森坐進了停在埃芳岱爾路七號外的汽車裡。

「有夠慘的，」彼得森說，疲憊地揉眼睛。「我們去了，又有什麼幫助？」

「他們全都被哀傷綁住了，我甚至沒法告訴他們幾時能看潔西卡的遺體。這件案子……」愛芮卡頓住，沒把「破不了」三個字說出口。「原來馬丁・柯林斯跟亞曼達・貝克有染……」

「所以又多了一層的……複雜。」彼得森說。

「我當初要求你來辦這件案子，你一定樂歪了。」愛芮卡懊惱地說。

「我想念妳……我是說我想念和妳一起工作，辦案，當然還有摩斯。」彼得森說，立刻就糾正了口誤。愛芮卡看了他一會兒，又回頭看著擋風玻璃。

「潔西卡就是在這裡失蹤的。」她指著馬路，兩側種植了參天的橡樹，樹枝向上伸展到灰色的天空裡。「好冷，對不對？」

「妳要開暖氣嗎？」彼得森問道。

「不是，是這條街，這一區。感覺好冰冷，拒人於千里之外。這麼多高檔的豪宅，隱藏在別人看不到的地方。」

攝影師都圍在草皮的邊緣，拍下了愛芮卡和彼得森進出柯林斯家的照片。一個髮色轉灰的矮小男子邁步要走進車道，愛芮卡閃了車子的藍燈、啟動警笛，他嚇得後退，這才注意到無標誌汽車中的他們。她就讓藍燈開著，呼叫警局，要他們派一名警員過來。攝影師把鏡頭對準他們的車一會兒，隨後又回頭聚焦在房子上。

「妳會覺得馬丁．柯林斯剛才有點浮誇嗎？」彼得森問道。

「什麼意思？」愛芮卡問道。

「掀翻托盤的舉動有點做作。要是他摔東西，或是……我也說不上來，打我們，倒是不會讓我意外。」

「你覺得他有什麼事瞞著大家？」

彼得森搖頭。「上次的調查對他了解多少？他的生意往來？」

「他在八〇年代的房地產榮景中賺了很多。柯林斯家是一九八七年從愛爾蘭搬過來的，起初真的是身無分文，到一九九〇年他們就住在這裡了……」

「妳覺得是有人綁架了潔西卡？」

「不知道。沒有人要求贖金吧？」

「沒有。她就這麼消失了，結果是四分五裂，她的家庭，倫敦警察廳的調查……」

愛芮卡抬頭看著街道，解開了安全帶。「我們去走一走。」

兩人下了車，暫時吸引了記者的注意，拿著相機猛拍一通。愛芮卡和彼得森朝二十七號的方向走去。他們左邊的房屋低於馬路，每家的車道都是下坡道。右邊的房屋建築在堤岸上，車道則向上。

「到了，花了兩分鐘。」彼得森說。兩人停在二十七號的外面。這是一棟奶白色的兩層樓房屋，門面有四根柱子。車道重新鋪設過，雨水在平整無瑕的路面上有如一顆顆水銀。

「這棟屋子從一九九〇年以來換過兩次屋主，」愛芮卡說。兩人站了一會兒，來回看著街道。「崔佛・馬克斯曼住的中途之家就在這上面。」她又說。

他們繼續走了幾分鐘，來到了馬路向左急彎之處。對面是一棟三層樓的大豪宅，隱藏在彎道之後，漆成奶油黃，前部的窗框和門柱閃爍著白光。平整的草皮上豎著一面白色招牌，以黑色字母寫著這裡是「司旺退休之家」。窗戶反射出灰色的天空，讓這地方有一種茫然瞪視的氣氛。一隻很大的黑烏鴉落在招牌上，羽毛和招牌上的黑色字母一樣閃亮，牠發出哀鳴。

兩人轉身，立刻就能飽覽整條街上下起伏的風光，看見他們的車停在遠處的路邊，攝影師則漫無目標地閒晃。樹籬在街道的兩側形成了一道高牆。

「我只是在想像潔西卡在外面這裡，和家那麼近，卻是孤伶伶的一個人。她有尖叫嗎？她被擄走的時候有人從那麼濃密的樹籬後聽到她尖叫嗎？」愛芮卡說。

「為什麼要把她丟在距離她家不到一哩的水裡？如果是住在這條街上的人呢？這些房子都很大，一定有地下室。」

「我在檔案裡看過這條街以及附近街道的每一棟房子都被搜查過，差不多每一戶都同意警察搜索。」

「那她就真的是消失了。」彼得森說。烏鴉又叫了，彷彿是在附和。「再來呢，老大？」

「我覺得我們應該去拜訪一下亞曼達．貝克。」愛芮卡說。

兩人往回走，來到停車處時愛芮卡要求的警員也在他們旁邊停車，搖下了車窗，愛芮卡和彼得森就走過去和他說話。

他們沒有注意到在那群記者之中站著一個高個子，脖子上掛著攝影機，穿了一件防水長外套。他和其他記者不同的是他對柯林斯家不感興趣，反倒是緊盯著愛芮卡和彼得森，想猜出他們的下一步。

19

亞曼達．貝克住在西南倫敦巴冷區一條住宅區街道尾端的透天厝裡。前院長滿了野草，雜亂不堪，紗窗的油漆也褪色剝落。街道安靜，愛芮卡和彼得森停車時雨滴也落了下來。

院子的木柵門倒在小徑上，他們還得跨過去，到了大門，他們按了門鈴，卻沒有人來應門。愛芮卡走向骯髒的前窗，窺探客廳，只看出角落有台電視，播放著午後的拍賣節目。忽然，一雙被幾綹轉灰的頭髮圍繞住的眼皮沉重的眼睛出現了，嚇了她一跳。那個女人揮手要她走，那隻手被羊毛長袖半遮住。

「哈囉，亞曼達．貝克嗎？我是佛斯特偵緝總督察，」愛芮卡說，趕緊掏出警徽，貼在窗上。「我是和我的同事彼得森偵緝督察來的。我們想跟妳談一談潔西卡．柯林斯失蹤案。」

那張臉孔靠近，注視他們的警徽。

「免了。」她說，並且拉上了窗簾。

愛芮卡敲玻璃。

「貝克總督察，我們是來請求妳的協助的；如果能讓我們聽聽妳對這件案子的看法，對我們真的很有幫助。」

窗簾打開了一條縫，那張臉孔又出現了。「你們兩個的警徽我都要看。」她說。

彼得森走向窗戶，把他的按在玻璃上。她瞇著眼看，嘴唇四周有很深的老菸槍細紋。

「到側門去。」她好不容易才說，而且又拉上了窗簾。

「為什麼不能開前門？」彼得森呻吟著說，兩人從門廊下來，步入細雨中。

他們匆匆沿著一道發霉的籬笆彎過前院，籬笆最遠的那頭上方出現了一隻手，然後有片板子向內掀開。

前偵緝總督察亞曼達・貝克是個龐大的女人，黑T恤外罩著一件污穢的開襟長毛衣，黑色內搭褲，黑色布希鞋，腳上是灰色厚毛襪。她的臉浮腫，滿臉通紅，而且有雙下巴。她的灰髮又長又油膩，用橡皮筋綁在脖子後。

「我要三十鎊。」她說，一面伸出手。

「我們想跟妳談那件案子。」愛芮卡說。

「而我要三十鎊，」亞曼達再說一遍。「我知道是怎麼回事。你們會付錢給個老妓女或是毒販打聽消息。而我對這件案子知道的可多了。」她把手往前伸，手指還動個不停。

「妳曾經是警察。」彼得森說。

亞曼達上下打量他，眼神挑剔。「是啊，甜心。可現在我只是一個什麼都不怕的老太婆。」

她走去關門。

愛芮卡舉起一隻手。「好。」她說，一面朝彼得森歪頭。

他翻白眼，拿出皮夾，給了亞曼達一張十鎊一張二十鎊鈔票。

她點頭，把錢塞進胸罩裡，指示他們跟著她走進那條陰冷潮濕的甬道。他們經過了一扇浴室窗，一架小通風扇懶洋洋地轉動著，吹出了尿臊味和馬桶清潔劑的味道。他們走入了一處後院，也是雜草叢生，角落堆著一袋袋的垃圾。

到了後門，亞曼達在一條薄地墊上擦她的布希鞋，愛芮卡倒覺得諷刺，因為這棟房子是走出來後才需要把鞋擦乾淨的。廚房以前相當漂亮，現在卻骯髒污穢，堆滿了沒洗的碗盤和一袋袋外溢的垃圾。洗衣機在轉動，旁邊有一張狗床，卻沒有狗。

「到客廳去。要喝茶嗎？」她說，聲音是老菸槍的沙啞菸嗓。

愛芮卡和彼得森看著骯髒的廚房，然後點點頭。

他們穿過門廳，經過了一處陡峭的木樓梯，平台陰森森的。門廳裡的舊報紙抵著前門，堆得及胸高。客廳擠滿了家具，四壁和天花板都被尼古丁熏黃了。

「妳真的敢喝她的茶？」彼得森壓低聲音說。

「不敢，可是可以幫我們爭取更多時間……」愛芮卡也低聲回答。

「哼，三十鎊應該可以幫我們買到至少一個小時。」彼得森說。

他被前窗上的敲擊聲打斷了，一張臉貼著骯髒的玻璃。亞曼達急匆匆從他們後面出來，走向窗戶，打開了窗。

「還好嗎，湯姆？」她說。

一隻手遞進來幾封信，然後是兩瓶灰皮諾。愛芮卡移向窗戶，看到是郵差。亞曼達從胸罩裡掏出鈔票，給了他那張二十鎊的。他從前院的柵門走了，還吹著口哨。

「怎樣？」亞曼達看到他們的表情後說。「在美國這叫做送酒服務。」

「通常不是由郵差遞送的。」彼得森說。

「不來一杯嗎？」

「我在值勤。」他冷冷地說。

「那我去泡茶，」她說。「坐吧。」

「原來前門不開是因為這樣。」彼得森在她離開後說。

「你可以不必那麼粗魯。」愛芮卡說。

「嗄？妳要我跟她一塊喝郵差送來的酒，醉得東倒西歪？」

愛芮卡忍不住笑了出來。「不是，只是別那麼高冷。小小一點打趣玩笑可是能有不少收穫的。要往大處看。」

彼得森清掉了沙發上的一摞報紙和巧克力包裝紙，坐了下來。客廳硬擠進了兩張凹陷的沙發、一張餐桌和椅子。電視擺在一個大電視櫃上，佔據了一面牆，電視櫃也塞滿了書和文件。愛芮卡走過去看牆上的一幀照片，相框是廉價的金色辮子花紋。彩色照片的底部有些毀傷褪色，被濕氣浸透了。年輕纖瘦的亞曼達．貝克穿戴著舊式女員警制服：黑色厚緊身褲、裙子、外套、大盤帽。帽子底下仍可見到她烏黑亮麗的頭髮，而且她站在亨登警察學院外，身邊是一名年輕的男警員，穿著制服，帽子夾在手臂下。兩人高舉著警徽，笑盈盈地看著鏡頭。

「我就知道妳會一眼就看到那個。」亞曼達說，端了盤熱氣蒸騰的茶和一大杯白酒進來。

「我認得他。」愛芮卡說，拿起了托盤上的一只杯子，又回頭看照片。

「蓋瑞思．歐克利警員。我們在七〇年代是刑事偵緝科的同事。我跟歐克利那時是同一個階級。妳也知道他現在是從助理總監的位子退下來的。」

「那一定很有趣：七〇年代一個女人在刑事偵緝科？」

亞曼達僅僅挑高一道眉。

「樣子就像是歐克利。他那時的頭髮比現在還少。他幾歲？」愛芮卡問，更仔細看他稀疏的頭髮。

亞曼達咯咯笑。「二十三。他升上偵緝總督察之後就開始搽生髮水了。」

「那是歐克利助理總監？」彼得森說，現在才明白過來。

「我們一起在亨登受訓，一九七八年畢業。」亞曼達說，一屁股坐在窗邊的大扶手椅上。愛芮卡則坐在彼得森旁邊。

「歐克利才剛退休，儀式可隆重了。」彼得森說。這句話在室內懸浮。三人都坐定了。

「好，我們今天來是非正式的，想問問妳對潔西卡．柯林斯案的看法。我被分到這件案子。」愛芮卡說。

「妳是得罪了誰嗎？」亞曼達咯咯笑，笑得陰沉，喝了一大口白酒，從開襟毛衣口袋掏出一包菸。「那個案子有毒。我就一直覺得他們會把她丟在採石場……不過我們搜了兩次，什麼也沒發現……」她停下來點菸，吸了很長的一口。「所以他們不是把她關在別的地方，就是移動了屍體。不過現在輪到妳來查出來了，不是嗎？」

「妳確信是崔佛．馬克斯曼？」

「對，」她點頭，定睛看著愛芮卡。「他因此而受火刑，可妳知道嗎？再來一次我還是照幹。」

「那麼妳是承認是妳知會了那些人她們才把汽油彈丟進他家裡的？」

「妳就沒想過要親手執行正義？」

「沒有。」

「得了，愛芮卡。我看過妳的新聞。妳先生被那個毒販槍殺了，外加四個妳的同事，還把妳丟下來等死。難道妳會不想跟他單獨在房間裡一個小時，只有你們兩個和一支釘滿了鐵釘的球棒？」她把菸彈到身邊桌上一個過滿的大菸灰缸裡，但從頭至尾視線都沒離開愛芮卡。

「會，我會。」愛芮卡說。

「這不就結了。」

「可是我卻永遠也不會那麼做。我們身為警察就該守法，而不是知法犯法。妳還跟馬丁．柯林斯外遇？」

「沒錯。他和瑪麗安已經結束了，就在潔西卡失蹤之後一年半。我們走得很近，這件事比馬克斯曼還讓我後悔，可是我戀愛了。」

「他也愛上妳了嗎？」彼得森問道。

她聳聳肩，又喝了一大口白酒。「我經常想那是我對那家人做的唯一一件好事。我沒辦法找回他們的女兒，但至少在馬丁和我在一起時，我讓他遺忘。」

「我們現在找到了潔西卡，妳仍然認為是崔佛・馬克斯曼幹的嗎？」愛芮卡問道。

亞曼達又抽了一口菸。「我一向覺得要是有什麼事就明擺在眼前，那就一定是真的……不過他有同夥，而且我覺得在他綁走她之後，他是把她藏在別的地方。」

「妳有叫人監視他嗎？」彼得森問道。

「有，但是在她失蹤和我們盯上他之間有一個星期左右的空檔……我覺得他就是在那時下手的。」

「我看過妳的檔案。」愛芮卡說。

「是嗎？」亞曼達說，在煙霧中瞇眼。

「潔西卡・柯林斯案發生之後，妳就被調到緝毒組了，而且妳被控轉賣古柯鹼。」

「我他媽的是個好警察。我為像妳這樣的女性鋪路，二十年前妳只是那種拿來做幌子的花瓶，而現在妳被接受了，被認真看待。妳忘了那些為妳在警隊的地位奮鬥的人了。」

「原來都是妳的功勞啊？難不成妳是倫敦警察廳裡的蘿莎・帕克斯[3]？」彼得森說。一陣彆扭的沉默。愛芮卡瞪了他一眼。

「我們來只是為了想聽聽妳這一方的看法的。」愛芮卡說。

「我這一方？」

「對，辦這件案子的情況，妳的意見。我完全沒有頭緒，只有看也看不完的檔案。」

亞曼達沉默了一會兒，又點了一根菸。「我在刑偵科的時候只有我是女的，每一件強暴案都由我處理。我照顧那些女人，我採樣，我關心她們，從來不忽略她們的電話，在強暴她們的人渣羈押候審時我支持她們，好幾個月後我在法庭裡握著她們的手。就我一個人單打獨鬥。結果反而是那些早早就溜進酒吧，那些勒索性工作者免費性交的人升遷了。後來我終於拿到了潔西卡・柯林斯案，他們卻讓我感覺我越線了，覺得我是在妄想要攀高枝。」

「我很遺憾。」愛芮卡說。

「不必。不過別批評我。一個人走到了發現照著規矩來只會走進死胡同的那一步……」她拿菸屁股指著牆上的照片。「那個混球，歐克利，做到了助理總監。」她把菸在過滿的菸灰缸裡用力擰熄。「以前我們兩個常常一塊巡邏。有天晚上我們半夜三點在卡特福高街上，有個傢伙在一條小巷子裡拿刀攻擊我們。他不知道是嗑了什麼藥……他抓住了歐克利，刀子抵在他的脖子上，歐克利嚇得對賽。我可不是在打比方，他真的嚇得拉褲子。那個帶刀的小子，已經是夠神經質又緊張兮兮的了，一聞到臭味就嚇跑了。歐克利被他自己的大便救了。諷刺的是，幾年之後，他居然因為降低了持刀犯罪率而得了員佐勛章……那天晚上我幫忙他，幫他清理，幫他保守秘密。我

❸ 蘿莎・帕克斯（Rosa Parks, 1913-2005）是美國黑人民權行動的重要人物，被美國國會譽為「現代民權運動之母」。

們那時很團結。多年以後，輪到我出錯了，他那時已經是總警司，他卻來個甩手不管，讓我一個人倒楣！」

亞曼達這時氣得發抖，又點燃了一根菸。他們默默坐了一會兒，時鐘大聲滴答，一輛汽車駛過外面的馬路，天空似乎變得更暗。愛芮卡看著彼得森，示意該離開了。

「有一件事，」亞曼達說。說完就暫停，揉著臉。「妳在海斯採石場找到了屍體。我們在一九九〇年八月和九月底分別搜索過，當然是白忙一場。有個老人，竊佔了那邊的一棟房子，房子很小，有地窖。我們也什麼都沒找到。可幾個月之後他上吊了。」

「所以呢？」愛芮卡問道。

「不知道。如果崔佛．馬克斯曼有同黨，有可能是他。」

「妳記得他的名字嗎？」

「老巴，他自己這麼說。他的腦筋不太正常，但是並沒有暴力傾向。前兩年他們關閉了一間精神病院，他就流落街頭了。他有點，嗯，無憂無慮，很單純。這樣的人會喝毒藥又上吊，我覺得很不尋常。」

「他還喝了毒藥？」愛芮卡問道。

「對。」

愛芮卡的手機響了，她道個歉，接了電話，說了起來。

「你真的不想喝杯白酒嗎？不然來瓶啤酒？」亞曼達問道，在煙霧中瞇眼看著彼得森。

「不了，我在值勤。」彼得森說。

「你不想從我身上擠出更多消息嗎？」她說，張大了眼睛。

彼得森很開心愛芮卡的電話講完了。

「克勞佛打來的。」

「偵查員克勞佛？」亞曼達問道，眼神亮了起來。

「對。他在一九九〇年也辦過這件案子，是吧？」

「對。討厭的小混蛋。老是想討好，卻繳不出成績來。喜歡裝忙——」

「嗯，謝謝妳告訴我們的情報，我們就不再佔用妳的時間了，」愛芮卡說。「我再來拜訪可以嗎？我們正在排查所有的證據，可能會有些事需要請教妳，或是澄清的。妳有時間的話。」

「當然，我隨時候教。」她說，對準彼得森彈掉菸灰。

「你怎麼看？」愛芮卡一坐回車上就問。

「採石場邊的房子是一條可能的線索，讓我們有了別的嫌犯，一個不是崔佛・馬克斯曼的人。」

「可是他死了，老大。」

兩人沉吟了一會兒。

「而且在個人層面上，我覺得需要洗澡，那是性騷擾。」他又說。

「很恐怖，對吧？不過這都是很好的訓練。這下子你知道當女人有多難了吧。」愛芮卡說。

「克勞佛有什麼事？」彼得森在她發動引擎時問。

「柯林斯家可以看潔西卡的遺骸了。」愛芮卡說。

「妳覺得該讓他們看嗎？她只剩——」

「白骨了，對。可是他們有權利，而且瑪麗安堅持要看到女兒。」

愛芮卡換檔，車子離開了亞曼達的房子。

馬路前端一百碼處，有輛藍色汽車躲在一排靠邊停的車輛中。那個黑髮男坐在裡面，他從柯林斯家跟蹤愛芮卡和彼得森過來，一路掩藏行蹤，而現在他盯著他們駛離。

他伸手到防水衣裡，拿出手機，撥了一個號碼。

「我是蓋瑞，」他說，一口軟軟的愛爾蘭腔。「負責的警察，佛斯特偵緝總督察，剛剛離開了亞曼達．貝克的屋子。她跟一個黑人警察一塊，不知道姓名。」

另一端的人在說話，他靜聽，忽然打岔說：「別緊張。我們早就料到他們會來找亞曼達……嗯，那得看她喝那麼多酒吃那麼多藥之後腦子還能有多靈光。現在找到屍體了，她還是有機會能把事情都拼湊起來。而且那個姓佛斯特的女人不簡單，她可是個厲害角色……好，我會乖乖等。可別忘了，我們的時間不多了，而且還不只是在一個方面，你可要記著才好。」

蓋瑞掛掉了電話，正好有一名年輕漂亮的金髮妞從他停車處的那棟屋子前門出來，她推著嬰兒車，雖然下雨，她還是穿著內搭褲，大衣也敞開著，露出了低領上衣。蓋瑞上上下下打量她，朝她眨眼，她回以羞澀的笑容。

接著他發動引擎，開走了。

20

那天傍晚，愛芮卡和摩斯站在彭奇的停屍間的小指認室後方。玻璃前站著瑪麗安．柯林斯和蘿拉、托比、馬丁，等著簾子拉開。

他們為此打扮得很時尚，一身黑，唯一的顏色來自於瑪麗安手上拿著的單枝紅玫瑰。摩斯瞧了瞧愛芮卡，皺起了眉頭。時間似乎是以秒計算；他們是聽說已經都準備妥當的。房間很安靜，大家瞪著眼，連玻璃後面燈泡的嗡嗡聲都聽得到。就在愛芮卡覺得該打破沉默時，簾子緩緩拉開了，小小卡了一下，隨即露出了潔西卡．柯林斯的遺骸。

瑪麗安哽咽了一聲，更靠近玻璃，整個人貼在上面。潔西卡的骨骸整齊地排列在鋪著藍布的桌上。艾塞克向愛芮卡說明過藍色比較好。白布更會襯托出骨頭的慘白。

「嗨，達令，我們來看妳了。我們現在會照顧妳，」瑪麗安說，一手按著玻璃。「把拔和托比來了，蘿拉也來了，我也是，妳的媽咪。」她轉向馬丁。「我能看到她，她在那裡。看，馬丁，看，那是她的頭髮。那是我的寶貝的頭髮。」

艾塞克刻意把小小的頭顱安放在一個白色薄枕上，粗糙易脆的頭髮則散亂在桌上。雖然骨骸破碎，他仍然讓潔西卡看來很完整，彷彿是很安詳地躺著。

蘿拉哭了出來，跑出房間。托比和馬丁轉身看她跑去哪裡，隨即和瑪麗安一塊站到玻璃前，她正在喃喃禱告，吹出的氣息在玻璃上形成了一道圓弧。愛芮卡向摩斯點頭，要她陪著他們，自己則向外走。

蘿拉的丈夫陶德坐在走廊的椅子上，帶著兩個小兒子等待。他是個長相討喜的人，深色頭髮，柔和的棕色眼睛。蘿拉背對著愛芮卡，蹲下來擁抱兒子，一邊抱一個。她一面哭一面親吻他們，說：「你們很安全。你們是我的。我不會讓你們出事，我保證。」兩個孩子被蘿拉的母愛弄得不知所措，抬起困惑的小臉看著愛芮卡。

托比的伴侶坦維爾從販賣機買了咖啡回來，給了陶德一杯，他帶著笑容接過來。

「我絕對不會讓你們離開我的視線。你們太珍貴了。」蘿拉說，把兒子抱得更緊。

「蘿拉，」陶德說，俯身解救孩子。「輕一點，妳會嚇到他們。」

愛芮卡從他的口音知道他是美國人。蘿拉放開了孩子，注意到她站在走廊上。

「房間裡有什麼，媽咪？」一個孩子說。愛芮卡看出他們是雙胞胎。

「警察找到了潔西卡的——」

「蘿拉，我們說好了，不講細節。」陶德打斷了她。

「不講細節？陶德。細節？潔西卡可不是一堆細節而已！我們不能粉飾太平，當她不存在！」蘿拉哭喊著說，站了起來。

「甜心，我不是這個意思。」陶德說。也站起來摟住蘿拉，她把臉埋進了他的胸膛，嚎啕大哭起來。兩個小男孩瞪著受驚的眼睛看著愛芮卡。

愛芮卡蹲下來，露出微笑。「哈囉，我是愛芮卡。你們叫什麼名字？」

「湯馬斯和邁可，」其中一個說。「我是湯馬斯，他是邁可。他很害羞。」兩人都點頭，像個小大人，然後抬頭看他們的父親。兄弟倆穿著一模一樣的藍色牛仔褲和綠色毛衣。

「沒事，兒子，媽咪真的很難過，可是我們沒事。」陶德說，輕撫蘿拉的後腦勺。

「你們想吃巧克力嗎？轉角那邊有販賣機。」愛芮卡說。陶德點頭向她道謝。

「對，我看到販賣機了，有一大堆好吃的巧克力。」坦維爾說。

他們沿著逼仄的走廊走，在盡頭轉彎，這裡又有一些椅子和一台販賣機。雙胞胎走到玻璃前挑選他們想吃的糖果。

「我要火星巧克力，號碼是B4。」湯馬斯說。

「我也要。」邁可說。

坦維爾投入硬幣，按了按鍵。

「這種時候見姻親還真是時候。」他說。

「你沒見過托比的家人？」

「我見過蘿拉和陶德，凱莉和孩子們，在西班牙——」

「凱莉是馬丁的？」

「對，她是馬丁的……她非常好。他們很想結婚，可是瑪麗安，嗯，妳也見過她。她是非常正統的天主教徒。」

「托比跟你說過潔西卡什麼？不介意我問的話。」

他彎腰從販賣機底部拿巧克力，交給了雙胞胎。

「他覺得內疚。」

「她失蹤時他不是才四歲？」

「他覺得內疚是因為他不怎麼記得她。他記得蘿拉和他母親吵架，話說得很難聽，有時候甚至還會動手。」

「誰動的手？」

「兩個都有。妳看過他們的廚房嗎？」

「匆匆一瞥。」

「後面有一間很大的食品室，以前是冷藏室，裡面有個大冷藏單位，是那種步入式的冰箱。托比說有天晚上他下樓來喝水，聽到冷藏室裡有聲音。他打開了門，發現了蘿拉。是瑪麗安把她關進去的。」

「他確定？」

坦維爾聳個肩。「他有天晚上告訴我的；大概是一年前。我們喝了幾杯，他卸下心防，跟我說他父母的事。」

「他和他父親的關係好嗎？」

「好，非常好。馬丁那個樣子還真讓人看不出來，你會以為他是個愛好足球又討厭同性戀的人，但是他對我不錯，對托比也不錯。他的女朋友很可愛。」

「你為什麼要告訴我這個？」愛芮卡問道。

「不知道。可能我是受夠了我的——我們的——生活型態被瑪麗安因為宗教因素而否定了。而且她還自以為高尚。」

「她對托比施暴過嗎？」

「沒有！他始終都是她的寶貝兒子——」

「這是在幹嘛？」有個聲音說。托比出現在轉角，正盯著坦維爾和愛芮卡。雙胞胎正坐在一段距離外的椅子上，巧克力吃得滿臉滿手都是。

「佛斯特總督察在問你母親的事——問她是不是還好。警察擔心她可能會情緒崩潰。」愛芮卡很意外坦維爾竟然說謊，但是她沒有戳穿他，反而配合他演出。

「現在有很多的支援團體，我有聯絡資料。」她說。

「媽有教會，她說她需要的他們都有……坦，你要進來看看潔西卡嗎？我想讓你看。」

「好。那你媽呢？」

「我們都失去了潔西卡，不是只有她一個人。」托比說。

他們走開了，陶德也和蘿拉過來帶孩子，蘿拉的眼睛仍然又紅又腫。

我越是深入調查這件案子，秘密就似乎埋得越深，愛芮卡這麼想。

21

夜深了，但是亞曼達．貝克睡不著。她坐在扶手椅上，拿著一支筆和一本A4筆記簿。在刑警來找過她之後，她又開始回想潔西卡．柯林斯案，不是帶著憤懣，而是用破案的角度來看。她先把能記得的事情都寫下來，已經寫滿了半本。電視開著，卻是靜音，而多年來頭一次她感覺有了活力，有了目標。她幾乎完全回想起當年的調查，十五年了，她努力想憶起，卻總是被酒精和時不時的吸毒弄得恍恍惚惚。她甚至還控制了白酒攝取量，寫著寫著一抬頭注意到她只喝到第三杯。

前窗有輕輕的敲擊聲，她摘掉眼鏡，把自己從扶手椅上弄起來，走向窗戶，把窗簾拉到一邊，看見了一張熟悉的面孔。她把窗子向上抬，空氣乾爽，還有新鮮的臭氧味。克勞佛瞇著眼睛看她，因為光線從客廳向外流瀉。

「我收到妳的留言了。」他說。

「你一副鬼樣。」她咧嘴笑著說。

「妳才該照照鏡子。」

她沙啞地笑，伸出了手。「爬進來。前門堵住了。」

他抓住了她的手，把自己抬上了窗台，用力擠過窗戶，臉都紅了。進去之後他站在客廳中間一會兒，喘個不停。

「有一陣子了，」他說。「有好多年我們……」

她點頭同意。光線照到他的頭頂，她看出最後幾根沙子顏色的頭髮就和糖絲一樣不捨離去。

「要喝一杯嗎？」她問道。

「好啊。來一杯不錯，今天累死了。」他緊張地揉臉。

她走出去，拿著一個瓶子和一只杯子回來。

「妳怎麼不把這地方整理整理。」他說，接過酒杯。

「你怎麼不把自己整理整理。」亞曼達說，跟他碰杯，一口喝光。他點頭同意，也喝光了酒。她拿走他的杯子，連同自己的一塊放在扶手椅旁的小桌上，轉身瞪著他看。

「我老婆跑了。」他說。

「很遺憾。」

「她帶走了孩子。房子……」

「噓，別壞了氣氛，」亞曼達說，向他走去，一根手指按著他的嘴唇。她把他的外套脫掉一半，困住了他的雙臂。他抬頭看她，帶著張口結舌的慾望。她的雙手移向他凸出的小腹，再到他的腰部以下，解開了他的皮帶。

「喔，」他說，而她拉下了他的長褲拉鍊，一隻手滑進了他的內褲裡。他閉上眼，打個哆嗦。「喔，亞曼達……」

她拉下了他的內褲，把他推到沙發上。「乖乖坐著，別出聲。」她說，跪在他的雙腿間。

克勞佛向後仰頭，開始呼吸沉重。幾分鐘後就完事了。亞曼達站起來，動作頗為艱難，抓起桌上的菸。

「我需要這個；妳還是寶刀未老。妳吹簫的功夫一流，」克勞佛說，穿上內褲和長褲。「還有酒嗎？」

「有。」她說，拿起酒瓶，幫他斟滿。

他接過來，坐回去，心滿意足，喝了一大口。

「我聽說你在辦柯林斯案。」亞曼達說，點燃了菸。

「我是自己找罪受，」他說，翻了個白眼，又喝了一口酒。「我喜歡這裡，亞曼達。我覺得我可以放鬆。我老婆，她老是一點點髒亂都受不了。」

「案子辦得怎麼樣？」亞曼達說。

克勞佛哈哈笑。「妳也知道我是不能說的。」

亞曼達又吸了一口菸。

「我覺得你能說。」

克勞佛坐直了。「等等，妳叫我過來不是為了——」

「什麼？中年人約炮？這也是一個理由。」

「我不信。」他說，重重放下酒杯，站了起來，抓起地上的外套。

「我只是想知道柯林斯案的進展，就這樣，克勞佛。」

「我怎麼就是學不會？妳就是一個愛操縱人的賤貨。」

「這下我成了賤貨了，剛才我還是『一流』的呢。」

「對，現在我看得更清楚了。」

「啊，你性交後思路清晰，克勞佛，那我呢？」

「妳怎樣？」

「我還是不滿足，而且不只是在一個方面。」

克勞佛往窗戶走，但是她雙臂抱胸，阻擋住他的去路。

「別這麼急。你忘了我知道你的小秘密……」

「那是我們兩個的秘密，亞曼達。妳也一樣轉賣我們從街上繳獲的毒品。」他低聲說。

亞曼達聳聳肩，無動於衷。「不過豁出去了就是有這一點好處。我說的當然是我自己。你就要辦離婚了，分居以來你的生活費一定是增加了，水電瓦斯，租個單間公寓。然後你還得為了孩子的監護權協商。你需要這份工作。」

「妳想怎樣？」他說，緊握著拳頭，臉孔漲紅。

「我說了，我只想知道案子的進展……如果我需要什麼影本，你就得提供。」

他看著她一會兒，滿眼恨意。

「行。說完了嗎？」

「還沒有。我們既然有了協議，我需要覺得滿足。」

「我已經說好了。」

「滿足。」她又重複。手指勾著內搭褲的褲腰，把褲子褪到腳踝上。

「妳明知道我不喜歡那樣。」他說，看著她腰部以下全裸，她的皮膚慘白，陰毛又多又黑。

「我們都得要做不喜歡的事，克勞佛。這是活下去的一條法則，」她說，把他往下按。「幹活吧。」

22

亞曼達．貝克的訪客離開時已經很晚了。蓋瑞在車子裡盯著克勞佛從前窗笨拙地爬出來，懊喪地走向他的車，駕車離開。

他又等了一會兒，這才接近亞曼達．貝克的屋子。月亮被厚厚的雲層遮蓋，外頭的街燈壞了，讓屋子更加籠罩在黑暗之中。

他悄悄走到屋前，從前窗往裡望。亞曼達躺在那裡，頭靠著扶手椅，角落的電視放映著自然紀錄片。巨型刺魟在海洋中悠游，旁白輕柔，很有公信力。

蓋瑞兩手按在紗窗的底部，用力一推。並沒有上鎖，輕輕鬆鬆就打開了，向上滑動。他一條腿跨過窗台，溜了進去，關上了窗戶，分開了窗簾。

他這時矗立在亞曼達的面前，俯視著她鬆垮的睡臉，嘴角有一點口水。她旁邊地板上有只空酒瓶。她在椅子上動了動，嘴唇囁動。他伸手去拿她旁邊的那個沉重的菸灰缸，準備要擊打她的頭，但是她卻打起了呼來。

他有兩個選擇：在房間裡裝一個安電池的小竊聽器，或是找到一個隱藏的插座，裝上一個有SIM卡的小黑盒竊聽器。他看見了凌亂的電視櫃，被書和文件壓得不堪負荷，就算有插座在後面都很難使用。房間充斥著菸臭味，但是天花板上有個看來已故障的煙霧偵測器。他站在沙發上，伸長手，俐落地把竊聽器裝進了煙霧偵測器的塑膠殼裡。這是聲控的，電池壽命可以長達數天。

他從沙發上下來，走向門廳。家用電話擺在桌上，紅色的充電燈在黑暗中發光。他伸手去拿，地板忽然吱吱響，他凍結住，趕緊躲進欄杆對面的門洞裡；這是一間堆滿了垃圾的空房間。她腳步沉重地走過去，走到廚房。燈亮了，他聽見自來水打開以及剝開鋁箔包裝藥錠的聲音。燈關掉了，她又走過去，這一次是上樓，腳步拖沓沉重。

蓋瑞從暗處走出來，快手快腳拆開了座機，裝上一個小竊聽器。

樓上的彈簧床吱嘎響，他在門廳停住。他的眼睛適應了黑暗，很想上樓去，跟她玩一玩。她現在顯然沒有行為能力。但是他必須專心，他可以改天再找樂子。他緩緩經過了樓梯底，發現了樓梯有多陡峭。

他在心裡記下來，然後從前窗爬了出去，又融入夜色中。

23

隔天早晨天空灰濛濛的一片，雖然清澈無雨卻非常冷。愛芮卡和彼得森把車子停在海斯綠地的克羅伊頓路入口處小碎石停車場上。下車時他們把外套鈕釦扣上，順著一條碎石小徑前進，在一小叢樹林附近向左急彎，然後再向右彎。樹林擋住了停車場，也看不到房屋和馬路，放眼望去只有一片池邐的綠地。

「天啊，一下子就像是到了漫無人煙的地方。」彼得森說。

「樹林也擋住了馬路的聲音。」愛芮卡說，注意到這裡安靜得讓人發怵。兩人的腳踩著碎石，經過了兩側高大光禿的樹木，樹的間隔很近，所以樹林內一片漆黑。

「這種地方就會讓我想到有紅色的小眼睛在樹林深處盯著我們，」彼得森又說，「像《柳林風聲》裡寫的。」

草地和石南都披著露珠，因為陽光尚未升上樹梢，露水無法蒸發。空中低低懸浮著霧氣，一縷縷白煙也從他們面前飄過。

「要是潔西卡是被帶往這個方向呢？」愛芮卡說。兩人一邊走一邊思索這個可能。

「她在被丟進水裡之前就被包在塑膠布裡？還是到了水邊才包的？」

「我們停車的這個克羅伊頓路入口是最接近採石場的，而且我們走了——」愛芮卡看手錶。

「五分鐘。」

「說不定不止一個人。」彼得森說，兩手插進口袋，陷入長思。

兩側的樹似乎是分開來讓碎石小徑蜿蜒穿過，而在稍微下面一點的地方就是採石場。靜滯的水倒映著灰色天空，水面飄浮著低低的霧。碎石小徑在距水邊一百碼處終止，他們踩著凹凸不平的海綿似的苔蘚走向岩石崎嶇的岸邊。愛芮卡覺得上次和潛水隊來似乎不止是一個星期之前的事。

「無論是誰都需要一艘船，」她說。「她是在一百碼外被發現的。」

彼得森撿起一塊小石頭，蹲下來打水漂。

「六下，不錯嘛。」她說，看著漣漪在水面上擴散。

「沒有人能夠把一個六歲小孩的屍體從這邊丟到那麼遠的地方。」彼得森說。

兩人走開了，不但腳步協調，心思也是。繞行採石場的小徑有些地方很窄，不時需要攀爬岩石，跨過盤根糾結的小樹，有些樹枝垂掛在水面上，有些伸入水裡。

「好，我看不到那間村舍。」愛芮卡說，拿出了地圖。

「二十六年了，樹會長大而且——」彼得森說。

「等等，」愛芮卡說，來到了一處蘆葦與刺藤叢生的地方。「那邊有屋頂，對吧？」她指著一片高踞在刺藤和乾枯的旋花類植物上方的紅磚。

兩人走向那片植物，有些地方非常茂密，尖刺扎人，也一樣披著露珠。靠近之後，愛芮卡能看到碎玻璃在淡淡的日光下閃爍。他們邁步欲行，但是幾米長的刺藤、樹木、濃密的林下植被實在是難以穿越。

「要命，老大，我們的裝備不夠；備用品，還有手套。」彼得森說，拔掉拇指上的一大根刺，痛得瑟縮。

「你說得對，我們得把這個砍掉。」愛芮卡說，回頭瞪著從林下植被探出頭來的那一小片村舍屋頂。

他們從植物叢中出來，正忙著撢衣服，正好有一隻黃色拉布拉多嘴裡叼著一顆濕漉漉的網球蹦跳過來，牠停下來，坐下，吐出網球，用一隻爪子按著。

愛芮卡撿起球，擲向遠處的樹林。狗兒興奮地衝出去，把球撿回來。一個女人從樹林中出現，緩緩沿著水邊向他們走來。

「好管閒事的本地老人，可能值得聊一聊。」彼得森說。

「樣子有點古怪。」愛芮卡說。

那個女人更接近了，穿著寬鬆的綠色舊運動服，戴一頂Chelsea FC毛帽，灰色長髮從帽子下披散，圍了條曼聯圍巾。

愛芮卡又為狗兒擲了幾次球，牠一直去撿回來。女人靠近後，他們看到她穿了一雙紫色的運動鞋，一隻鞋底分了家。她拎著一個破舊的袋子，裝滿了像是栗子的東西。她一臉風霜，皺紋極深，右嘴角有一道傷疤，看起來像是縫合得很差，嘴唇皺縮起來，讓她像是一直在獰笑的樣子。

「瑟吉，過來，」她對拉布拉多厲聲說。「他在煩你們嗎？」她的語調優雅，卻帶著痰音，像是上流人士。狗兒跑到她身邊，她則注視著愛芮卡和彼得森。

「沒有，他是一隻可愛的狗。嗨，我是佛斯特偵緝總督察，」愛芮卡說，亮出了警徽。「這位是彼得森偵緝督察。」

「拾取栗子是完全合法的，」她開口說道。「怎麼會勞動你們兩位過來？」

「我們不是——」愛芮卡才剛開口。

「摘點灌木樹籬上的黑莓，就有人報警；你們沒聽說過嗎？我是說拜託。那是上帝的，是祂放在大地上給我們吃的。」

「我們不是為了妳可能採摘的栗子或是別的東西來的。」愛芮卡說。

「不是可能，我就是摘了。摘完了。看！」她打開了袋子。栗子塞得滿滿的，一顆顆褐得發亮。

「我們是在調查潔西卡．柯林斯的命案。妳可能在新聞上看到她的屍體在採石場裡被找到了。」愛芮卡說。

「我沒有電視，」女人說。「不過我聽廣播。我聽過新聞。真是悽慘。你們是在那邊找到她的。」她又說，朝採石場歪歪頭。

「對。妳住在這附近很久了嗎？」

「我住在這裡一輩子了：八十四年。」

「恭喜。」彼得森說，但是他只得到一臉不悅。

「妳知道那邊的村舍嗎，草叢裡的那間？」愛芮卡問道。

老婦人看著她後面，瞇著眼睛，臉上的皺紋更多了。

「二次大戰；空軍基地的宿舍和倉庫，全都神神秘秘的。戰後好像有人住，可是後來空了；空了好多年了……老巴住了很久，擅自住進去的，不過時間不夠久，沒能讓他行使佔屋者權利，可憐的混蛋。」

愛芮卡和彼得森互使了個眼色。

「妳知道他到哪裡去了嗎？」愛芮卡問道，打探更多消息。

「幾年以前，他們在那裡找到了他。死了。」她朝村舍歪頭。

「妳知道他叫什麼名字嗎？」

「我說過了，老巴。」

「他的法定名字？」

「巴伯．簡寧思。」

「那妳貴姓？」愛芮卡問。

「我幹嘛要告訴妳我的名字？妳不需要知道我的名字我就能回答妳的問題。」

「潔西卡．柯林斯的命案沒有目擊證人，她被丟進水裡時才七歲。她的屍體被塑膠布包裹，躺在淤泥裡二十六年。我們不知道她在被丟下水時是否還活著……」

老婦人吃了一驚。「可憐的孩子……」

彼得森走上前，露出他最討喜的笑容。「我們可能還有很多問題，夫人。您對這附近的了解也許有助於我們的調查，對我們有極大的幫助。」

她抬頭看了他一會兒，然後對愛芮卡說：「他是在給我送秋波嗎？」

「不是，當然不是。」彼得森難堪地說。

「最好不是！你就是這麼幹警察的？」

愛芮卡壓下竊笑，說：「我跟妳保證我們對警察工作以及這件案子的態度是非常嚴肅的，任何對本地的了解對我們都有很大的幫助……」

老婦人的臉又皺了起來，她快速地審視他們兩個。

愛芮卡往下說：「據報在潔西卡失蹤時有個深色頭髮的男人出現在她家周邊，警方一直找不到這個人，但是在這裡發現她的屍體之後，我們有理由相信很可能是這個巴伯．簡寧思。」

「巴伯？涉及命案？不，不，不。他是個怪人，挺單純的，可是殺害小女孩？不，不可能。」

「妳怎麼能這麼肯定？」愛芮卡問道。

「因為我住在這裡一輩子，我一看就知道誰是壞胚子。好了，問完了的話，再見。」

她吹口哨叫狗，大步走開了，拉布拉多跟在後面。

「那妳願意幫我們嗎，既然妳對這附近這麼熟？」愛芮卡在她後面喊，但是她不理會，逕自前行。

兩人看著她彎過那排樹後消失，她的鞋底啪噠響。

「送秋波……」彼得森嘟囔著說。「她還真往自己臉上貼金。」

「不對。她知道很多，只是不想講。」愛芮卡說。匆匆走向那排樹，彼得森緊緊跟隨。兩人繞過轉角卻一個人也沒看見。

「她去哪裡了？」愛芮卡問道。樹木間的小徑向前延伸，空中仍有一縷縷的霧氣，令人發毛的寂靜再度籠罩。

「搞不好她是鬼。」彼得森說。

「狗也是嗎？」

兩人暫停一會兒。愛芮卡掏出手機。「摩斯，是我。看妳能不能查到海斯採石場有沒有船；查一下議會有沒有移走船隻的紀錄，他們最愛記錄那種事情……還有，妳能不能查出來採石場究竟是哪種用途，採的是哪類砂石。說不定它的歷史能給我們一條線索……大海撈針就是了。」

「有時候妳需要的就是大海撈針，」彼得森在她掛斷電話時說。他轉身看著採石場，被一片石南和雜草掩蓋住。「這麼多年來她居然一直在這裡，離家不到一哩路。」他說。

24

愛芮卡那晚時睡時醒，在夢裡她沉沒到海斯採石場冰冷闇黑的水裡。天空高掛著一輪滿月，她緩緩下沉，採石場的底部綿延，亮得有如月球表面。她在水底游泳，手腳麻痺，肺部缺氧。淤泥在她四周翻湧，蒙蔽了她的視線，但後來水就清澄了，她看到潔西卡站在採石場的底部，並不是骷髏，而是穿著去朋友派對的衣服，金色長髮在頭的旁邊漂浮，有如光圈，粉紅洋裝也慢悠悠地隨著暗流漂動。她的花涼鞋懸浮在淤泥之上，臂下夾著一個包裝好的禮物，小正方形，包裝紙是黑白點點。

潔西卡微笑；一顆門牙沒了，漏洞中冒出小氣泡。她漂走了，不必使用手腳，禮物仍夾在她的臂下。

這時愛芮卡能看到採石場的底部有一排熟悉的屋子，是埃芳岱爾路被淤泥覆蓋，橡樹排列為陰森漆黑的一條線。前方遠處亮起了一盞燈，閃了一下、兩下，潔西卡開始在水下的大道上加快腳步。愛芮卡足踢手划，游泳趕上，攪起了淤泥。她追上了潔西卡，一把攫住她的胳臂，開始向水面游，但是雖然她抓住了潔西卡細瘦的胳臂，開始向上游，潔西卡的胳臂皮膚卻開始剝落，露出了底下的白骨。接著潔西卡臉部的皮膚也脫落，露出骨頭和兩個眼窩。等到愛芮卡衝出水面，潔西卡只剩下一副骷髏了。

愛芮卡深深吸入冰冷的夜晚空氣，視線清晰了，看到了兩個人站在採石場邊。

愛芮卡驚呼一聲醒來，床單都汗濕了，她不停發抖。臥室窗外仍是一片漆黑，床邊的鬧鐘也指著四點三十分。她下床去洗澡，站在熱水下很久，努力讓骨頭暖起來，因為她仍甩不掉夢中的冷冽冰水。等熱水終於變涼之後，她擦乾身體，換上厚袍子，走進廚房。她一直在看約翰特別要她留意的一摞檔案，她煮了咖啡，坐下來繼續看她帶回來的那疊卷宗。

快八點之前愛芮卡就抵達了布羅姆利警察局，一出電梯就看見一場騷動。一群警員站在一輛舊購物車四周，車裡裝著一個人偶，是他們為焰火節製作的。人偶是一套搞笑的警察制服，塞滿了舊報紙，頭是氣球，一臉愁苦，大眼睛是麥克筆畫的。看樣子這群警員被葉爾警司攔住了，他擋在推車的前方，破口大罵。

「恐攻警報都提升到『嚴重』等級了，你們還有那個閒工夫為這玩意費那麼多精神？」

「警司，今天是焰火節，我們是為大奧爾蒙街募款。」一名嬌小的女警說，她穿著防刺背心和反光外套。

「萬一高層今天跑來視察呢？結果他們只看到你們圍著這個玩意？」

「我們都剛值完班，警司。我們覺得穿制服可以募集到更多錢。」另一個警員說。

「你會有時間跟高層解釋嗎？」

愛芮卡忽然發現那個人偶和葉爾警司居然頗為神似。

「蓋・福克斯❹不是恐怖分子嗎？」一名高瘦的警員問道，他生了一張娃娃臉，兩隻手都塞在防刺背心底下。「我們也可以談談恐怖主義，當作教學工具。」

「你是想被記警告嗎？」葉爾惡狠狠地說。「都給我滾；把這玩意弄出去！」

他們把推車轉向，開溜了，那個高瘦警員還嘀嘀咕咕地說：「蓋・福克斯不是想炸毀國會嗎？」

「早安，警司。」愛芮卡說，盡量面無表情。

「安什麼安，」他不客氣地說。愛芮卡張口欲言，但是他不等她說話。「傑森・泰勒的律師團死纏爛打，刑事起訴署坐立不安。他現在又要談條件了，說願意提供我們藏匿電腦紀錄的地點，不過我們得建議法官給他緩刑。」

「他媽的。」愛芮卡說，很想提醒他跟毒販談條件就會是這個下場，但是她沒開口。葉爾搖頭，順著走廊走掉了，一邊還嘟嘟囔囔的。

她上樓到頂樓的事件室去，看到大多數的組員已經來了，心裡頗為感動。今天是星期五，她很清楚打從發現潔西卡的遺骨開始，已經過了一個星期了，而七天來他們不眠不休，全力以赴。

❹蓋・福克斯（Guy Fawkes, 1570-1606）策劃了一六〇五年的火藥陰謀，試圖炸毀英國國會，事敗被捕。後來英國人為紀念政府瓦解了此項陰謀，就在十一月五日放煙火，燃燒人偶，焰火節由此而來。

電話響個不停，每一張桌子都有堆成山的卷宗。奈特偵查員正在白板的一角更新，白板上還多了亞曼達．貝克的簡歷。

「早，老大，我能說句話嗎？」摩斯問道，從辦公桌後跳起來，在她走進玻璃辦公室前攔住她，跟著一塊進去，一面把一塊甜甜圈塞進嘴裡，喝了一大口咖啡吞下去。

愛芮卡把皮包放在桌上，發現已經有一堆檔案在等待她了。

「妳覺得這支小組怎麼樣，摩斯？」

「很好；克勞佛偵查員有點像廢物，不過我見過更廢的廢物。」

愛芮卡翻個白眼。

「沒心情耍幽默是嗎，老大？」

「是沒有。」她咧嘴苦笑。

「昨天晚一點時有個奧斯卡．布朗王室法律顧問的秘書給妳留言。他想在他的事務所跟妳見面。」

「這是哪個案子？」她問道，坐了下來。

「潔西卡．柯林斯案，老大。」

「等等，」愛芮卡說，明白了過來。「奧斯卡．布朗。是蘿拉．柯林斯的前男友嗎？潔西卡失蹤時跟她去露營的那個？」

「對。他們一塊上大學。他單飛了，現在是個出名的律師。」

「他為什麼打給我？」

「他想談一談。」

「談什麼？」

「他問妳能不能當面談。我追問了，可是他不肯多說。」

愛芮卡從事件室的窗戶望出去，覺得這件案子已經走進死胡同了，而且她很確定桌上的那堆檔案只會更加嘲諷她沒有能力找出嫌犯。

「看他今天早晨晚一點有沒有空。從檔案裡把他的資料都找給我，他那時一定也錄了證詞。不過他有不在場證明嗎？」

「有。他和蘿拉去威爾斯露營，瑪麗安在潔西卡失蹤前一天送他們走的，營區也有一個人證實了他們抵達，他會記得奧斯卡是因為他整個夏天只看到他這一個黑人。」

愛芮卡揚起一道眉。有人敲門，約翰帶著文書進來。

「早，老大。我查到了巴伯．簡寧思的一點資料，就是住在海斯採石場隔壁村舍裡的那個人。他一輩子都沒離開過布羅姆利區，進進出出過肯特幾間精神機構。他有前科，但主要是竊盜，都是微罪。一九八六年他在蔬果店偷了六根香蕉，一九八八年他在瑞特納珠寶店裡偷走了展示櫃裡的一條項鍊。沒有暴力前科。議會安置過他三次，但每一次他都拒絕了。」

「那我們可以假設這就是他竊佔採石場旁的村舍的原因嗎？」愛芮卡說。

「我會再調查。」約翰說。

「這是我們的主嫌嗎？一個偷竊六根香蕉和一條廉價項鍊的死人？」摩斯問道。愛芮卡不理她。「好吧，老大，我會安排和奧斯卡·布朗的會面。妳的樣子像是需要一杯咖啡？」

「謝謝，摩斯。」愛芮卡向後坐，按摩眼睛。這件案子似乎無論在哪個方面都在朝失控狀態疾奔而去。

25

當天下午愛芮卡從布羅姆利搭上了快車，半小時後就抵達了倫敦的維多利亞車站。剛毅法律事務所距離車站只需幾分鐘的步行，是一棟紅磚建築，和阿波羅劇院只有數門之隔。

氣氛滿凝重的。前台的嚴厲女人，接待區的雕花石頭和挑高天花板華麗恢宏。愛芮卡被帶到頂樓的奧斯卡．布朗辦公室，從這裡可以一覽倫敦的天際線。

「偵緝總督察，」他說，起身繞過辦公桌來歡迎她。兩人握手。「要喝點什麼嗎？茶？咖啡還是水？」

「不用了，謝謝。」愛芮卡說。

他的個子高，儀表出眾，深色頭髮剛開始出現椒鹽色髮絲。他一身昂貴的訂製套裝和皮鞋。潔西卡失蹤那年他才十八歲，所以現在是四十四了。愛芮卡在他辦公桌前的舒適扶手椅上坐下。這是一間要價高昂的律師辦公室，厚地毯，深色光滑的木頭，以及無所不知的秘書。愛芮卡想像她是萬中選一的結果，外表上並不會輕易就害男性合夥人分心，但也夠漂亮，讓事務所有一種年輕活潑的氛圍。他一直等到秘書離開後才開口。

「聽到潔西卡的屍體找到了，我非常難過。二十六年的光陰轉眼就消逝了，但是從另一方面來說卻恍如昨天。」他的聲音有一種戲劇性的醇厚，愛芮卡很肯定是他用來在法庭中加強效果的。

「我不覺得對柯林斯家來說過得很快。」她說。

「對，當然是。妳有線索了嗎？嫌犯？」

愛芮卡歪著頭，筆直看著他的臉。「我來不是為了要告訴你我們是否有線索或嫌犯的，布朗先生。事實上，我為何來此？」

他微笑，牙齒白得讓人眼花。「我和柯林斯家仍然有聯繫，而且我目睹了前一次的調查是如何進行的。對他們家來說既沮喪又有害。」

「我知道。」

「他們家要求我擔任他們的發言人。」

「可你是律師，不是公關？」

「沒錯。」

「那你一定看出有利益衝突。你是二十六年前事件的潛在證人——」

「我可能是嫌犯。」他幫她說完。

愛芮卡頓住。

「我是嫌犯嗎？」他咧嘴苦笑。

「布朗先生，我不會和你討論案情。」

「那麼我能以關心的公民身分和妳談一談嗎？」他問道。

「當然。」

「倫敦警察廳的第一次調查很快就失控了。看來是壞人贏了，而大家的疑問是調查是否處置不當，是否漏失了什麼。」

「你當時和蘿拉．柯林斯出去了是吧？所以你有不在場證明？」

他惱火了。「不在場證明？」他向後坐，露出消除敵意的笑容。「我給了當時的警官完全的證詞，蘿拉也是。我們一起去露營。」

「威爾斯的高爾半島？」

「對，那裡很漂亮。」

「你們為什麼會選威爾斯？」

「我們兩個都在斯旺西念大學，那裡很近。前一年的復活節我們和朋友去過，我們想要好好玩一玩，就我們兩個。」

「你和蘿拉仍然很親近嗎？」

「我不會說親近。我們的戀情並沒有持久，一九九一年初就分手了。」

「為什麼？」

「一九九〇年九月我們應該是要回去念二年級的，我讀法律，她讀數學。但是她顯然沒有回校念書。妳上過大學嗎？」

「沒有。」愛芮卡說。話說得比較衝。

「那，讓我告訴妳，大學生活是非常隔絕緊湊的。我遇見了另一個女生；蘿拉很傷心，我也是，但是我們並沒有不歡而散，我仍然是她的朋友。」

「這麼說是你甩了她？」

「我不會這麼說。蘿拉會承認那段時間很難熬，她不知道該如何面對，她……」

「怎樣？」

「她變得沒辦法相處。我一點也不怪她。」他為了強調最後一句，還用手掌按住光滑的辦公桌面。

「你們到一個漫無人煙的地方露營，怎麼會那麼快就知道潔西卡失蹤了？」

「妳在質問我？」

「你不是一個關心的公民嗎？」

他笑得很樂。「露營區有一間咖啡店和酒吧，第二天我們去喝酒，從夜間新聞上看到的。我們立刻就開車回來……我說過，我提供了完整的證詞。」

「這種事你大可打個電話，省得我跑這一趟。」

「我喜歡當面談……我和瑪麗安通過幾次電話，她擔心妳不會願意重新檢視崔佛．馬克斯曼在潔西卡失蹤案上的角色。擔心他告贏警察廳的民事訴訟會讓妳卻步。」

「我會親自去拜訪瑪麗安，向她保證我們在調查每一個人。崔佛．馬克斯曼現在是住在越南。」

「是嗎？越南哪裡？」

愛芮卡在心裡翻找確切的地點。「我們有一個河內的地址。」

「妳也知道他最近在越南因為性侵兒童坐了一年四個月的牢？」

愛芮卡頓住。「我們一直在過濾舊檔，還沒有看到這項訊息。」她說，盡量藏住惱怒。

「那麼妳也知道馬克斯曼回到英國，並且住在倫敦？」

「什麼？」

「原來妳不知道啊？」

愛芮卡竭力保持冷靜。他伸手到抽屜裡拿出一個牛皮紙大信封，丟在她的面前。「都在這裡。他的地址，他在河內的暫時地址，而且他剛成立了一家新公司處理他的房地產事業。他是個相當富有的人。」

愛芮卡把信封拉過去。「你是怎麼弄到這個的？」

「我做了一點研究。我是律師，是靠這個謀生的……妳了解我為什麼不能只用打電話的了吧？不過如果妳有需要聯絡我，我會給妳我的專線。」他從桌上拿了一張名片，用一支黑色鋼筆在他的辦公室電話下劃了線，劃了兩次。愛芮卡幾乎掩不住她的氣惱。他凝視了她一會兒，這才伸出手。

「謝謝妳撥冗前來，警官。希望我能繼續為妳提供新的訊息。」

「好，謝謝你。」她說。

他又亮出那種討喜的笑容，但是愛芮卡沒有回應，逕自離開了。

愛芮卡離開事務所後就躲進一個空門洞裡，拆開了信封，掃瞄其中的文件。接著她打電話回事件室。彼得森接的，她氣憤地把經過告訴了他。

「為什麼我們會不知道？」她質問道。「害我像個徹頭徹尾的白痴。」

「老大，我們手邊的舊資料太多了。是我要負責查出他的動向的，可是我們都被檔案掩埋了。」

「我知道，」她說。「說出來你也不會信，崔佛．馬克斯曼居然就住在伯洛高街的一間閣樓公寓裡！」

「要去拜訪他嗎？」

「還不要。我需要想一想。」她說。

「你要我跟小組說什麼？明天要上班嗎？」

「要，」她說。「這件案子不能鬆懈，我們連嫌犯都沒有。」

她掛斷了電話，走回車站。她決定再去拜訪某個能夠體會她的心情的人。

26

愛芮卡敲亞曼達・貝克的窗戶時天色變黑了。一會兒之後，窗簾拉開了，紗窗向上抬。亞曼達看到愛芮卡很意外，更意外她的臂下夾著一瓶白酒。

「我想就省了中間商吧。」愛芮卡說，舉高了酒瓶。

亞曼達懷疑地歪頭。

「這次算是社交拜訪。」她又說。

「算是。好吧。要繞到旁邊嗎？」亞曼達問道。

「我可以爬窗戶。」

她伸出一隻手，幫忙愛芮卡爬進去。愛芮卡在沙發上落座，亞曼達去泡茶。她端著兩只冒著蒸氣的杯子回來，愛芮卡注意到這個女人起了變化。她的腳步輕盈了，衣服乾淨了，變灰的長髮也洗過，挽了起來，以兩支鉛筆固定住。客廳整齊了，扶手椅旁的小几上放著空蕩蕩的菸灰缸和一疊筆記本。有一本攤開著，上面覆滿了黑色潦草的筆記。

「不想要點更烈的嗎？妳下班了？」

「不用了，謝謝。」愛芮卡說，接過了茶。「我覺得我好像沒有下班的時候。」

「我今天只喝了兩杯，換作是從前，我現在通常已經在喝第二瓶了。」亞曼達說，坐在她的扶手椅上。

「那是因為什麼？」

「妳找到了潔西卡・柯林斯的屍體；很有幫助。也真奇怪。」

「怎麼個有幫助法？」

「找不到她一直讓我心裡放不下。幾星期，幾個月，然後是幾年過去了，我一無所獲，沒有證據，情況越來越壞。有個階段我還以為這件事只是精心策畫的一個玩笑。妳看過那個偷拍節目《隱藏攝影機》（*Candid Camera*）嗎，拿別人惡作劇的？」

愛芮卡點頭。

「有時候我會懷疑是不是有一天會有個人握著麥克風跳出來，後面跟著潔西卡，說：『哈哈，貝克偵緝總督察，我們整到妳了！』而潔西卡會擁抱我，局裡的人會圍過來，我們會哈哈大笑，然後就去酒吧慶祝。潔西卡會回到馬丁和瑪麗安的身邊。」

「這大概是我辦過最棘手的案子了，」愛芮卡說。「我可以應付複雜的案情，或是追查出某個人，可是現在什麼也沒有。我一直在讀妳的檔案。埃芳岱爾路上的六十棟屋子，有二十九戶出門度假，十三戶在八月七日那天下午外出，剩下的住戶雖然在家卻什麼也沒看見。」

亞曼達點頭，抓起筆記本，從髮髻中抽出一支鉛筆。「我一直在寫筆記，說不定能幫上妳的忙。對我就有幫助。我解開了腦袋裡塵封多年的一個區塊。」

「偵探的那一塊。」愛芮卡附和道。

「我們搜索了埃芳岱爾路每一家的前後院，看是否有哪裡是最近挖掘過。」亞曼達翻動紙頁。「八月十三日我們用甲烷探測器搜索了三十四號的花園。」

「等等。檔案裡完全沒提到。」愛芮卡說。

「不意外。屋子當時是布羅姆利議會議長的，叫約翰．穆瑞。」

「妳為什麼會搜索他的花園？」

「後院有一塊地挖掘過，我覺得有點不對。」

「為什麼沒記在檔案裡？」

「地方政府。他們的權力比你想像中還大。一些事情就『失蹤』了。」

「妳覺得這個約翰．穆瑞涉及潔西卡失蹤案？」

「不是。他是想保護自己的名譽。甲烷探測器在他的花園裡偵察到什麼，所以我就叫人來挖掘，結果只找到一隻腐爛的貓。是他們的管家三週前埋的流浪貓，他們並不知情。媒體咬住了這件事不放，刊登了他們的花園裡有挖土機的照片。我們還得把石板掀起來，還拆了一座涼亭。他太太才剛請景觀公司來設計過。」她點燃一根菸。「他們可以申請保險理賠，但是他的名字和失蹤的潔西卡卻連接了起來。巴伯．簡寧思也為了中途之家的事和當地機構談妥了協議，但是他沒有聲張。」

「我的檔案裡沒提到他。」

「他不是嫌犯。不過他確實因為隱瞞了中途之家的一些詳情而損害了調查。我一直到幾天之後才發現全部的詳情，後來我們鎖定了崔佛．馬克斯曼，又丟失了幾條線索。這就是一直讓我想不通的地方。他有不在場證明，但是他很可能有同夥，而且在我們鎖定他之前他還有幾天的空窗期。」

愛芮卡喝了一口茶，想著她皮包裡的牛皮紙信封，裡面裝著馬克斯曼已回英國的細節。

「他落網之後，我偵訊他時他還嘲笑我……我不得不放他走時心情簡直是跌到了谷底。」

「可妳還是鎖定他不放，不是嗎？」愛芮卡說。房間的氣氛變得冷冽。

亞曼達點頭，牢牢盯著她。「我他媽的是像狗一樣咬著他不放。」她咆哮著說。

27

六哩之外，在南倫敦摩爾登區的一棟大廈頂端，蓋瑞坐在一間擁擠的臥室裡，聽著電腦。亞曼達．貝克粗啞的聲音傳入他的耳機，嘹亮又接近，聽得很不舒服。他猜她一定是坐在煙霧偵測器正下方的扶手椅上。

「我們監視了馬克斯曼幾週，」她說。「他似乎是在倫敦繞圈子。他有一張公車優惠卡，每天都在倫敦繞圈子，搭完這班又搭另一班公車。我們很快就明白了他知道我們在監視他……我現在知道他是在引開我們，不讓我們去查海斯……」

一陣沉默，他聽見杯子碰撞茶碟，是把茶杯放到咖啡桌上的聲音。

「那妳怎麼做？」是愛芮卡的聲音。

「我盡量鼓舞士氣。我的組員沒有一個想要跟著馬克斯曼亂跑，但是我們又不得不監視他，我們必須確定他不是在擺脫我們……妳知道他後來是為了什麼落網的嗎？」

「不知道。」

亞曼達的聲音繼續。「馬克斯曼住在西倫敦，靠近伯爵府，他擄走了一個五歲女孩。他正走在克倫威爾路上，距離地鐵站不遠。那裡有一排一排的四層樓舊透天厝，其中一戶的窗子裡有個小女孩在玩。他停下來，跟她說話，說服她跟他一起走。他說他是她母親的朋友，住在幾戶之外。他說他養了一隻小狗，她就跟著走了。他給她下藥，把她帶到一哩外的一間種菜棚裡，關了三天。他強暴了她。她才五歲。那時是一月，天氣非常冷。他以為那間種菜棚很安全，因為那是最冷的時候，土地仍覆著霜雪，沒有人會來。有個遛狗的人經過，看到馬克斯曼拎著一袋玩具進去棚子裡……他就報了警。他們找到她時，她只穿著睡衣，嚇壞了，還得了肺炎——」

「她後來怎麼了？」

「她活下來了，我不知道她現在在哪裡。我不知道她是否康復了，是否能夠過上正常的生活。」

片刻的沉默。蓋瑞看著螢幕，小小的彩色圖表停止移動了。

「所以我才會那麼做。」亞曼達打破了沉默。「所以我才會動私刑。我要那個王八蛋被燒死，燒得比太陽還燙，讓他感覺到那麼多痛苦……我聽說他不會死，我簡直嘔死了，火災都殺不了他。但是我覺得他落得這種下場更好。妳見過他的樣子嗎？」

「有。」愛芮卡的聲音。比較小聲。

「對，他變成了恐怖的醜八怪。他以前的樣子相當正常。起碼他現在一接近小孩就會把他們嚇跑。」

蓋瑞看到他的蘋果手機在筆電旁閃動，他檢查了是否在錄音，摘掉了耳機，接聽了來電。

「運作正常。我從亞曼達．貝克家接收到很清楚的訊號。愛芮卡．佛斯特現在在她家裡。」他說。

「她怎麼會跑去？出了什麼事？」對方說。

「別慌，兄弟。她一點線索也沒有，什麼也沒查到。她來看亞曼達是來抱團取暖的，無疑是想讓自己的心情好一點。」

「那電話呢？」對方說。

「我駭進了亞曼達的手機，輕而易舉。那是一支便宜的普通安卓手機，我用木馬程式入侵了她的簡訊。我知道是為什麼，她用手機玩遊戲，而且還登錄了一大堆電視上的高費率來電競賽。她沒發現那個空白文本，我刪除了。克勞佛偵查員的手機我也如法炮製了。」

「那佛斯特總督察呢？我也需要竊聽她。」

「風險太高了。她很精明，也很聰明。萬一她懷疑有人想駭進——」

「我需要知道情況。」

「我他媽的不是說了嗎，她什麼也沒查到。」

「你應該要小心。別忘了你是在跟誰說話。」對方的聲音冰冷。

蓋瑞向後坐，一隻腳架到桌上。「我是你的千里眼和順風耳。」

一陣停頓。

「駭進那個佛斯特女人的手機。有什麼後果的話，我會確定你不會被牽扯到。我保證。」

「OK，」蓋瑞說。「我會處理。」

28

愛芮卡離開亞曼達．貝克家時已經很晚了。她覺得她對這個女人多了一些了解，但是她仍然無法容忍她洩露情資給守望相助隊，讓她們去燒掉崔佛．馬克斯曼的住處。她的汽車停在稍遠的地方，馬路變暗，她坐進車裡鎖好門，打開了車燈。

牛皮紙信封很厚，她又抽出了文件，翻閱起來。崔佛．馬克斯曼是個非常富有的人。一九九三年的官司讓他得到了將近三十萬鎊，他做了睿智的投資，現在是百萬富翁。她看著列印出的地址，是倫敦伯洛區的一處豪華公寓，在倫敦橋附近。

她掏出手機，打給馬許。他幾乎是立刻就接了。

「抱歉這麼晚打來。」

「現在才九點。我還沒睡。」他說。

「你還好嗎，聽起來有點累？」

他嘆氣。「我失眠……瑪西想要正式定出我看孩子的時間。她不高興我想去就去。拜託，那是我的房子欸！」

「很遺憾，保羅……」

「又不是我的錯。我的工作時間太長，我接妳的電話。妳不是打來問我的婚姻狀況的吧？」

「呃，不是……」

「那是什麼事？」

「崔佛．馬克斯曼。官司之後的情形呢？」

「他贏了賠償。警察廳不甘不願地付了在九〇年代可是一大筆的金額。鄭重道歉。向強暴兒童犯道歉，在媒體可造成了不少論戰。」

「我想跟他談一談。」

「不行，愛芮卡。妳要是把他抓進來，那就等於是打開了一罐蛆，天下大亂了。」

「我不是要把他當嫌犯，我是想把他當證人。」

「證人？」

「對，誰也沒看到，鄰居，當地人，什麼也沒有。我們僅知的一個對潔西卡有興趣而且導致她失蹤的人是崔佛．馬克斯曼。對，他是變態，可如果暫且不去管這一點，他有可能也看見了什麼，聽到了什麼。」

「他可從來沒說過。」

「有人問過他嗎？」

線路那端一陣默然。

「好吧。妳得問他是否願意談。妳需要多點手腕。當然他住在越南，妳得，我看看，用Skype跟他談。」

「他不在越南，他搬回來了。他住在倫敦。」

「什麼？為什麼我們不知道？」

「他又不必告訴我們。他在一九九七年的性侵法案通過之前強暴了一個小女孩，被判刑，坐過牢了。你也知道，法案沒有追溯效力，所以在一九九七年之前定罪的人是不包括在內的。」

「那妳只是想跟他談一談？」

「對。」

「那妳告訴我是？」

「我不是以前的那個我了。我現在是按規矩辦事，隨時通知上司進度。」

「別逗了，我真的差一點就笑出來了。」

「聽起來你好像需要笑一笑——」

「愛芮卡……」

「嗄？」

另一頭沉默了，愛芮卡覺得他是想問她什麼。

「沒事。隨時通知我，還有，別搞砸了。」馬許說，掛上了電話。

29

愛芮卡和彼得森在九點半前往倫敦橋的火車上會合，他在西登罕上車，比她先一站，幫她留了位子。他坐在窗邊，似乎心情不好，不願意說話，愛芮卡也不介意，因為她昨晚沒睡多少。她一直想帶摩斯去訊問馬克斯曼，但是她一直是愛芮卡的左膀右臂，管理事件室的效率驚人。她也想到約翰，但是他一大早就嘰嘰喳喳，會把愛芮卡逼瘋，而且彼得森讓她覺得同行的是一位更老到的警員。

「今年的冬天一定會很漫長。」他說。這時火車慢了下來，經過了新十字門車站的巨大垃圾焚化廠。天空壓得很低，一區又一區的公寓似乎向火車鐵道合圍上來。

兩人在倫敦橋站下車，出站來到伯洛高街上。交通繁忙，遊客也湧入伯洛市場。已經有一排聖誕節攤販在出售裝飾品了，香料酒的味道與冷冽的空氣融合，飄過了馬路。兩人經過了火車鐵橋，穿過馬路，在人潮中走了幾分鐘，來到了一扇黑色鑄鐵門前。

「崔佛・馬克斯曼憑什麼住在這裡？」愛芮卡問道，看著鐵門後的圓石庭院。彼得森找到了他的門號，按了對講機。

「有時候真會讓你懷疑有沒有上帝。」他陰鬱地答道。

愛芮卡忽然發現這是一個她很少會問的問題。

「我們來是要把他當成證人詢問的，」她說，注意到他臉上的怒意。「他可能幫得上忙。」

彼得森正要回答，但是對講機響了，有人要他們把證件舉到鏡頭前。他們亮出了警徽，貼著小小的鏡頭。一會兒之後，大鐵門無聲向內滑開。

兩人步入了一處大庭院，周遭是經過景觀設計的花園。鐵門又關上了，繁忙的高街上的噪音立刻就被隔絕。

「在等我們的不是他吧？」愛芮卡問道，接近了一幢紅磚建築，入口是大片玻璃。一個禿頭的高個子在那邊等候。

「不是他。他有助理。」彼得森說。

兩人走到他的面前，他只點了個頭。他的皮膚蒼白，一顆頭又禿又亮。額頭上有一道粉紅色疤痕，一路延伸到左耳後。

「早安，警官。我可以看兩位的證件嗎？」他禮貌地說。他說話是南非口音，愛芮卡能看到他的套裝下鼓鼓的。兩人亮出警徽，他仔細端詳，來回看著他們。滿意之後，才微笑點頭。「請進。」

他們搭電梯到頂樓，開門後就是一處小門廳。兩扇閃亮的前門中央擺著一張黑色大漆桌，桌上放著一只細長的花瓶，插著美麗的玫瑰，幾乎透著一種不吉的高雅，讓愛芮卡想起了她自己家的門廳，一張小桌擺滿了免費的地方報紙和外帶傳單。

「你叫什麼名字？」愛芮卡問道。那人在搭電梯時一句話也沒說。

說。

「我是喬爾，」他說。眼睛是灰色的，眼神疏冷。「請脫鞋。」他在打開右邊的藍色前門時

前門打開後就是一處開放式起居區，淺藍色地毯，地毯周邊是奶白色加白玫瑰圖案。這裡非常暖和，而且幾乎有一股空氣清淨機的味道。喬爾在他們脫鞋時矗立在他們面前，愛芮卡注意到彼得森有多不自在。

「請這邊走。」他說。

他們穿過了起居區，這裡排列了許多書架，淺色沙發圍繞著一張大矮桌。桌上擺滿了年輕兒童的寫真集，其中一本是小女生穿著紅色泳裝坐在沙灘上，正在蓋沙堡，淡藍色大眼盯著攝影機，認真地嘟著嘴巴。牆上裝飾著幾張兒童的大幅相片。對愛芮卡而言，彷彿是他們的天真被攝影機瞬間捕獲，擺放在公寓裡有待閒暇時吞噬。這些相片都不違法，可是有鑑於崔佛・馬克斯曼的前科，卻讓人心生惴慄。

房間向左彎，他們看到了一個人坐在大景觀窗前的一張扶手椅上，眺望著泰晤士河，天空低垂灰暗。洶湧的河面上只有一艘小拖船，拉著一艘長平底貨船。

「崔佛・馬克斯曼？」彼得森說。

那人轉頭，一時間，愛芮卡說不出話來。他的頭只剩皮膚，卻不像是本來就屬於他的。看起來像是一張平扁的皮攤開來，隨手罩在他的頭上。他眼睛四周的皮膚繃得極緊，幾乎不見眼瞼。他的嘴唇也不見了。

「請坐。」他說，發音有困難。他穿著寬鬆的長褲，襯衫的領口敞開，露出他的燙傷。他的手紅腫，爪子似的，只有左手拇指和右手食指還有殘餘的指甲。

「謝謝你同意見我們。」愛芮卡說，把皮包放在地板上，脫掉了外套。她看著彼得森，他正居高臨下瞪著馬克斯曼，殺氣騰騰。她也覺得反感，卻瞅了他一眼，要他收斂，冷靜下來。她把外套掛在椅背上，坐了下來；彼得森坐在她旁邊。

「要喝茶或是咖啡？」崔佛問道。他的眼神冰冷，卻非常之藍，愛芮卡記得在他的大頭照上看過，那是他在一九九〇年八月被捕後拍的。感覺就像他的眼睛是從一張萬聖節面具後瞪著你。

「咖啡。」愛芮卡說。

「喬爾，可以麻煩你嗎？」馬克斯曼說。他的聲音很沙啞，讓人很不舒服。喬爾微笑，繞過角落，愛芮卡猜那裡是廚房。

「沒有喬爾我真不知道該怎麼辦。我的心臟有毛病，現在差不多走兩步就得要坐下來。」

「那就不能再到兒童的遊戲場邊偷偷摸摸了。還是說他會替你去？」彼得森問道。

「我們很清楚你的事情，不過我們不是來討論這個的。」愛芮卡說，轉頭瞪著彼得森。

「我只被控告過一次犯罪……」馬克斯曼說。

「對。綁架強暴一個小女孩，」彼得森說。「你還給她下藥。」

「我坐了七年牢，而我沒有一天不後悔，」他沙啞地說。說著，他咳了起來，一隻爪子似的手舉起來捂住無唇的嘴巴。他比著彼得森旁邊窗台上的一個插著吸管的燒杯。彼得森向後坐，雙臂抱胸。愛芮卡起身去拿，替馬克斯曼舉到他的嘴邊。他吸水的聲音充斥了房間，最後他喝光了水，發出唏哩呼嚕的聲音。

「謝謝，」他說，向後靠著椅背。「我的聲音和喉嚨好像一直沒能從吸入太多濃煙的損害中恢復。醫生說我等於是一下子吸了一萬根香菸。」

愛芮卡把燒杯放回去，坐了下來。他抽了一張塞在扶手椅側邊的面紙，擦了擦臉。他看到彼得森惡狠狠瞪著他，就把面紙放下，雙手舉到胸口。緩慢地，痛苦地，用那兩隻爪子解開了三顆鈕釦，把襯衫拉開，露出一條漂亮的銀色十字架。愛芮卡注意到他也沒有乳頭。

「我請求上帝寬恕。我請求了祂，祂也寬恕了我。你相信寬恕嗎，彼得森刑警？」

「我是偵緝督察。」他冷冷地說。

「你是一位相信寬恕的偵緝督察嗎？」

「我相信，但是我認為有些事情是永遠也不應該寬恕的。」

「你說的是像我這樣的人。」

「一點也沒錯。」愛芮卡瞪了彼得森一眼警告他，但是他根本不管。「我妹妹六歲時被我們那區的神父強暴了，他恐嚇她說如果她敢說出去，就會殺了她。」

馬克斯曼像智者似地點頭。「神職吸引了最好的和最壞的人。他懺悔了嗎？」

「他請求寬恕——」

「我知道是什麼意思！」彼得森吼道。「他強暴了我年幼的妹妹，不管說什麼或是禱告多少次都抹滅不了！」

馬克斯曼想說話，但是彼得森正在氣頭上：「他沒得到報應就死了，自然老死；他一直沒有受到制裁。我妹妹，哼，她可沒能安詳死亡，她自殺了——」

「彼得森，我們來是以馬克斯曼先生為證人來詢問他問題的，」愛芮卡語氣平穩地說。「坐下來。」

她在會面之前就跟他談過，叫他要保持冷靜。彼得森呼吸沉重，瞪著崔佛・馬克斯曼拱肩縮背窩在椅子裡。

「很遺憾你失去妹妹。」馬克斯曼說，淡定得幾乎氣得人牙癢。就如同愛芮卡看過的照片一樣，他的植皮好似一張面具，而他冰冷的藍眸則從底下向外看。他的皮膚在一隻眼睛上皺縮，愛芮卡這才明白他是在挑高曾有的眉毛。

彼得森一躍而起，椅子撞倒了，砰的一聲，愛芮卡還來不及反應，他就揪住了馬克斯曼的衣領。馬克斯曼被拎了起來，但是他卻不露懼意，就這麼掛在那裡。

「她叫什麼名字？」馬克斯曼柔聲問道，仰臉靠近彼得森。

「什麼？」

「你妹妹？她叫什麼名字？」馬克斯曼以令人火大的平靜再問一遍。

「你不配知道她的名字！」彼得森說，用力搖晃馬克斯曼。「你，**不配知道她的名字，你他媽的變態！**」

「彼得森！詹姆斯。放開他！快點。」愛芮卡說，雙手抓住他的胳臂，但是他仍搖晃著馬克斯曼。

「我們會是這個樣子並不是我們自己選的，知道嗎？」馬克斯曼沙啞地說，一個頭前點後點。

突然間喬爾就來到了愛芮卡的旁邊，一條強健的胳臂箍住了彼得森的上身。

「放開他，不然我折斷你的脖子。」他冷靜地說。

「我們是警察，我們需要冷靜下來。」愛芮卡說，直接盯著彼得森。

「這構成了攻擊罪，我有權合法自衛。」喬爾說。

「誰也不必動用權利。彼得森，放手，還有你，放開他。」愛芮卡說。短暫的僵持，然後彼得森放開了馬克斯曼，他倒回椅子裡。喬爾也放開了彼得森，卻站得很近，鼻翼賁張。

「退後。」彼得森說。

「休想。」喬爾說。

「彼得森。我要你離開。我會再聯絡你……快走！」愛芮卡說。

彼得森惡狠狠瞪著他們三個，總算離開了。幾分鐘後，前門砰地摜上。

三人再安頓下來。喬爾走向馬克斯曼，幫他扣好襯衫，讓他坐得舒服。接著馬克斯曼以手示意，喬爾就離開了。

「我為剛才的事道歉，」愛芮卡說。「我來是請你以證人的身分回答問題的，我也期待你以證人的身分被對待。」

他點頭。「妳很客氣。」

「不，我只是在工作……我看過你的口供，以及警方偵訊的紀錄，一九九〇年八月那時。你說你在八月五日和六日跟蹤潔西卡，你在七日早晨看著她出門？」

「對。」

「為什麼？」

馬克斯曼發出粗嘎的呼吸聲。「我愛上她了……我看到妳做鬼臉。可是妳得了解，我沒辦法控制我的感受。我對自己的慾望覺得噁心；可我沒辦法控制。她是個美麗的小女孩。我第一次是在海斯的書報店看見她的，就在我出獄後沒多久。她跟她母親在一起。可能是一九九〇年的早春。潔西卡穿著藍色洋裝，用一條藍色緞帶綁了馬尾。她的頭髮好亮麗，而且她握著她的小弟弟的手。她在給他搔癢，笑得很開心。她的笑聲，像音樂。我聽到她母親在付報費時說了他們的地址。我就開始，嗯，監視他們。」

「那麼柯林斯家是什麼情況，他們一家人？」

「幸福快樂。只不過……」

「怎樣？」

「有兩次，我在公園裡，看著潔西卡和她母親和姊姊。」

「蘿拉？」

「深色頭髮的那個女孩？」馬克斯曼問道。

「對，那是蘿拉。」

「潔西卡在盪鞦韆，她母親和蘿拉坐在長椅上，為了什麼事情大吵。」

「是什麼事？」

「我不知道。我的位置聽不到。」

「你在哪裡？」

「公園對面的一張長椅上。」

「你就是從那裡拍潔西卡的？」

「還有錄影。我在合作社的一項比賽裡贏了一台攜帶式攝影機……」他的眼睛亮了起來，笑著回憶了一會兒，眼睛四周的皮膚緊繃。「她們吵得很兇。瑪麗安甩了蘿拉一耳光。我也看到瑪麗安打潔西卡的大腿，次數滿多的。但是我覺得那是在很久以前，現在大家會震驚，但那時候打孩子是很平常的事。而且天主教徒都知道體罰。」

「蘿拉那時剛滿二十歲，而她母親還甩她耳光？」

馬克斯曼點頭，隨後把下巴靠著胸口，傷疤組織如縐紋紙一樣收縮。「不過她也甩了回去，而且非常用力。」這段回憶讓他發出咻咻的笑聲。

「你的錄影和照片怎麼了？」

「被警察拿走了。」

「你有備份嗎？」愛芮卡問道。

「沒有。而且一直沒有歸還給我。我不知道是為什麼，只是錄了公園罷了。」

「你還看到什麼可疑的人嗎？」

他笑了。「除了我之外嗎？」

「崔佛。我是在請求你的協助。」

「不知道。公園裡一直都很多人——家長，兒童。偶爾會有黑人，可是他們很快就明白哪個地方才有好處——」

「別用那種字眼。」

「妳見過海斯嗎？非常富有，在九〇年代可能也差不多像牛奶那麼白。」

「可以說正題嗎？」

「那時有一個瘋子，巴伯．簡寧思。」

愛芮卡稍微坐直了一點。「巴伯．簡寧思？」

崔佛點頭。

「他是做什麼的？」

「妳聽說過他？」

「拜託，告訴我他是做什麼的？」

「他是市府的園丁。有點遲鈍，所以市府才能把他當廉價勞工。」他發出咻咻的笑聲。

「有什麼好笑的？」

「他老是在公園的灌木叢那兒打手槍。他特別迷戀有大奶子的老太太。」

「他被捕過嗎？」

崔佛聳聳肩。「誰知道。我認識他的時候他已經在市府換過三四個工作了。他以前掃過街，當清潔工。他那個臉很臭的姊妹總是能找對人關說，把事情都遮蓋住。那家人是地主，那種高級的腔調，就，嘴裡含了個李子似的。」

「他的姊妹是誰？」

「蘿絲瑪莉・胡利閣下。一個老賤貨。我不知道她是不是還活著，可能是吧。貴族階級都是長生不死的。」

愛芮卡頓了頓。「等等，她住在海斯嗎？」

崔佛點頭。

「她的嘴唇上有傷疤嗎？」

「就是她。她以前養了一隻德國狼犬，咬了她的臉。我記得我暗示她是要給狗口交，巴伯變得非常生氣……就是有那種人，給動物口交。」愛芮卡能看出他是想惹火她。他哈哈笑，卻大咳起來。喬爾帶著一杯水過來。

「我想他需要休息一下。」他說。

「不用，我問完了。」愛芮卡說，站起來拿起外套和皮包。「謝謝你。」

她匆匆離開，走向外面的電梯，掏出電話，撥給彼得森。

30

愛芮卡發現彼得森靠著泰晤士河畔的欄杆，拿著一杯咖啡和一根香菸。他在「金鹿號」旁變得很矮小，這艘博物館船從船塢中浮升，在灰色的河水上閃爍著黑色與黃色光芒。一陣寒風刮過，經歷過崔佛．馬克斯曼的公寓的黏膩、假惺惺的氣氛之後，愛芮卡很歡迎這陣風。

「我幫妳買了咖啡，」他說，彎腰到腿間，拿給了她一個杯子。「可能冷掉了。」

「謝謝。」她說，喝了一口。

「妳喝了他的咖啡嗎？馬克斯曼？」

「沒有。」

「好。」

「給我根菸吧？」

「妳不是戒了？」他問道。

「我又開始抽了。」

他掏出香菸，她拿了一根點燃。

「對不起，我不應該要你來的。我沒動腦子。」她說。

「沒關係，他不值得。」

「不，他確實給了我們線索，而且是在無意之間給的。」

他轉身看著她，早上以來第一次眼睛發亮。

兩人沿著泰晤士河河岸堤壩步行，愛芮卡把剛才的會面經過告訴他。他們在查令十字路車站買了三明治，搭直達火車回海斯，當然，火車公司只掛了兩節車廂。

「那個老女人為什麼不說巴伯．簡寧思是她的兄弟？」愛芮卡說，聲音低沉。車廂裡坐滿了，他們得站著，夾在車廂後半擁擠的乘客中。

「她也不想告訴我們她的名字。」彼得森說。

「但是她知道我們剛找到了屍骨……就是那個誰，那個地方。」愛芮卡說。

一名矮小的女人被擠在他們旁邊，拿著雜誌，卻瞪著眼睛看他們。他們兩人都轉頭看著她，她就別開了臉。

「我要找她談一談，而且我不在乎她是不是貴族階級，我最討厭那種東西了。」愛芮卡說。「斯洛伐克有很多問題，但是幸好我們沒有什麼該死的階級制度。」

從海斯火車站走路到中控室給他們的地址並不遠。蘿絲瑪莉．胡利住在一排高級村舍之中，緊鄰克羅伊頓路進入海斯綠地的入口。這裡俯瞰一處碎石停車場以及綠地，而且屋子和安靜的馬路都有大花園相隔。空氣中隱約有燒木柴的煙味，越接近舊牧師館就越濃，而蘿絲瑪莉就住在這裡。愛芮卡推開了小小的白色柵門。屋子是茅草屋頂，前院整齊，草皮割過，散落著枯葉。一面窗是左右對稱的，看進去是一處溫馨的小前室，他們瞥見蘿絲瑪莉．胡利站在後花園裡，正把枯葉耙成堆。她仍舊是那套運動服，那頂Chelsea FC毛帽和曼聯圍巾。那隻黃色拉布拉多一定是聽見了他們，蹦蹦跳跳繞過角落，一邊吠叫。

「瑟吉！」蘿絲瑪莉喊道，幾分鐘後也跟著穿過了側門。她看到是愛芮卡和彼得森就吸口氣，倚著耙子。「啊……我就覺得可能會再見到你們。喝茶嗎？」

「好，麻煩妳。」愛芮卡說。

蘿絲瑪莉脫掉了破舊的手套，指示他們跟上。

一台光亮的綠色Aga爐佔據了廚房，提供溫暖與舒適。蘿絲瑪莉摘掉帽子，卻穿著外套和長靴，忙個不停，拿出茶杯、牛奶，糖，連同一個維多利亞海綿蛋糕一起擺在舊柳條托盤上。愛芮卡和彼得森彆扭地坐在木桌旁，桌上佈滿了舊的《廣播時報》，擱著一個車用收音機，還拖著電線，以及一碗發黑的香蕉。兩隻骨瘦如柴的貓在中間睡覺，愛芮卡看到其中一隻的頭頂還有一隻壁蝨。

蘿絲瑪莉走過來，把一盤蛋糕遞給愛芮卡，再抱起第一隻貓，把牠拋到地板上，牠輕巧地以四足落地。她再抱起那隻有壁蝨的貓，一伸手就把壁蝨拔掉了，然後把貓放到地板上，用指關節夾著壁蝨，對著窗戶的光查看。

「看到了沒，拔起來時不能弄破頭部……」她拿著壁蝨給彼得森看，壁蝨佈滿細毛的黑腳扭動，彼得森別開了臉，一臉噁心。

蘿絲瑪莉走向洗碗槽，把壁蝨丟進排水口，啟動了廚餘處理機，發出很大的聲響。愛芮卡注意到她並沒有洗手就端著一盤茶回來，還切蛋糕。

「那。採石場水底的死女孩……糟糕的事……非常糟糕。」她說，唏哩呼嚕喝了口茶。有一點點茶流到她的下巴上，她拿衣袖擦掉。

「幾天前我們問過妳採石場邊的房子——」彼得森開口說。

「對，我在場，我記得。」

「妳說有個人侵佔了那棟房子……巴伯．簡寧思。妳為什麼沒說他是妳兄弟？」愛芮卡問道。

「妳又沒問。」她直白地說。

「我們現在問了。而且我們想要一五一十，毫無遺漏。採石場現在是命案現場，而妳兄弟住在旁邊。他住在那棟村舍裡多久了？」愛芮卡說。

蘿絲瑪莉又喝了一大口茶，表情有些像挨了罵。「好多年了……十一年吧。那個可憐的傢伙只差幾個月就能行使佔屋者權利了，結果他偏偏死了。」

「他侵佔那裡究竟是從何時開始的？」愛芮卡問道。

蘿絲瑪莉向後靠著椅背，想了一會兒。「應該是一九七九年，一直到，一九九〇年十月吧。」

「那他是幾時死的？」

「他在一九九〇年十月底走的。」她看著愛芮卡和彼得森交換的表情。「重要嗎？」

「妳有死亡證明嗎？」

「手邊沒有。」她說，交抱雙臂。

「妳兄弟的情狀呢，心理上的？」彼得森問道。

蘿絲瑪莉頓了頓，見面以來頭一次臉上的皺紋舒緩了一些。「我兄弟是個迷失的靈魂，是那種在社會的縫隙中流動的人。」

「他有學習障礙嗎？」

「沒有完整的診斷過。他是我哥哥，而在當年，你會因為調皮搗蛋坐在教室後排；沒有兒童心理學家。他唯一做過的工作是市府雇員……我盡量想辦法讓他跟我一起住，可是他會夢遊，或是隨時就消失不見，也不關門。那時我先生還在世，我們的女兒還小。我們不能讓他住在家裡，他會失蹤個幾星期，然後又憑空出現，站在後門。我給他飯吃，給他錢。他因為偷竊坐過兩次牢，都是些不值錢的東西。他在店裡看到什麼亮晶晶的東西，就會愛上，放進口袋裡。不是故意的。」

「很遺憾我不得不問，但是他曾經是潔西卡．柯林斯失蹤案的嫌犯嗎？」愛芮卡問道。

一聽這句話，她的態度立馬有了一百八十度的轉變。「妳好大的膽子！我哥的毛病是很多，可是殺害兒童？不，絕對不會。他根本就沒有惡念，就算有，他也沒有那個腦袋能運籌帷幄出那種事來。」

「運籌帷幄？」彼得森說

他們看著她失去冷靜，變得煩躁起來。「哼，那是件複雜的案子，不是嗎？她消失了，一點蹤影也沒有……我在當時加入了志工，我們把綠地的每一吋都搜遍了，每一家的花園也都找遍了。」

「警方和他談過嗎？」

「不知道。不！不是應該由你們來告訴我嗎？」

「我說過，很遺憾不得不這麼問——」

「當時鉅細靡遺調查過！而你們卻在二十六年後來問我我哥哥是否殺死了一個七歲的小女孩？」

「胡利太太，我們只是在詢問，沒有別的意思，」彼得森說。「而且坦白說，我們並不確定妳在綠地和我們談話時為什麼要避重就輕。」

「避重就輕？我怎麼避重就輕了？你們問了我一個問題，問誰住在採石場邊的房子裡，我就告訴你們是巴伯．簡寧思……我們為什麼要在社會上活得像在天殺的懺悔室裡一樣？我沒跟你們撒謊，我只是回答了你們的問題。」

「可是妳知道我們找到了潔西卡的殘骸？」

「我哥哥死了很多年了。你們可得見諒……現在這叫什麼來著，老年人的健忘？」

「妳哥哥認識崔佛．馬克斯曼，或是和他來往過嗎？他在一九九〇年因為潔西卡．柯林斯失蹤案而被捕。」

「不，我哥不跟被判刑的戀童癖『來往』。」

「採石場邊的屋子鑰匙還在妳這裡嗎？」

蘿絲瑪莉翻個白眼。「沒有。房子是他侵佔的，我看連他自己都沒有鑰匙。」

「妳哥哥的東西妳是怎麼處理的？」

「他差不多什麼都沒有。我把他僅有的東西都捐給了本地的二手商店了。有一條聖克里斯多福銀項鍊，跟著他一塊下葬了。」

「妳覺得他會自殺嗎？」

蘿絲瑪莉吸口氣，臉皮下沉了一些。「不會。那不是他的天性，至於上吊，他怕死了有東西掛在脖子上。小時候他不肯打領帶或是扣襯衫，這也是他沒受教育的一個原因。他被每一間學校退學。我剛才說的聖克里斯多福項鍊，他是戴在手腕上。所以要他結個套索，然後吊死自己……」她的眼睛濕了，忙著掏袖子裡的面紙。「行了，我覺得你們已經佔用了我太多時間和待客之道了……如果你們還想再問我什麼，我要有律師在場。」

愛芮卡和彼得森走出院門時氣溫下降了。他們能從前面的窗子看到蘿絲瑪莉又回到後院了。那堆落葉現在著火了。她手裡拿著一個罐子，像是汽油。馬路亮起了橘光。

「妳覺得巴伯．簡寧思可能是犯人嗎？」彼得森問道，在他們邁步走回車站時。

「有可能，很難說，」愛芮卡說。「我們需要回溯馬克斯曼拿攝影機在公園拍的東西。可能會拍到巴伯·簡寧思。機會渺茫，但可能是條線索，可以用在電視呼籲上。」

「如果是他，那我們就得證明是一個死人殺死潔西卡的。」彼得森說。

「我想查出他是幾時死的。我也要看到死亡證明。」

「妳覺得他仍活著？」

「我不知道該怎麼想。」愛芮卡說。

31

星期天，愛芮卡讓小組休了一週以來的第一個假。她盡量在家裡放鬆，知道一點休息能讓她覺得像充了電，但是將近中午之前她卻非常心煩。她在午餐時間剛過後就抵達了布羅姆利警局，想要查看被警方扣押的崔佛．馬克斯曼錄影帶。她花了幾個小時，在每個檔案裡尋找錄影帶、光碟片，甚至是隨身碟，卻空空如也。接著她下樓去布羅姆利警局的證物室翻找。錄影帶原本是在行政區被扣押的，可能仍然在警局的地下室積灰塵。她手上有的只有證物編號。

她正要下樓就看到克勞佛來了。

「我沒想到會看到妳，」他說。

「我也一樣。」她答道，打量了他一眼。他穿著牛仔褲和毛衣，外罩大衣。她站在那兒等他回答。

他的額頭出現了汗珠。「我把手機落下了……」他才剛說話，大衣口袋裡就有手機鈴聲響起。他掏了出來，按掉來電。「我的另一支。」他補充道。

「好。」愛芮卡說。

她端著茶離開，他尾隨她到事件室。她忙著文書工作，同時以眼角觀察他，看著他搜尋桌子底下。

「我以為我是掉在這裡，可是沒有。」

「清潔工今天早晨來過。手機是什麼樣子？」

「呃，是三星的。智慧型手機，舊一點的機型，背後有裂痕。」

「我會幫你留意。」

他又站了一會兒，然後才離開。她在窗邊等待，看著他出現在警局前門，穿過馬路，專心講手機。她在心裡記下要注意他。

六點剛過她就離開了警局。她在地下室的證物室裡翻了許久，什麼也沒找著。她打了通電話到專案調查組，把列在一份檔案裡的錄影帶證物編號給了線路另一頭的年輕女孩，雖然對方說她會去查，卻沒有給她希望。

她回到公寓，洗澡更衣，出門去赴一個她期待已久的約。晚餐，和艾塞克・史壯。

她在八點前抵達艾塞克家。他住在布萊克希斯的一棟漂亮透天厝，裝潢高雅，沒有斧鑿的痕跡，總能讓她覺得平靜。她計畫要在這裡過夜，方便他們喝酒暢談。艾塞克來應門，一身牛仔褲、T恤，繫著藍色圍裙。一陣美味的烤雞香氣融合著迷迭香飄出來。

「哈囉。好，在我讓妳進來之前，先來個門口品管。」他咧嘴笑。她舉起兩瓶紅酒讓他看標籤。「斯洛伐克酒，有意思。我還是第一次喝。」他說。

「這是拉多斯納酒莊的，很美味，而且英國皇室也喝。所以你可以說也適合你這樣的老女王。」

「太破費了。」他說，給了她一個擁抱。

她跟著他到廚房，廚房是法國鄉村風，色彩淡雅：手繪白櫥櫃，流理台是淺色木頭。他從沉重的長方形瓷水槽裡拿出冰桶，裡頭插著一瓶普羅塞克氣泡酒。

「先喝點有氣泡的。」他說，為她倒了一杯。

她環顧廚房，一如往常，忍不住好奇是否因為身為鑑識病理學家，艾塞克才會特意避開不鏽鋼產品。她在他倒酒時端詳他的臉。

「你怎麼樣？」她問道。她一直沒有時間跟他談論案子以外的事情。

「不錯，」他自動就說。「敬友情。」他又說。兩人碰杯。

「你確定嗎？憋在心裡可不健康。」愛芮卡說。她說的是艾塞克的男朋友史蒂芬，他在幾個月前被殺。

「我發現很難不帶著怒氣哀悼他……有點完全一面倒。我愛他，可我……我不知道他是否真的在乎我。」艾塞克柔聲說。

「我覺得你給了他他需要的穩定和愛。」愛芮卡說。

「要強調『給』這個字。我是一直給，卻什麼回報也沒有。」

一陣彆扭的沉默，他走向爐子，把平底鍋放上去。「我很感激妳沒跟我說廢話，不過我的處理方法也只是不去談……我知道這樣不健康。」

「反正也沒有什麼規則，」愛芮卡說。「我會陪著你的。」

「謝謝……好了，換個話題吧。」

「好，你想談什麼？」

艾塞克攪動鍋裡的東西，把湯匙放在旁邊的湯匙架上。「我今晚不想談工作，不過我從潔西卡．柯林斯身上採到的骨髓樣本有結果了。」他說。

「什麼？」愛芮卡說，放下了酒杯。

「有很高濃度的化合物，叫四乙基鉛，在我從潔西卡．柯林斯的右脛骨採到的骨髓樣本裡。」

「再說一遍？」

「四乙基鉛。是一種有機鉛化合物，這種成分會添加在汽油裡增強效能。現在是違法的，一九九二年起就逐步淘汰了。」

「在汽油變成無鉛之後。」愛芮卡幫他說完。

「對。我知道妳一定沒機會熄火，不過我覺得妳會想知道。」他說。走到桌邊，坐下來幫她斟酒。

「為什麼她的骨髓可以採集到那麼多東西？」

「我沒有組織或是血液樣本可以檢驗，不過屍體包裹的情況以及被丟進湖底都有助於保留骨頭。」

「她是個健康的小女孩，而且吃得很好，根據資料，她是個受到良好照顧的孩子。」

「這種濃度表示她在死前曾暴露在高劑量的有鉛汽油中，或是有可能這就是她的死因。」

「也就更證實了我的推論，她是被綁架後關押了幾個星期，然後才被棄屍在採石場的……她在被關押時可能暴露在充滿油氣的環境中。」愛芮卡說。

「那就得由妳來查出來了。」

「我最討厭你這麼說了。」

「助人為快樂之本。」他解嘲地咧嘴笑。

她喝了一大口酒，放下酒杯，手指頭劃著酒杯上的水珠。「埋葬了二十六年的屍體會是什麼狀態？」

「怎麼個埋葬法？」他問。

「埋進土裡，傳統式的，裝在棺材裡。」

「看情況。」

「什麼情況？」

「棺材的材質，下葬的環境。有時我們能看到埋在地底多年的屍體狀況好得出奇。桃花心木襯鉛棺材往往能夠延緩腐敗的過程。便宜的棺木腐蝕得快，把屍體交給土壤和有機物處置。幹嘛？妳是想把誰挖出來嗎？」他起身，走向流理台，拿回一碗烤杏仁。

「很難說。有可能。顯然我得找個合理的理由。我是想要證明死因。」愛芮卡拿了一把杏仁，丟進口裡，享受著爽脆的口感和海鹽的味道。

「死因證實過了嗎？」

「我還在等死亡證明。我有個嫌犯二十六年前死了……」她把巴伯．簡寧思的事大致說了一遍。「他的死因是自殺，但是他妹妹說他會自殺很讓人意外。」

「如果是涉及毒藥或是骨折，那麼痕跡是會留下來的，可是二十六年了，妳會無端惹怒他的家屬。」

「他是上吊自殺的，檔案上的死因是這麼說的。」

「好吧，經過了這麼多年，不會留下太多痕跡。內臟不會留下太多。如果是頸子斷了，我還是能看到。」

「那他的骨頭呢？如果他的骨頭裡也有高濃度的這個四乙基鉛呢？」

「可妳要如何把這一點和潔西卡．柯林斯連接起來？」

愛芮卡嘆氣。「你說得對。」

「別忘了，經過了這麼多年，要挖掘屍體，需要在法庭上站得住腳，而不能只憑直覺……對了，完全不同的另一件事，妳餓了嗎？」

「餓死了。」她微笑著說。

「那妳要吃甜點嘍？」

「我哪次不吃甜點。現在這是我唯一確定的一件事。」她說。

32

愛芮卡一次跨兩級樓梯，跑上布羅姆利警局的二樓。她緊抓著一份厚厚的筆記，第五次查看是否一切就緒。

現在是週一下午，距發現潔西卡・柯林斯遺骸十天，而她現在得參加一場簡報會，報告調查進度。

她一穿過對開門就撞上葉爾警司，害他險些打翻了「誰是老大！」馬克杯。

「哇！小心點，愛芮卡。」他說，向後跳以免潑出來的茶濺濕了他的皮鞋。

「抱歉，長官！」她說。

「妳穿得挺漂亮的，」他說，一覽她的黑套裝。「騎兵隊在等了：馬許指揮官，布雷斯—寇斯沃利助理總監以及那個眼皮跳個不停的媒體聯絡官——」

「珂琳・斯坎倫。抱歉灑了你的茶，」她說，抽出面紙交給他。「還有抱歉他們佔了你的辦公室，警司。馬許指揮官一個小時前才打給我，說助理總監要來我們這一區，想聽簡報……」

「這裡沒有太熱吧？妳的上唇出汗了。」他說，擦拭著馬克杯上的水珠。

她把汗擦掉，走了過去。「抱歉，長官，我得趕快——」

「今天下午要圍捕傑森・泰勒的黨羽，」他對著她的背喊。「我們不停給他施壓。放話要把他的孩子從他太太身邊帶走。他給了我們六個同夥的情報，外加進入他們在用的PayPal帳戶密碼。看樣子我們是要一網打盡了！」

「恭喜，警司。真是好消息，我們稍後再談……」

他看著她走進對開門裡。

「『稍後再談』？妳本來是可以只管妳知道的案子的，愛芮卡，享受全部的光環。而且說不定還可以升官。」他懊惱地嘟囔。喝了一大口茶，邁步下樓。

愛芮卡敲了辦公室的門，走了進去。助理總監凱蜜拉坐在葉爾的辦公桌後，仍是一件俐落的白襯衫。及肩金髮旁分向左，露出了高額頭。雪白的肌膚皺紋交陳，大紅唇膏實在是太濃了，愛芮卡覺得她要是被扔到牆上，她的口紅會黏住。馬許坐在左邊的一張矮桌上，眼神疲憊，襯衫也有皺褶。愛芮卡猜他和瑪西的情況並沒有改善。倫敦警察廳的媒體聯絡官珂琳．斯坎倫坐在右邊，筆記本擱在桌上的一小角。她來來回回看著愛芮卡、馬許和凱蜜拉。她穿著一套實用的灰色套裝，和許多五十幾的女性一樣，她也剪了極短的頭髮，一簇簇褐色頭髮倒豎。

「抱歉遲到了一會兒。」愛芮卡說。

「坐吧，佛斯特總督察，」凱蜜拉說。「我利用這個空檔讓咖啡涼一涼，燙死人了，你不覺得嗎，保羅？」她拿起了一只白色的外帶杯，喝了一口，在杯緣留下了一圈紅印。

「對，火車站的咖啡確實不錯。」馬許說。

「對，大家都知道。」她說。

愛芮卡看不出凱蜜拉是在譏諷或是對話。坷琳謹慎地喝了一小口外帶咖啡，也點頭附議。

「好，」凱蜜拉說，盯著愛芮卡坐下，把文件放在桌上。「妳有一份嫌犯名單了嗎？」她伸出了修剪齊整的手，紅色指甲期待地扭動著。

「在把嫌犯白紙黑色寫下來之前，我想要先討論一下。」愛芮卡說。

「這樣啊，」凱蜜拉說。「那麼妳是要我們幫妳做妳的工作？」

「我不是這個意思，長官。」

「那妳的意思是？拜託別打啞謎……」她有個習慣，把每一句話都說得彬彬有禮，打亂了愛芮卡的步調。

「我接手這件案子的時間短暫，但是我找到了一名可能的嫌犯。巴伯．簡寧思，一個單身漢，佔據了海斯採石場對面的村舍。」

「這是好消息。妳為什麼不想把他列入名單？」

「羅伯特．簡寧思二十六年前死了，就在潔西卡失蹤後三個月。他在海斯採石場對面的村舍上吊自殺。」

「妳覺得他是因為罪惡感？」

「有可能。我也懷疑是他殺，所以我才沒辦法把他列入嫌犯。」愛芮卡繼續把蘿絲瑪莉．胡利對他不可能自殺的看法告訴他們。

「採石場在潔西卡失蹤之後搜索過兩次，他在採石場被第二次搜索之後幾天內就死亡了。」

「警察搜查過那棟屋子吧？」

「是的，就在搜索採石場的同時。在一九九〇年八月七日到屍體被丟進水裡之間，他仍然能夠把潔西卡關押在村舍裡。今早布羅姆利市府傳給我一張紀錄照片。」愛芮卡說，從文件中揀了出來。

凱蜜拉接過去，戴上眼鏡仔細看，細金鍊晃動。照片中，他有一張紅通通的地精臉，大鼻子是鮮紅色的，黑髮豐厚，已見灰絲。

「我拿到了潔西卡．柯林斯屍骨上的毒物檢驗結果。她的骨髓取樣中有不尋常的高濃度化合物，叫四乙基鉛，那是一種有機鉛化合——」

「加入汽油增加功效的，讓它有鉛。」凱蜜拉幫她說完。

「對，長官。我今早和蘿絲瑪莉．胡利談過，她證實了巴伯．簡寧思的村舍裡有一台汽油發電機。這讓潔西卡被關在村舍，暴露在汽油廢氣的推論更加可信。」

凱蜜拉沉吟了片刻，隨即把照片遞給馬許。

「我聽說妳和崔佛．馬克斯曼見過？」

「是的，崔佛說他認識巴伯．簡寧思。我不知道他是想要興風作浪或是想挑釁，但是他不需催促就說出了這個名字。我們都知道，崔佛在一九九〇年八月七日有不在場證明，之後的一週左右都在警方的監視下。之前並沒有懷疑巴伯．簡寧思這個人，巴伯很可能是崔佛的同夥，幫忙他綁架潔西卡。」愛芮卡接著說她正設法從扣押的攝影機上找到錄影帶證據。

「看來妳的收穫不少，愛芮卡，」凱蜜拉說。「但是如果和可是太多了，而且那個人死了，這當然就限制了訊問他的任何機會。」

「長官，我想帶一支小隊去調查那問村舍，讓鑑識科去把它拆了。我看過平面圖，村舍有地窖。雖然機會很小，但是潔西卡．柯林斯的DNA可能還在。如果有的話，我們就能要求挖出巴伯．簡寧思的屍體，希望能找到什麼蛛絲馬跡。但兩者都機會渺茫。」

「後者的機會太渺茫了，不過隨時讓我知道進展。繼續追查這條線，調查節奏要快。」凱蜜拉轉而注意珂琳，她坐直了，一臉慌張。

「我想在接下來幾天和柯林斯家召開記者會，再加一條呼籲，請民眾提供以前的情報。大眾的記憶力或許會被喚醒。」

「愛芮卡，如果遺失的崔佛．馬克斯曼錄影帶能及時找到，或許是加入呼籲的珍貴情資。」凱蜜拉說。

「是，長官。」愛芮卡說。

「珂琳，妳能和馬許指揮官一塊處理嗎？我會有幾天不在，也許他能在上鏡頭之前把襯衫熨燙一下。」

馬許低頭撫平襯衫。

「是，長官，」珂琳說。「我計畫要用上柯林斯全家。」

「非常好。團結和家庭價值牌一向好用。我雖然不在，可我會時刻注意。」

會議結束後，愛芮卡陪馬許走回地下停車場，兩人聊了一會兒，後來看到凱蜜拉從電梯出來，全身的重機裝備，拎著公事包，兩人都大吃一驚。她走向一輛閃亮的銀黑色山葉重機，把公事包放進車尾的置物盒裡，拿出銀黑色安全帽和一雙厚手套。她掀開護目鏡，一條腿跨了過去。

「從來不塞車。」她大聲喊，引擎怒吼。她一揮手就加速飛馳過他們面前，衝上坡道，進入引道。

「她沒邀請你坐後座。」愛芮卡說。

「很好笑。坐後座等於是升官。她還真有個性。」他說。

「她有種猛禽的味道，我可以想像她組織那種濫交派對，大家都把鑰匙丟進地毯中央的水果缽裡。」

「她的先生是一位高等法院法官。」馬許說，轉動車鎖，打開了門。

「那舉辦派對的人可能就是他們兩個。」

「把事情辦好。她可不是混飯吃的，愛芮卡。」

「是，長官。我會把搜索海斯採石場小屋的結果向你報告，還有，下一次，把襯衫燙一燙。」

他翻白眼，坐進車裡，非常低調地駛離了停車場。

33

「你跑到這條線的盡頭來是有什麼事嗎？」黑髮女生問道。她倚著陽台欄杆，拿著香菸，把長髮甩到肩後，轉身看著蓋瑞。他站在欄杆的另一頭，只穿著運動褲。她上下打量他，從他健美的胸膛到肚臍的那片毛髮。「摩爾登，是地鐵的盡頭。」她補充說。

「不是盡頭，」他說，聲音低沉威嚇。「完全是觀點的不同，這裡是許多東西的起點。」

他看著他在摩爾登高街的超市挑中的女人。他希望她是合法的；她的樣子確實是已成年。她只穿著一件他的白T恤，幾乎遮不住她的臀部。她的屁股是漂亮，他心裡想，瞪著眼看。她的全身上下都棒。不過，她自己也知道。他感覺他的老二硬了。

「你說話老是打啞謎嗎？」她咧嘴笑。「你是做什麼的？哪一行？」她最後再吸一口菸，就彈到了陽台外。兩人看著菸蒂緩緩墜落，仍亮著紅光，掉在一輛寶馬的車頂上。「靠，不是你的車吧？」她咯咯笑著問，又甩了一次頭髮。

「不是我的。」

她走向他；就算她光腳踩在水泥地上很冷，她也沒有表現出來。他沒給她鞋子或拖鞋。她轉向他，慢條斯理掀起T恤，舉高雙手把衣服從頭上脫下來，赤裸的乳房挺立。一邊乳頭上穿著金屬棒，另一邊乳頭有穿洞的痕跡，還有一道小傷疤。他很好奇她是不是喜歡玩粗暴一點的。

她笑望著他一會兒，享受著他的眼睛在她赤裸的身體上打轉，然後她把T恤拿到陽台外，放手讓它飄。

「那是我的。」他說，看著它也和菸蒂一樣落在車頂上。

「只是一件T恤嘛。」

他用力摑了她一耳光。

她一手掩口，但是恐懼迅速消散，反而更往他身上蹭。

「操我，就在這裡。」她低聲說。

「不要。」

「不要？」她嘆氣。「你確定？」她轉身把屁股頂著他的鼠蹊。「你想怎麼樣都可以……」

她抓住他的一隻手，拉到她的腰際，按在她的雙腿之間。他的手軟綿無力，可是才一碰到她的陰毛，她就開始尖叫蠕動。他把手抽開。

「怎樣？」她問道。

「這些白痴的色情表演，尖叫呻吟，都是假的。讓我想再甩妳耳光。」

她轉身，雙臂抱胸，色情表演收斂了。她只是陽台上的一個很冷的赤裸女孩。

「你要我去撿你的T恤嗎？」她問道。

「我只要妳走。」

她看著他的胸膛，倚向他溫暖的身體。他看出她很寂寞，她想留下來。

「可是我才剛到……」她嗲聲嗲氣地抱怨。

他一拳打在她臉上，再揪住她的頭髮，把她的臉拉過來。她的呼吸加速，看著他，頭暈眼花，鼻孔流出了血。

「這樣的暗示夠不夠？」他說。

他把她推開，她跑進屋裡。他又點燃了一根菸，從敞開的門看著她哭得一張臉又是淚又是血，匆忙抓起亂丟在沙發上的牛仔褲和內衣，害怕地盯著他，手忙腳亂地著裝，然後甩上了前門。

他走到陽台上等了幾分鐘，她從底下的樓梯間出現了，跑進黑暗中。高跟鞋的喀噠聲越來越小。

「幹，」他說。現在是凌晨四點。他希望這件事不會追查到他的頭上——那個笨女孩會順利回家。

抽完菸後，他慢吞吞走下有尿臊味的樓梯間，經過了牆上的塗鴉，平台上到處是碎玻璃和垃圾，他從寶馬車頂上取回他的T恤。這是一件平凡的白T恤，但是他穿著去過兩次伊拉克，是他的幸運T恤。他把T恤穿上，再爬樓梯上去。

回到公寓後，他打開門，走進臥室，抖動了一下滑鼠，筆電就開機了，他坐了下來。

他找到了那則有木馬程式的文字簡訊，看到現在是四點半，他就按了傳送。

34

隔天一大早，天色仍暗，一隊警車就行駛在海斯綠地的碎石小徑上。愛芮卡帶她的小隊來搜索村舍，由制服警員部支援。車隊在靠近水邊處停車，將近兩週之前她曾和打撈隊來過。天氣嚴寒，人人都一身冬天的裝備。

小隊一共十名員警站成一圈聽愛芮卡說明任務，之後，他們抓著茶杯或咖啡杯，看著夜色褪散，在深淺不一的藍色中穿移，最後遼闊平靜的水面反映出灰色的天空。

幾名清早遛狗的人在晨曦中穿過石南地，停下來瞪著他們看，但是一名在車隊幾百碼外站哨的警員把他們趕走了。他們拉起了警戒帶，封鎖了一大塊接近採石場的草皮，以及周邊，包括村舍附近那一大片雜草叢生的土地。

早晨的第一階段是清除村舍四周的植物和瓦礫，冰冷的空氣中充盈著手持割草機的高頻噪音。

愛芮卡不耐煩地在一輛大型支援車輛旁等待，約翰、摩斯、彼得森也一起，喝著茶，跺著腳禦寒。九點剛過，愛芮卡的手機就響了，可她才剛從口袋裡把手機拿出來，鈴聲就停了。

「這是今天早上第三通這樣的電話了：不明來電。」她說，氣惱地看著螢幕。

「一定是推銷員，」摩斯說，吹著熱茶。「我每天晚上坐下來吃飯就會接到一大堆這種電話。西麗亞氣死了。」

「我四點半收到一則空白的簡訊，不明來電。」愛芮卡說。

「我會檢查一下，老大。妳沒打開來吧？」

愛芮卡搖頭。

「我從來就沒收到過不明來電的簡訊。」彼得森說。

「你的那些辣妹都是在語音信箱裡留下性感留言嗎？」摩斯笑嘻嘻地問。

「滾一邊去。」他笑著說。

克勞佛走過來。「你們在笑什麼？」他說，急著要加入。

「彼得森，還有他的約炮電話。」摩斯說。

「我喜歡笑話，可是我今天早上真的沒心情聽蠢笑話。」愛芮卡厲聲說。

大家都低頭看鞋子。克勞佛緊張地笑。

「我們在一九九〇搜索採石場的時候，我兩次都在。」他誇張地鼓著臉頰，把頭朝水邊一歪。「讓你感慨時間過得真快，明年我就四十七了。」他說。

「那村舍呢？你記不記得兩次搜索有沒有搜那裡？」愛芮卡問道。

「我們什麼也沒找到；我們假設屋子是空屋。」

「可是巴伯·簡寧思住在那裡。」彼得森說，吹著熱茶。

「竊佔房屋的人常常都不會讓別人知道。他們都很髒亂，不是嗎？所以才會說是竊佔啊。」

他翻白眼，故意逗摩斯。「有人還要喝茶嗎？我要去倒水。」

大家都搖頭，克勞佛就走掉了。割草聲持續。

「他讓我很感冒。」彼得森說。

「他跟我說話都像是在跟部下說話；我們明明是一樣的階級。」約翰說。

「放心吧，兄弟。有一天會升遷的，你很快就會變成他的上司了。」彼得森說

「他有那種亂開玩笑的討厭毛病，老是自以為是萬事通，什麼都要插一手。」摩斯也說道。

愛芮卡沒提他在週六回警局，表現得很可疑。她決定要盯著他。

高亢的嗡嗡聲和木頭碎裂聲傳來，一大片植物被砍掉了，露出了一半的水邊村舍。他們轉身看著更多植物被拖走。

「屋子的狀況比我想像中好。」彼得森說。煙囪崩塌了，但是屋頂像是完好無缺。大多數的窗子都破了，不過，窗框都還在。

「水電公司有什麼好消息嗎？」愛芮卡問道。

「屋子沒有接通主電網，沒有電。不過有水，還有化糞池。並沒有連接下水道系統。」彼得森說。

克勞佛端著一杯茶出現在他們後面，插口說：「化糞池可能會保留證據，沒有清空的話。」

「有道理。我可以讓你負責追查，篩揀內容物嗎？」愛芮卡問道。

「呃，我是希望能加入屋子裡的搜索行動。」克勞佛說。

「不，我要你負責這個搜索；帶兩名警員跟你去。支援貨車裡有手套和保護裝置。」

「是，老大。」克勞佛說，走向車輛，一臉愁苦。

摩斯和彼得森別開臉，壓住竊笑。

35

克勞佛由兩名年輕警員陪同在包圍著村舍的亂草中跋涉，他一面反思他的人生。他是個很不錯的警察，努力勤勉，有時還太過勤勉，但是他從來沒爬上他企望，或是他覺得當仁不讓的高位。他夢想過當上警司，或是總警司，但是夢想終歸是夢想，他四十七了，到現在仍然是個偵查員。

他好不容易接手一宗命案，還得要聽一個比他小十五歲的總督察的命令，氣得他頭頂冒煙。而現在他在找一處化糞池。他停在土地上的一處隆起，一根剛被砍伐過的細瘦樹幹旁有一條均線，樹幹糊狀的內部閃爍著水氣。他踢了土壤，以為找到了化糞池，但是土壤卻被他踩扁了。

他嘆氣，回頭看著支援車輛，摩斯、彼得森和麥高瑞偵查員和佛斯特總督察站在一起。約翰．麥高瑞比他小二十歲，卻升遷有望；他看得出來。

克勞佛在多年之前就喪失了當警察的熱忱了，凡事得過且過，但是他仍覺得自己有權得到更多。

他曾涉及盜賣街頭查扣的毒品，幹了很多年。他自認為那是一筆豐厚的津貼，一種獲得他認為是虧欠他的報償的方法，而且他很謹慎，不貪多，只賺足夠買些奢侈品的錢，不引人側目。是亞曼達．貝克把他拖下水的，大約在十五年前。他太太一直沒發現他和亞曼達上床，兩人的關係最終也斷了。可現在亞曼達又出現了，像是他身上的一根刺，跟他討人情，威脅要告發他。這些年來他幫她處理過幾張停車罰單，幫她蓋住酒駕兩次，否則的話她的駕照早被吊銷了。

他的手機在口袋裡響，他拿出來。他看到自己離那兩名警員老遠，他們越來越接近屋子，腳下的土地較多岩石。手機顯示是那個女的，亞曼達．貝克。

「你在哪兒？後面那個嗡嗡聲是什麼？」她說。連聲招呼都不打，連個問候也沒有，口氣也沒有一點敬意。她還以為她是他的上司，對他呼來喝去的。

「我在上班，」他嘶聲說。「不能講話。」

「她在旁邊嗎，佛斯特總督察？」

「沒有。」

「那你就能講話。我需要那些錄影帶，崔佛．馬克斯曼的。」

「我們一直找不到。」

「所以我才打來。我一直在回憶，剛想起了一件事。我叫一個克羅伊頓警局的人幫我檢查，送到那邊去了。叫人去他們的證物室找，可能還在那裡。我要你先弄備份，再交給佛斯特。」

「妳要錄影帶幹什麼？」他問道。

「我有個直覺。我不會告訴你，但是等我弄出個究竟以後，我會全都給你，讓你獨享光環……搞不好你終於能升官了呢。」她帶著痰音譏笑道。

他回頭看著村舍，四周已經清理出來了，一群犯罪現場科的警員抵達，正和佛斯特、摩斯、彼得森握手。就連那個小白痴約翰・麥高瑞都混在裡面，克勞佛心裡想，他媽的她卻叫我去找化糞池。

他緊握著手機，背對著他們。

「好。我會看看能不能幫妳弄到錄影帶，」他低聲說。「不過最好要值得。」

36

鑑識人員率先進入村舍，愛芮卡等待著，在水邊來回踱步，早晨就這麼過去了。太陽仍躲在雲後，但是水面卻多了一種陰森的美，乾枯的蘆葦圍繞，還有一棵葉子已落盡的樹。她看著一陣微風吹過水面，帶起一處處的漣漪，一群為數六隻的鴨子整齊劃一地落在水上，拉出了十二條線。她覺得內疚，享受著採石場的美景。

「他們找到了東西，要我們進去，」摩斯的聲音在她背後響起。愛芮卡立刻把眼淚擦掉，轉過身去。

她在村舍外和摩斯、彼得森套上藍色紙連身服，再戴上口罩。前門掛了一片長塑膠布，犯罪現場主管尼爾斯．阿克曼幫他們掀開塑膠布，讓他們進去。他三十出頭，長相英俊，有北歐人的高額頭。他們魚貫通過時他點頭微笑。

愛芮卡很驚訝屋裡這麼昏暗，門口正對著一個擁擠的斗室，充斥著腐敗的氣味，既甜又酸。她回頭看著摩斯和彼得森，可以看出他們也聞到了。地板是黑白圖案的，並不平坦，佈滿了碎玻璃。

「地板上是鳥屎，一大堆，」尼爾斯說。「我們把部分掃到邊緣，底下是鑲木地板。」他字正腔圓的英語中帶著輕微的瑞典口音。

「有的人為了有這樣的木地板還得花大錢呢。」摩斯嘟囔著說。

上方的橫梁也在腐爛，鑲嵌在崩塌的天花板上，泥灰上處處是水漬，讓屋裡更潮濕。房間中央有一塊隆起，覆滿了更多鳥糞、舊報紙和碎玻璃。生鏽的彈簧從許多地方裸露，可見得這是一張沙發的遺骸。一名鑑識人員專心在明亮的燈光下忙碌，剝開一層鳥糞以及一個變薄的坐墊的表面，想要檢查底下的泡棉。在熾熱的燈光下，沙發微微冒著蒸氣。

污穢破裂的窗戶旁邊一角是一張桌子，擱著幾只舊馬克杯，還有生火的殘跡。另有兩處也有生火的殘跡，一處挨著後牆，一處在前門。黑色焦灼痕記爬在牆上，四周是吸毒的全套用具：一片片變黑的錫箔，一支針管，彎曲的茶匙。愛芮卡走過黏腳的地板，到那面有褐色斑點的牆。

「噴濺的血跡，最可能是毒蟲，不過我們還是採樣了。」尼爾斯說。

「樓上呢？」摩斯問道，瞧了瞧下陷的天花板。

「還沒有人上去。樓梯腐朽塌陷了，我們要先檢查過結構才能確定安不安全。」

一道影子劃過破窗，愛芮卡嚇了一跳。

「靠，」她說，明白了只是一名在屋外搜查的警員的輪廓。

尼爾斯帶他們穿過了一處低矮的門楣，來到村舍的裡間。廚房很老舊，也和客廳一樣骯髒。低矮的流理台佔據了一整面牆，櫥櫃的門都不見了，露出了格架，除了兩只積灰的鍋子和另一處燒焦的痕跡之外，什麼也沒有。流理台上方裝設了相同式樣的櫥櫃，但是都掉落了，散佈在廚房中央。牆上的洞裡仍有塑膠釘套。燈具都不見了，只有電線從天花板的一個洞裡垂下來。

「這是什麼味道？」彼得森問道，拿手背掩住口鼻。

尼爾斯朝石水槽上方的小窗歪頭。玻璃上有個不小的洞，被乾涸的血液以及一隻正在腐爛的鴿子堵住。

愛芮卡走過去，臭味變得更強烈。

「那個是……」她發現水槽裡裝滿了一堆堆乾涸的褐色物質。

「糞便，」尼爾斯說。「可能是毒蟲留下的。」

這裡的天花板比客廳的高一些，一根裸露的橫梁穿過整個房間。

「這裡有可能是巴伯・簡寧思上吊的地方嗎？」摩斯問道。

「可能不是，不過我發現了這個。」尼爾斯說。

他帶他們到廚房後面角落的一處高門楣的門洞前，木門倒在地上腐朽了。門框上夾著一盞強燈，照亮了一處狹窄污穢的樓梯，深入黑暗中，厚厚的灰塵飛舞。他們能看見的幾級階梯覆滿了一堆堆褐色物質，混雜著鳥屎和垃圾。

尼爾斯穿過門洞，指著上方。樓梯頂端天花板上的鉤子掛著一個繩索已腐爛的套索。

「這可能是上吊留下的，」尼爾斯說。「我會叫人把剩下的繩子拿去化驗。」找到上吊的屍體時，警察一定會取得套索，完整地切割下來當證據。尼爾斯接著說：「我要你們跟著我。拜託小心腳步，每一步都走邊緣。」他說。三人跟著他穿過門洞，步下吱嘎叫的樓梯。

地窖又小又窄，天花板很低，害愛芮卡覺得恐慌。角落又立著一盞燈，儘管明亮，仍無法照亮地窖的每一處。牆壁是深褐色的，四角都有蜘蛛網。地面是泥巴地，凹凸不平。他們能聽見頭頂上尼爾斯的鑑識人員在走動。

「熱得要命。」摩斯說。

「接近冬天時土壤會釋放儲存的熱氣。」尼爾斯說。

和樓上一樣，有幾處小範圍的燒灼痕跡，小堆的焦黑錫箔和木頭。泥土地面是淺棕色的，土壤緊實。幾處較大的焦黑痕跡散落在四周，兩名鑑識人員跪在地上專心篩選他們挖出來的小塊發黑土壤。

「這些區域的土壤是濕透的。」尼爾斯說。

他拿了一個裝滿土壤的證物袋給愛芮卡，她拿到鼻子前，就算隔著口罩也知道是什麼。

「是汽油，」她說，遞給了彼得森。「你覺得這裡有發電機嗎？」

「有可能。看起來毒蟲也在這裡點火了，可能是較輕的液體，」尼爾斯說。彼得森把那袋土壤傳給了摩斯。「如果這裡曾有發電機，地下室沒有通風口，廢氣會瀰漫。」

他們三人互看了一眼。

「我好像找到了什麼，」一名鑑識人員說，聲音被面罩遮住了。他轉向他們，鑷子夾著一個堅硬的小物體。「嵌在這邊的土裡。」

尼爾斯已經拿著一個小塑膠袋了，東西裝了進去。他把袋子舉高對著光，大家都伸長脖子看是什麼。

是一小顆牙齒。瞬間沉默，愛芮卡看著摩斯和彼得森。

「我們發現潔西卡·柯林斯的骨骸時，她的一顆門牙不見了……我要這個立刻送去毒物化驗。」愛芮卡說，努力讓聲音平穩。尼爾斯點頭。愛芮卡環顧潮濕的地窖，一想到被困在這下面，就忍不住打冷顫。「要是牙齒和潔西卡的頭骨吻合，那破案就快了。」她說。

37

在找到牙齒的興奮之後，他們都回到樓上，跟克勞佛一塊尋找化糞池，卻毫無所得。村舍的四周雜草叢生，多年來土壤和各種垃圾被丟在這裡，其上又有樹木和多年的植物生長。

尼爾斯和鑑識小組離開了，帶走了他們在地窖找到的牙齒，愛芮卡覺得他們非常接近了，卻又少了臨門一腳。牙齒可能是重大突破，也可能是某個毒蟲或是二十六年來竊佔這處狗窩的人留下的。她得耐心等待。

晚上七點半，他們收工。大夥收拾東西，離開了採石場。愛芮卡和摩斯、彼得森、約翰、克勞佛以及兩名鑑識人員坐一輛迷你巴士。她的手機又響了，她掏出來，看見又是那個不明來電。她掛斷了電話，頭靠著車窗，不在乎玻璃冰冷或是緩慢的車速。光禿的樹木向後倒退。

回到布羅姆利警局後愛芮卡帶小組去喝酒，他們挑了主街的一家酒吧，佔了一張長桌。酒吧生意很好，坐滿了辛苦一天之後來放鬆的客人。

「一定是採石場邊的村舍……」愛芮卡說，劃著酒杯上的水珠。她坐在長桌的一頭，摩斯和彼得森坐在她旁邊。「無論是誰抓走潔西卡的都很倉促，她有可能是先埋在那裡，那間地窖裡。」

「鑑識科會去挖掘，老大，我們得有耐性。」摩斯說。

愛芮卡看著組員，他們在說說笑笑，於是她壓低聲音。「我明天要跟克勞佛談一談。他當初就參加調查，有可能回答得出我們對於遺失的檔案和證物的許多問題。不把人當一回事的毛病就出在你不注意他們。我太粗心了。」

「別太苛責自己，老大。」

「妳調出他的檔案了嗎？」

「調出來了。他的經歷平淡無奇。他很討厭，而且總是得過且過，但是他沒有什麼黑紀錄。」

愛芮卡喝了一大口淡啤。「如果那顆牙不是潔西卡的，我們就完了。就算是她的，我也得證明她是被一個沒有暴力前科的人殺死的，而那個人二十六年前就死了。」

「如果是他，那妳起碼是幫監獄省了一點空間。」彼得森說。三人默默喝了一會兒。「抱歉，老大。不好笑。」

「沒事。我們都應該放鬆個幾小時。我不是個好玩的人。」

「妳本來就不是個好玩的人，」摩斯說。「我就是喜歡妳這一點。不必有壓力要玩得開心，我在妳旁邊可以很悲慘。說真格的，妳還幫我少掉一大堆的皺紋呢。我因為很少笑而年輕了三歲呢。」

愛芮卡笑了出來。

「可惡，皺紋出來了。」摩斯笑著說。她的手機響了，她接起來。「喔，是西麗亞，不好意思。」

她擠過去，走到外面。

「無論如何，我喜歡跟妳一起工作。我真的很想妳。」彼得森說。愛芮卡看著他，覺得有點頭暈，這才發現她已經是第三杯了。

「你沒有。對不對？」

「嗯，可能只有一點點。」他眨眼睛，凝視她一會兒，而她回以笑容。他又說了什麼。

「我要去上洗手間。」愛芮卡打斷他，突然慌張了起來。

她擠過去，走進洗手間，鎖上了門，坐在馬桶蓋上，深吸一口氣。她覺得愧疚，出來喝酒，而殺害潔西卡·柯林斯的兇手仍逍遙法外。她愧疚失去了調查的掌控，她也愧疚彼得森對她送秋波……他是在送秋波吧？而她也私底下希望他送秋波嗎？

「妳得自制一下。」她大聲自言自語。

「嗄？」有人隔著幾間問。

「沒什麼，」她嘟囔著說。愛芮卡掏出手機，看到那個不明來電又在語音信箱中留了兩次信息。「會是誰啊？」她嘀咕道。點了語音信箱卻沒有訊號。她又坐了幾分鐘，聽著沖水聲和烘手機聲。

她的心思又回到潔西卡·柯林斯身上。如果她還活著，現在就是三十五歲。如果多年前她沒去那場生日派對呢？如果她早個幾分鐘或是晚個幾分鐘出門呢？那她就有可能是酒吧裡那些在休閒的女人之一，玩著「誰想當百萬富翁？」機器，和朋友一起歡笑。

然後愛芮卡想到她的過去。如果她和馬克決定在要命的那一天不去掃毒而是賴床呢？她的人生就會截然不同。此時此刻她會和他在家裡，看電視，或是做愛，或是聊她這天的工作……我是個寡婦，她心裡想。可我才四十四……我還能生孩子，不是嗎？我聽說過有女人四十好幾了還生孩子。

她抓住衛生紙架，抽出一張紙，輕點眼睛，下定決心要回家。三杯是她的極限了。

她出來後，只剩彼得森坐在長桌上。

「我去多久了？我是走進了時間隧道嗎？」她問道。

「不是。約翰的女朋友打電話來，問他跑去哪裡。西麗亞打給摩斯，因為雅各發燒了，她很擔心……其他人到威瑟斯本續攤了。」

「喔。」她說，在對面坐下。一陣彆扭的沉默。

「我希望剛才沒害妳難堪，」他說。向後靠著椅背，衣袖向上挽，英俊的臉上掛著歪向一邊的笑。「我只是想說我想念妳。我並不是期待妳做什麼，我只是想讓妳知道。」

「沒有，沒有。我受寵若驚，所以謝謝你。」她向他舉杯，兩人碰杯，喝光了酒。

「要再來一杯嗎？」彼得森問道。

「不了，我該走了。明天一大早就得進局裡。我得查出錄影帶資料的去向，還得哀求鑑識科能快一點化驗牙齒……」

「說得對。」

兩人正起身要走，克勞佛又端著滿滿一托盤的酒從繁忙的吧檯回來了。

「大家都上哪兒了？我排了好久才終於點到酒。」

「大家都走了，老兄。」彼得森說。

三人尷尬地頓住。「謝謝你。對不起，我得走了。」愛芮卡說。

「我也是，不過，謝了。」彼得森說。兩人道了晚安，留下他一個人端著滿盤的酒杵在那裡。

「王八蛋。」克勞佛嘟嘟囔囔地說。在空桌坐下，拿起了一杯酒。

38

愛芮卡和彼得森走到大街上，各家酒吧之間熙來攘往。他們安靜地走向火車站，站外只停著一輛黑色計程車，怠速等待。

「妳要搭計程車嗎？」彼得森問道。

「對，我喝多了。」

「我也是。」

兩人來回看著馬路，一輛車也沒有。第一批雨點落下，很快就變成滂沱大雨。

「你們是要不要坐車啊？」司機問道，搖下了車窗。他是個一臉愁苦的老人，纖細的灰色頭髮幾乎貼不住頭皮。彼得森打開了車門，兩人都坐了進去，中間留了一條縫。

「上哪兒？」他問道。

「她先，森林山，然後是西登罕。」彼得森說。

「不行，你先，我們需要穿過西登罕才會到森林山。」司機說。

「讓她先，她是我老闆。」彼得森開玩笑說。

老人翻個白眼，開動了汽車。兩人默默乘車，雨水重擊車頂，夜色飛掠而過。街上沒有多少車，愛芮卡偷看了彼得森一眼。這一次她不要被生活壓住，被傷心和責任壓住。她要某個人在她睡著時抱著她，她要在某人身邊醒來，而不是覺得孤單悲涼。

他轉頭看她，兩人目光交會，又趕緊別開臉。愛芮卡的心怦怦跳，計程車轉入了曼諾山，開始爬坡到她的住處。房屋快速倒退，沒多久就到了。

「第一站。」司機說，停下了車子。車門的自動鎖打開了。

「你要喝杯咖啡嗎？我是說到我的公寓喝。」愛芮卡說。

彼得森一臉驚訝。「好啊……對，喝杯咖啡很不錯。」

他們付了車資，下了車，小跑衝過停車場。愛芮卡能看到共用門廳亮著燈，裡頭有名金髮女人帶著幾個孩子。

到了門口，她在皮包裡掏摸鑰匙，彼得森一條胳臂搭著她的肩，把她拉過去，吻她的臉頰。她轉身微笑，正要說話，就聽見一聲尖叫。

「愛芮卡！」

共用門廳的門打開來，一名高挑的金髮女郎衝了出來。她和愛芮卡很像，漂亮的斯拉夫臉蛋，杏仁形眼睛，長長的金髮濕淋淋地掛在肩膀上方。她穿著黑色長大衣，底下是緊身牛仔褲和低領上衣。她後面有一個黑髮小男孩和一個小女孩拉著一輛昂貴的娃娃車，裡頭睡著一個嬰兒。

她一把抓住愛芮卡就給她一個熊抱，然後才向後站。

「我好高興看到妳，我打給妳一整天了！」她喊道。

「這是誰？」彼得森說，嚇了一跳。

「她是我妹妹蓮卡。」愛芮卡說。

39

愛芮卡幫蓮卡提行李，抬娃娃車，把她的外甥和外甥女帶進公寓裡。她從共用門廳的窗戶看見彼得森站在雨中的路邊，套裝外套披在頭上遮雨，想招呼一輛計程車。她請他進來等，但是蓮卡連珠砲似地飆斯洛伐克語，然後寶寶又哭了起來，所以他笨拙地揮揮手就離開了。

她的外甥雅庫布和外甥女凱若琳娜一臉疲倦，雖然他們來得不是時候，看到他們，愛芮卡的一顆心仍輕盈了起來。他們現在分別是五歲、七歲，她看見他們長得這麼快，不免心驚。愛芮卡打開電燈和中央暖氣，叫他們進客廳去，她馬上就回來。

她衝到門廳裡，再奔進雨中，低著頭跑在碎石小徑上，雨水無情地灌下來。人行道空蕩蕩的，她看見了一輛計程車的尾燈轉過了山坡。她站了一會兒，雨水從她的臉上流下。她感覺像是失去了某人。但他是彼得森，她明天會再見到他。

等她回到公寓，發現浴室門關著。雅庫布和凱若琳娜坐在沙發上，寶寶夾在他們之間，小小的手緊握著凱若琳娜的食指，對兩人露出沒牙的笑容。她戴著粉紅色帽子，前簷縫上了一簇五彩鈕釦。

「小愛芮卡還好嗎？」

「我們叫她伊娃。」雅庫布說，坐在那裡，兩隻手緊緊交握，擺在曼聯足球衫上。

「媽咪在廁所。」凱若琳娜說，羞澀地仰起臉蛋。

「你們兩個好嗎？」愛芮卡說，走向他們。凱若琳娜讓愛芮卡親吻，但是雅庫布卻咯咯笑著躲開。「我好想你們兩個。」

「倫敦總是在下雨嗎？」凱若琳娜問道。

「對。」愛芮卡微笑，搔著寶寶的下巴。雅庫布掏出手機，開始很老練地玩遊戲。

「那是新的嗎？」愛芮卡問道。

「對，是最新款的。」他漫不經心地說。「妳的WiFi密碼是什麼？」

「你得付錢，」愛芮卡說。「一小時，兩個吻。」

「什麼？」他哈哈笑。

「就是這個價……」

他翻白眼，仰起了臉。

「嗯，嗯！」愛芮卡說，吻了他。「密碼是I'mTheDibble1972。」

他皺起小臉，她幫他鍵入不熟悉的英文字母。凱若琳娜也拿出了手機，愛芮卡發現是最新款的，也幫她輸入了密碼。

「要喝點什麼嗎？」

兩人點頭。愛芮卡走向櫥櫃，找到了上次他們來訪時她幫他們買的黑醋栗濃縮汁。她幫他們各調了一杯，端回咖啡桌後才發現潔西卡．柯林斯的解剖照片沒收，趕緊趁他們發現之前把檔案藏起來。馬桶沖水聲，然後蓮卡出來了，一臉蒼白緊張。

「妳怎麼不告訴我你們要來？」愛芮卡問道，抱起了寶寶，給她一個擁抱。

「我一直打電話給妳，還留了言，可是妳就是不接！」

「等等，妳的電話是隱藏號碼？」

「對……」

「為什麼？」

「已經有一陣子了。」蓮卡閃避不答。

「我有工作，壓力山大的工作，我會很感激有個事前通知。妳看過我的公寓有多小，而且——」

「我有給妳事前通知，是妳都不接電話！」

「就算我接了，妳也沒給我多少通知！」

「我是妳妹妹！」

雅庫布喝了一口果汁，發出呼嚕聲，眼睛仍盯著蘋果手機。凱若琳娜一隻眼睛看著她們，問：「那個黑人是誰？」

「嗄？喔，同事。他是警察，我和他一起工作……」

凱若琳娜看著蓮卡，她揚起一道眉，說：「他一條胳臂搭在妳身上，而且快十點了……」

「我們等一下再說，蓮卡。」愛芮卡意有所指地說。

「那是一定的。他的事我全都要知道。」

愛芮卡咧嘴苦笑。但其實她非常高興能見到妹妹。

「好，有誰餓了？」她問道。「誰想吃披薩？」兩個孩子笑嘻嘻地把手舉得高高的。「好，我的抽屜裡有外帶菜單。」

他們叫了披薩，然後愛芮卡鋪好客廳的沙發床，整理了一下，而蓮卡則給孩子們淋浴，給寶寶洗了個澡。愛芮卡聽著外甥和外甥女幫忙給寶寶洗澡，開心地尖叫，她對蓮卡的怒氣全都消散了。公寓有了她家人的聲音，感覺都不同了。她妹妹的香水味。感覺像個家。

披薩一小時後送到，孩子們扯開熱騰騰的披薩，傾身承接拉絲的乳酪，開懷大吃。蓮卡帶來了一片《魔髮奇緣》（*Tangled*），播放出來，她則坐在靠院子的窗前扶手椅上餵寶寶。

孩子們吃飽之後，就窩進沙發床，邊看電影邊睡著了。

「我幾個月前才看過他們，他們已經又長大了。」愛芮卡說，盯著他們發紅的小臉。伊娃吃飽之後也睡了，蓮卡把她放進娃娃車裡，蓋上毯子。愛芮卡彎腰吻了三個孩子，給雅庫布和凱若琳娜蓋上毯子。

「凱若琳娜變得好高喔。」愛芮卡說。

「我知道。我已經在跟她為了搽口紅的事吵架了。她才七歲。」

「妳還有臉說，妳從會走路開始就化妝了，」愛芮卡說。「妳從母奶直接跳到蜜絲佛陀。」

蓮卡笑了，但臉色馬上就變了。「我們可以談一談嗎？」

「可以。」愛芮卡說。打開了院子門，看到雨停了。兩人穿上大衣，步入寒冷中。

「這是妳的花園？」蓮卡問道，凝視著黑暗。

「我是租的，不過，對。好了，妳要告訴我為什麼會跑到倫敦來，殺到我家門口嗎？」

「我說過了，我一直打電話給妳，可妳就是不接，也不聽我的留言。」

「我應該要聽的，對不起。妳為什麼用隱藏號碼打？」

蓮卡咬著嘴唇。「家裡有麻煩，我需要離開。孩子們也有一陣子沒來倫敦了。」

「得了，現在是學期中。才十一月初妳就讓他們請假，把他們帶到倫敦來？馬立克呢？」

「他，嗯……」她的眼眶紅了。「馬立克惹了點麻煩，生意上的。」

「他的生意就是組織犯罪。」

「別這樣說！」

「不然妳是要我怎麼說？黑手黨？還是說我們就假裝他經營的是東歐最賺錢的冰淇淋店？」

「他是真的在做生意，愛芮卡。」

「我知道是。那你們兩個為什麼還不能知足？」

「妳也知道家裡的生活是什麼樣子。妳離開那麼久了，從來也沒回來過。」

「馬立克呢？」

「他跑了。」

「跑哪兒了？」

「上塔特拉山。有個本地人覺得馬立克偷了他的錢。」

「本地的黑手黨？」

蓮卡點頭。

「那他有嗎？」

「我不知道……他什麼也不告訴我。上個禮拜他要我把手機的SIM卡換掉，今天早上他跟我說我非走不可，離開，等風頭過去。」她哭了起來，淚珠一顆顆落下。

「喔，對不起……來……」愛芮卡說，抱住了妹妹讓她哭。「妳可以住在這裡，不用擔心。你們不會有事的，我們可以想辦法解決。」

「謝謝妳。」蓮卡說。

稍後姊妹倆並肩躺在愛芮卡的床上。雅庫布和凱若琳娜在客廳裡睡得很熟，愛芮卡靠牆睡，蓮卡才能把娃娃車擺在她的旁邊。

「剛才的那個人是我的同事。姓彼得森，名字是詹姆斯。我正要請他進來喝咖啡。」愛芮卡說。

「只是喝咖啡嗎？」蓮卡問道。

「對。也許……誰知道。」

「他滿英俊的。」

「我知道，不過不是那樣，不只是那樣。我想要在某個人身邊醒來，而不是每天早上都孤伶伶的。我喝了幾杯酒。幸好你們來了。跟他跳上床就糟了，我們還得一起工作。」

「妳就跟馬克一起工作啊。」

「那不一樣；我們在當警察之前就先在一起了。而且我們當警員的時候就是夫妻了，大家都沒有意見……現在我可是一宗命案的主管，我需要領導大家。我不想跟我的組員約會，搞一夜情。」

「我想念馬克，」蓮卡說。「他是個好人。最好的。」

「沒錯。」愛芮卡說。用手背擦眼淚。

「我不覺得馬立克是個好人。」

「他愛妳，還有孩子。他照顧妳。有時候妳發現自己陷入了什麼狀況，妳就得在逆境中盡力而為。」

「說不定我來這裡是來對了。妳就不會一個人了，早晨醒來旁邊還有我呢。」蓮卡微笑。

「就知道妳會找到光明的一面。」愛芮卡笑著說。轉身在黑暗中看著妹妹。她們的外表相似，但是蓮卡的裝扮卻更大膽；她化妝，留長髮，而愛芮卡則是一頭短髮。

「妳現在在忙什麼案子？」

愛芮卡簡述了一遍案情，以及潔西卡．柯林斯。

「跟凱若琳娜一樣年紀。我沒辦法想像她被綁架。」蓮卡說。

這句話飄浮在空中，過了很久很久愛芮卡才能入睡。

40

曼諾山的雨仍下個不停，雨水從排水管和馬路邊湧流，順著陡坡加速，灌入下水道時發出空洞的回聲。

蓋瑞站在馬路對面的陰影中，躲在一棵大樹以及一棟蓋了一半的屋子的鷹架底下。厚重的長防水衣遮住了他偉岸的身軀，兜帽蓋住了頭，在他臉上投下更多陰影。

天黑之後他就徒步在這個地區梭巡，擬定了一個計畫。上網查選民名冊很容易就找到了她的地址，只有一個愛芮卡・佛斯特的名字拼法是用字母K的。他現在監聽了亞曼達・貝克，而且克勞佛偵查員也一直向她回報調查進展，但是蓋瑞是會看人的，克勞佛是個白痴，並不在佛斯特總督察的信任圈裡。

蓋瑞現在駭入了她的手機。那則簡訊並沒有觸動警鈴，幸虧是運氣好，她妹妹以隱藏號碼留言在語音信箱裡，但是他需要她的家用電話，而且他需要聽到她在家裡是否和某人通話。

稍早他看到一個黑人，是她小組裡的警員，坐進了計程車裡。幸運的是在計程車離開幾分鐘後，他看到愛芮卡・佛斯特跑出公寓，表情焦慮，一看到計程車彎過了山腳下，她的肩膀也垂了下來。她又待了一會兒，光滑雪白的臉上仰，閉著眼睛。

蓋瑞感覺到第一波勃起的騷動。她臉上的痛苦，她光滑的肌膚，那雙微分的紅唇……雨下得很大，她的上衣很快就貼著皮膚。她的乳房雖小卻堅挺。

回想至此，蓋瑞閉上了眼睛，專心聚焦。他必須想辦法快速進出她的公寓，但是這棟舊莊園屋的一樓窗戶有些裝了鐵窗，入口是共用的。

在愛芮卡進屋之後他仍站在鷹架下，一直等到她的公寓的燈熄滅。他喜歡這樣：黑暗，雨點打在空蕩的街上，隱藏、躲避的感覺。

他的手機在口袋裡震動，他掏出來，滑動螢幕。

「你都不睡覺的嗎？」蓋瑞問道。

「你駭進愛芮卡．佛斯特的手機了嗎？」對方問道。

「對。」

「她都知道什麼？」

「鑑識科在採石場邊的村舍裡找到了一顆牙齒，還有土壤層吸飽了汽油……」

一陣停頓。

「牙齒是人類的？」

「當然是人類的。」

「誰的？」

「還不知道，鑑識科還在化驗……無所謂。巴伯．簡寧思在他的地下室裡怎麼玩當地的小孩都有可能……對我們反倒有好處。」

「你好像是把這事當作什麼遊戲。」對方說，聲音低沉脅迫。

「這是我樂觀開朗的愛爾蘭天性，」蓋瑞說，毫不畏懼。「而且我知道這不是遊戲。」

「別忘了，我完蛋你也完蛋……而且你拿不到錢。說不定這一點你會更在意。」

線路另一頭掛斷了。

「幹。」蓋瑞罵道。把手機放回口袋裡，從濃密的樹枝下走出來，仰臉看著天空一會兒，享受著皮膚上針刺的感覺。

然後他轉身，在雨中走遠。

41

愛芮卡醒來時還沒有天亮，她看到蓮卡在小小的臥室中踱步，抱著伊娃，她愣了愣才明白過來。

「幾點了？」她問道，打開了燈。伊娃發出小小的喀嗒聲，打了個噴嚏。

「五點半，」蓮卡說。「對不起，我不是故意要吵醒妳的。」

「沒事。我需要早起。」愛芮卡坐起來揉臉。「妳今天要做什麼？我今天會很忙。」

「妳有備用鑰匙嗎？」

「有。」

「附近有公園嗎？」

「馬路往上走就有霍尼曼博物館，很適合散步。」

「妳不就是在那裡發現冰裡的女孩嗎？」

「嗯，對，不過那裡有大花園和一間博物館，還有很棒的咖啡店……妳也可以去中倫敦，耶誕彩燈……」愛芮卡想到她會是個完全不稱職的東道主。

「我們沒事的。我想孩子們今天會想睡覺，昨天太累了。妳能抱伊娃一下嗎？趁現在沒事我去洗個澡。」

蓮卡把孩子放進愛芮卡懷裡，進了浴室。伊娃好暖和，伸長小小的胳臂，褐色大眼看著愛芮卜，打了個噴嚏。愛芮卡拿細棉紗布幫伊娃擦臉，一陣愛意與傷感淹沒了她。愛的是她這個完美的小外甥女，傷感的是她可能不會有自己的孩子。

愛芮卡把警局的電話和幾把鑰匙留給蓮卡，用地圖讓她熟悉位置。她吻了凱若琳娜和雅庫布的頭頂，沒有驚醒他們，之後就在天光剛亮時溜出了公寓。

她在七點半之前抵達布羅姆利警局，上樓到事件室。拿著咖啡站在白板前，瀏覽證據。發現牙齒之後，她移動了巴伯．簡寧思和崔佛．馬克斯曼的照片，擺到村舍照片的兩邊，用白板筆劃線，連接三者。

然後她的手機響了，她看到是尼爾斯．阿克曼。

「我們有機會比較地窖發現的牙齒和潔西卡．柯林斯的牙醫病歷，」他開門見山。「很遺憾，並不吻合。不是潔西卡的牙齒。」

愛芮卡的心一沉，忍不住坐在辦公桌的一角。

「你確定嗎？」

「確定。簡單的事我是做得來的，我比對了下頜的斷齒，並不符合。然後我又查看了潔西卡的牙醫病歷，怕牙齒被火燒過，那麼牙齒就會收縮，但是也一樣不符合。我拿給一位同事，檢查是否有牙髓可以抽取，能否從裡頭採到DNA，不過不是潔西卡的。我們也回去過地窖，挖掘了土壤，還做了甲烷探測，但是除了泥土之外什麼也沒發現。」

「可惡！」

「抱歉。」

「不關你的事。我現在疑問比答案還多了……巴伯．簡寧思的地窖裡為什麼會有兒童的牙齒？」

電話另一頭沉默以對。

「抱歉，尼爾斯，我知道你的工作不是查出……」

「我一點也不羨慕妳。」他說。

「好吧，謝謝你知會我。」愛芮卡沮喪地說。

她掛上電話，走向白板，採石場的一切資料都釘在綠地地圖旁。採石場原本是採黏土的。她走向最近的桌子，找出維基百科，鍵入「黏土採石場，肯特」，找到了短短的一段話：

倫敦黏土是一種泛藍色的硬質黏土，經過風吹雨打會變成棕色。黏土仍具商業用途，用來製造磚頭、地磚及粗陶。在園藝及農作上則屬貧瘠土壤。

她繼續搜尋，發現了肯特的地質是由石灰、砂岩與黏土組成的。

「我是在幹嘛？簡直是大海撈針。」她嘟囔著說。

「沒錯，肯特是個大郡，」她後面有人說，害她嚇了一跳。愛芮卡回頭就看到克勞佛站在她後面，注視著她的電腦螢幕。「對不起。」他又說。

「別偷偷摸摸站在別人後面。」愛芮卡氣呼呼地說。

「我們不是已經知道採石場的用途了嗎？」

「是沒錯。我只是在想辦法找出連結，解開這個並行的……」

「一大清早的可不適合傷腦筋。」他開玩笑說。她卻沒笑。

「潔西卡失蹤了很多年，卻在離她家不到一哩處出現。」她接著說明了她和尼爾斯的談話。克勞佛坐在她的辦公桌一角，一面聽一面點頭。等她說完，他沉默了一會兒。

「妳知道肯特海岸，多佛海峽，距離歐洲只有二十一哩嗎？」

「知道，我剛才在電腦上看到了。」愛芮卡厲聲說。

「等等，」他說，站了起來。「妳剛才說的話，說那種黏土是用來做磚塊和地磚的。妳覺得跟馬丁・柯林斯會有關聯嗎？他是建築商。」

愛芮卡覺得他點個不停的臉很討厭。「克勞佛，採石場在一次大戰之前就關閉了。馬丁・柯林斯和那家人一直到一九八三年才搬來這裡。而且那裡是綠地，採石場是本地的地標。」

「喔。」克勞佛說，紅了臉。

幾名警員走進事件室，緊接著是摩斯和彼得森。愛芮卡突然覺得憤怒和沮喪在心裡沸騰，而克勞佛正是最理想的宣洩口。

「這件案子已經夠複雜了，不用你再偷偷摸摸跑到我背後，胡說八道什麼狗屁推論。不會讓你顯得聰明，反而會讓我火冒三丈。除非你還有什麼真正有價值的事要說，不然就滾一邊去。」

其他警員正偷偷溜向座位，脫掉大衣。克勞佛滿臉通紅，連眼眶都紅了。

「我沒工夫看我的小組掉眼淚，」她說。「村舍的化糞池你是找到了沒有？」

「嗯，我還在等消息。」克勞佛喃喃說，努力自制。

「哼，少在這裡裝聰明了，快點去查。把他媽的分內的事做好！」她吼叫道。更多警員抵達，他們脫掉大衣，打開電腦，氣氛尷尬。「還有誰有什麼誰殺了潔西卡・柯林斯的沒用推理嗎？」她對著大家說，人人都默不作聲。「好。我剛收到報告，我們在海斯採石場地窖找到的牙齒不是潔西卡的。」

有幾名警員呻吟。

「對，就是我的感覺。所以我們需要加倍努力。」

她走進辦公室，用力甩上玻璃門，恨透了她的小組仍能看得到她。她坐在辦公桌後，埋首那堆越積越高的文件，在內政部查詢系統上更新檔案。

一小時後有人敲門，摩斯站在門外，揮舞著一小張白色面紙。

「我不是來找碴的。」她說，打開了門。

「什麼事？」

「克羅伊頓警局追查到崔佛・馬克斯曼的錄影帶了，在他們的證物室裡，」摩斯說。「剛剛送來了，約翰正在找機器來播放。」

42

克勞佛站在布羅姆利警局後面的一排垃圾箱旁，小小的塑膠遮雨篷幫他擋雨。他溜出了事件室，正和亞曼達·貝克通電話，語氣激動，雨水打在頭上的遮雨篷上，害他聽得不是很清楚。

「你不覺得應該要早點上班嗎？至少也得要想辦法攔下錄影帶？」亞曼達說。

「我今天確實是早上班。」克勞佛咬著牙說。

「那顯然還不夠早。你昨晚在幹什麼？」

「關妳什麼事。」他忿忿地說。他一個人到酒吧喝酒，現在正嚴重宿醉。

「我還是要錄影帶，克勞佛。」

「現在要拿到有點困難了，現在是最搶手的證物了。佛斯特總督察現在就在看，我沒辦法靠近。」

他聽到亞曼達的打火機響。

「他們會數位化。你只需要用隨身碟複製一份。簡單。」

「妳說得容易。」他嘟囔著說。

「我還以為是你去調錄影帶的。你為什麼沒有一起看？你應該在那裡的。」

我受夠了聽這些臭娘們使喚了，他心裡想。風向變了，雨開始橫著打，他雖然躲在遮雨篷下還是淋濕了。

「我有別的事做。」他答道，身體貼著發臭的藍色垃圾箱。

「什麼事？」

他不理睬，自顧自概述他們在地窖裡找到的那顆不屬於潔西卡的牙齒。

「地窖裡有兒童的牙齒讓巴伯．簡寧思變成了嫌犯，他很可能是崔佛．馬克斯曼的同黨。說不定在潔西卡之前他們也鎖定了那一區其他的孩子。」

一陣沉默；他幾乎能聽到她的腦袋裡的齒輪在轉。

「我記得那些錄影帶裡有什麼……」她終於說。「我不是很肯定，只是一種直覺，讓我捉摸不透。好，回去裡面，別引起懷疑，幫我弄到備份。」

她掛斷了。

「哼，妳現在肯定是抓著什麼了，妳的第三杯酒。」他乖戾地說，發現垃圾箱上有什麼油膩的褐色東西沾到他的外套上了。

蓋瑞坐在摩爾登的小公寓中，窗簾合攏著，抵擋外面的風雨。

他的筆電開著，他拿出耳機，重播對話的片段。亞曼達沙啞的聲音在斗室中迴盪。

「我記得那些錄影帶裡有什麼……我不是很肯定，只是一種直覺，讓我捉摸不透。」

他拿起電話撥號。

「是亞曼達・貝克。她快想通了。你要我進行下一階段嗎？」蓋瑞問道。

「不，繼續監聽，」對方說。「如果要行動，就必須有十足的把握。」

43

愛芮卡和約翰擠在布羅姆利警局的一間小放映室裡。崔佛．馬克斯曼為了省錢使用的是一百二十分鐘的Hi8錄影帶長時間錄影模式，也就是說每一個帶子可以錄四小時。

「好，第二片。」約翰說，放進機器裡。

愛芮卡坐直了，伸展胳臂。

「他真覺得會回頭來看這個？」她打個呵欠。

「妳在說什麼啊，老大？四個小時在空蕩的灰色公園裡彎來繞去，環狀道路上的交通，從他的臥室窗戶拍到的模糊煙火秀，這可是最賣座的影片呢。」約翰說，戴著乳膠手套把第一盒小Hi8影帶拿出來，伸手拿下一盒。

「他在上頭寫什麼？」愛芮卡問道。約翰把盒子舉高。

「『蓋瑞的生日派對，一九九〇年四月』，」他說，把影帶拿出來，將黑色小盒舉高就光。

「磁帶的狀況很好。」

他放進了播映機裡，推入機器。查看過是否正下載到筆電之後，他按下播放。

他們面前的小螢幕佈滿了靜電，接著中途之家的電視間出現了。畫面是黑白的，略微晃動，接著才變彩色的。二十個不同年紀的人，大多衣著邋遢，在光潔的地板上圍成一圈而站。四周散置著沙發，破舊毀損，牆上高處架著一台電視。一面大景觀窗正對著灰濛濛的天空和一片綠地。窗外的光讓畫面變得空白了幾分鐘，他們聽見有人說話，攝影機轉向一面鏡子。回瞪著他們的是舉著攝影機的崔佛．馬克斯曼。他的皮膚光滑，還沒有燒傷。

「今天是四月二日，蓋瑞．郎帝的二十四歲生日！」他對著鏡子說。

攝影機移動，對準一個坐在綻線沙發上的瘦子。他有張馬臉，頭髮油膩，向左旁分。他的鼻子很大，一整隻手指插進了左鼻孔。

「你在幹嘛啊？」崔佛的聲音從鏡頭後傳來。

「找好吃的東西。」蓋瑞答道，把手指抽出來。「滾一邊去。」他咆哮道。

畫面飛轉，攝影機在室內移動，掠過了一群哀傷又鬼祟的人，圍著一張下陷的自助餐桌，上面擺滿了塑膠碗裝的馬鈴薯片，還有一個糖霜小蛋糕，插滿了五彩巧克力豆。一個又矮又胖的人戴著派對帽，橡皮筋勒進他的三層下巴，他灰色的長髮從帽子下披洩下來。

「天啊，這麼多強姦犯就住在柯林斯家的上方。」約翰說。

螢幕上那個戴派對帽的小胖子正看著鏡頭。「我可以拿嗎？」他問道，伸出了手，微笑著，露出僅剩的兩顆牙。

「不行。」崔佛說，一隻手出現在鏡頭前，拍掉小胖子伸向攝影機的手。

「要，我從來沒看過——」

「把你的手拿開！」崔佛哀哀叫。

他的手繞到前面來，用力打小胖子的頭。他倒在地上，派對帽的橡皮筋斷了。他爬起來，撲向攝影機。畫面一陣晃動，隨即變黑。

「他媽的，我們得把派對看完是吧？」約翰說。

愛芮卡悶悶不樂地點頭。螢幕又亮了，又是派對，只是時間稍晚。有音樂聲，一些人笨拙地跳舞。鏡頭又回到蓋瑞身上，他仍坐在角落裡挖鼻孔，抽出手指，送進嘴巴裡。

「好噁心。」約翰說，別開臉不看。

「沒事，他過去了。」愛芮卡說。

鏡頭拍了一圈，拍到那個小胖子，他換了一頂派對帽，坐在角落的一架舊鋼琴邊，正埋頭大吃一盤堆得像小山的食物。另一盤擱在鋼琴蓋上等著他。

「他是怎麼回事？」鏡頭外的一個人問道。

「他是混蛋，想用我的攝影機，」崔佛說，殘酷地近拍小胖子油膩的嘴巴。「我給了他一點苦頭吃。我是不會讓任何人碰這台攝影機的。」

畫面時大時小，小胖子送了一叉子的法式鹹派到嘴裡，碎屑沾到了鬍子。

忽然是高調門的女孩子笑聲，鏡頭轉過去大特寫一名高個子、紅臉的光頭男，兩隻大門牙歪扭不整。

「你會讓我試試，對吧？」他問道。

「不行！」

似乎又有另一次搏鬥，畫面跳到了下午。電視間變暗了，唯一的燈光是蛋糕上的蠟燭，由一個高個子端進房間。崔佛緊跟在後，把蛋糕送到蓋瑞面前，他仍坐在扶手椅上。

「來，吹蠟燭！」有個人大聲喊。蓋瑞抗議，但還是吹滅了蠟燭。

「你許了什麼願？」另一個人喊道。

「快點死掉。」蓋瑞說，坐回去，雙手抱胸。

端著蛋糕的人面向鏡頭一會兒，隨即走掉了。

「嘿，」愛芮卡說。「等等，倒回去。」

崔佛緊跟著那個人，來到長桌前。

「我認識那個人，」愛芮卡說。「他那天也在崔佛．馬克斯曼家。暫停，快點！」

愛芮卡衝出放映室，上樓到事件室去。彼得森才掛上電話就被她一把揪住，叫他下樓去。他們回到放映室，他跟他們一塊看。螢幕上，崔佛聚焦在那個對著鏡頭說話的人，開玩笑說這場派對有如紅毯盛會。

「那個就是我們去找馬克斯曼時看到的人：喬爾，是吧？喬爾。他在影片裡有頭髮，但是他那個南非口音沒變。」愛芮卡說。

「那雙奶藍色的奇怪眼睛也是，」彼得森說。「還有那道疤，從太陽穴一直到耳後。」

「他說他叫喬爾，卻沒告訴我們他姓什麼。我要一九九〇年住在那間中途之家的每一個人的名單。」愛芮卡說。

他們回頭盯著螢幕，中途之家的某個人在掌鏡，〈無心的呢喃〉（*Careless Whisper*）響徹房間，崔佛和喬爾兩個跳著慢舞。

44

愛芮卡和約翰在下午又看了兩片影帶，這個比較短，用標準模式錄影。內容是幾個春日，埃芳岱爾路的公園。崔佛・馬克斯曼拍了一堆當地的兒童，常常鼓勵幫孩子推鞦韆或是在溜滑梯底下接孩子的家長對著鏡頭微笑揮手。

潔西卡・柯林斯第一次出現在一個寫著「11・06・1990」的錄影帶上，她在公園和另一個黑髮女孩玩蹺蹺板。兩人開心大笑，上下彈跳，背景是年輕版的瑪麗安和蘿拉坐在一株大橡樹樹蔭下的長椅上。瑪麗安俯身向她說話，蘿拉在抽菸，幾乎沒在聽。

鏡頭盯著潔西卡幾分鐘，從公園的另一端拍攝的。愛芮卡看到她有多漂亮多無憂無慮，和朋友跳舞，在攀爬架的最高處吊單槓……她的感覺轉為反胃，想到她是透過崔佛・馬克斯曼的眼睛看這一幕的。

鏡頭接著切向公園後面的一條小徑，畫面抖動，掠過了一個破舊的垃圾桶和一張舊長椅，定格在一個想把一堆落葉鏟進垃圾袋裡的人身上，但是大風阻撓了他。

「玩得開心嗎？」有個人說。那人轉身，狂野的褐髮和地精似的臉，是巴伯・簡寧思。

「一邊涼快去，你們兩個混帳。」巴伯口齒不清地罵，扮了個很古怪的鬼臉。

然後螢幕一角電力不足的警示燈閃爍，只聽見一聲咒罵，畫面晃動，就在沒電之前，畫面變黑，在攝影機交給某人之前，有張熟悉的臉孔掠過畫面。

「媽的，那是巴伯．簡寧思，還有另一張臉，就在錄影結束之前……可以回播嗎？」

約翰取出影帶，把桌上的筆電拉過來。他們現在有了數位影片了。他找到了影片的最後幾分鐘，回播，掠過遇見巴伯的一刻，接著是螢幕一角電池警示燈閃爍。花了幾個步驟，因為那張臉孔只在螢幕上出現不到一秒的時間，但是他們終於看見了——是崔佛．馬克斯曼。

他們瞪著看了一會兒。

「這表示攝影機是由別人遞給崔佛的，他並沒有一直在公園拍攝。在之前的調查中他說是他一個人拍的。」愛芮卡說。

「他還在那場派對上說絕對不會讓任何人碰他的攝影機。」約翰說。

他又回播那一段：攝影機接近柵門；喬爾的臉掠過。

「聽，聽到了嗎？有人說話，『好了。』像南非口音。」

有人敲門，是彼得森回來了。「老大。我找到喬爾．麥可斯了。我得追溯他用本名的紀錄，他本來叫彼得．麥可斯，一九九五年改名叫喬爾。他五十三歲，出獄後住在中途之家。他從一九八四年二月開始坐牢，六年，一九九〇年三月獲釋，罪名是囚禁強暴了一個九歲男童。」

愛芮卡和約翰互看了一眼。彼得森接著說：「彼得．麥可斯在一九九〇年被偵訊過，還有中途之家的全部住戶。他也和馬克斯曼一樣，一九九〇年八月七日有不在場證明。不過，在潔西卡失蹤之後的幾週內並沒有監視他。」

「巴伯・簡寧思也是，」約翰說。「我在檔案裡找不到他的任何資料。他沒有被偵訊過，也從來沒被列入嫌犯……」

「結果他們卻全都在影片裡，還有互動。他們彼此認識。」愛芮卡說。

45

愛芮卡在事件室打電話給馬許指揮官時已經很晚了。她讓小組成員回家了。

「愛芮卡，我警告過妳別靠近崔佛．馬克斯曼，」馬許說。「我們不想再吃上官司。」

「長官，不好意思，你沒在聽。我不是想把馬克斯曼帶進局裡，我要抓的人是喬爾．麥可斯，我要訊問他和崔佛的關係，以及一直冒出來的巴伯．簡寧思的事。他竊佔了那間我們在地下室發現兒童牙齒的村舍。」

「現在還沒辨識出身分。」

「可還是讓人擔憂啊！」

「對，可是都二十六年了，可能有別人竊佔那裡，毒蟲可能帶著孩子，他們可能正換乳牙。」

「我們也查到村舍地窖裡的土壤吸飽了汽油。巴伯．簡寧思的妹妹證實了他以前都用她的有鉛汽油發電機，而我們在潔西卡的骨頭裡發現了高濃度的四乙基鉛，表示她暴露在有鉛汽油廢氣中。現在我有了錄影帶證據連結崔佛、巴伯和喬爾……」

馬許在另一頭沉默了一會兒。愛芮卡接著說：「長官，巴伯死了。我不能靠近崔佛，我想從喬爾．麥可斯這裡找突破口。」

「這件事顯然是由妳來決定的，愛芮卡。」他說。

「我知道，保羅，可是我想要你的支持，你的建議。如果我猜對了，我們可能揪出了一個性侵兒童集團。」

「妳想幾時做？」

「越快越好。」

「潔西卡．柯林斯的葬禮在明天早晨。我會建議妳等到葬禮後。我會參加，我覺得妳也應該要參加。對公關好，我們都知道，一切都是為了公關。」

「好。」

「妳也必須了解，崔佛．馬克斯曼現在是個非常富有的人。我猜妳逮捕他的朋友時，他就會請出一個厲害律師來幫他解套。」

「這點我不擔心。我擔心的是我看了一整天的錄影，看著有前科的性侵兒童犯開派對，到海邊旅行，以及馬克斯曼拍的那些潔西卡．柯林斯，還有幾個當地兒童的影片。我很生氣她只是一堆白骨，而殺了她的人卻過得自由自在的。我想訊問喬爾．麥可斯。就這樣，而且我有證據支持我的懷疑。」

馬許又沉默了半晌。

「隨時跟我報告，在那之前，明天葬禮上見。」

「好，謝謝你。」愛芮卡放下了電話，收拾東西準備回家。她走進辦公室收拾皮包，這才發覺她把筆記本落在放映室裡了。

46

小組成員離開事件室回家時，克勞佛故意落後，去上廁所，坐在裡頭二十分鐘，汗如雨下。二十分鐘過去了，他這才洗手出來，先查看是否有人跟蹤，隨即下樓到放映室去，愛芮卡和約翰一整天都在裡面看崔佛．馬克斯曼的錄影帶。

放映室在二樓，警局的後部，一條長廊的盡頭。備用鑰匙有好幾支，早先他趁約翰忙著接電話，偷走了他辦公桌裡的那支。克勞佛插入鑰匙，門打開來，他鬆了口氣，打開了燈，看到筆電仍在桌上，連接著放映機。他關上門，鎖好。房間又小又擠，連扇窗也沒有。一排架子放著一堆導線和電線、DVD及錄影機的使用手冊，甚至還有一台雷射影碟放映機。

克勞佛快手快腳啟動筆電，拿出他到主街再過去的怡品電子商店買的幾個隨身碟。他擔心的是容量不夠。他們只有16GB的，所以他買了三個。汗水從他的臉上滴下，他慌張地拆塑膠包裝，沒辦法把小小的隨身碟拿出來。

他搜尋架子，找不到剪刀，就拿出口袋裡的汽車鑰匙，動手戳穿包裝。過了好長的幾分鐘之後，他終於把隨身碟取了出來，一面擦掉眼睛上的汗，一面把隨身碟插進筆電側面的插槽。

筆電發出嗡嗡聲，他點開了Windows桌面，最後，隨身碟的圖形出現了。他搜尋約翰今天建立的圖檔，挑選了第一個，拖曳到桌面上的隨身碟圖形上。

硬碟又響了起來，一個小對話方塊出現：

複製兩個項目至USB裝置

共3.1GB，已完成11.8MB——需時約九分鐘

「快啊。」他嘶聲說，一滴汗落到了筆電的鍵盤上。就在這時，他聽到了門口有動靜，有人在開鎖，然後門把轉動了。

47

愛芮卡想打開放映室的門，卻發現鎖住了。她掏出一串鑰匙，插了一支進去，卻不對。她感覺到門後的阻力，正打算再轉動一次門把，忽然聽見有人喊她，是彼得森從走廊那邊過來。

「老大，妳的筆記本在我這裡。」他說，把本子舉高。

「謝謝。」她說，等他走上前後就接過來。

「我還以為大家都回去了？」

「對，我去威特蘿絲那兒弄點東西吃，回來開車就看到我拿錯了簿子。」他說。

「謝謝。」

接著是彆扭的沉默。

「昨天晚上，我真的不知道我妹會突然跑來。」她說。

「沒事。她還好嗎？」

「她很好。」

「好。」他微笑。又是彆扭的停頓。「那，我們明天見。」他說。

「明天見。」

他點頭走了，愛芮卡假裝在找鑰匙，等彼得森走後她才頹然倚靠在門上，等了幾分鐘，這才步上走廊，打道回府。

克勞佛一隻耳朵貼著門，繃緊神經偷聽，但是聲音遠去了。他趕緊換個隨身碟，又開始複製第二個檔案。

他的襯衫整個被汗浸濕了。

48

愛芮卡在九點半剛過時回到家，一打開公寓門，就看到蓮卡在玄關裡。愛芮卡正要說話，她卻伸指按著嘴唇。

「凱若琳娜和雅庫布在睡覺，」她低聲說。「時間太晚了。妳去哪裡了？」

「上班啊。」愛芮卡低聲說，脫掉了皮鞋，放下皮包。

「沒事吧？」

「沒事啊。」

「妳今天早上七點就走了！」

愛芮卡脫掉外套。「我都是這樣的。」

「馬克會怎麼說？」

「蓮卡，妳能不能讓我進去啊！」

「噓！我好不容易才讓他們上床睡覺。」

愛芮卡看著客廳，只看到沙發床上毯子底下兩個孩子的頭。

「蓮卡，我的筆電快沒電了，充電器在裡面。」她低聲說。

「什麼樣子？」

「妳問什麼樣子是什麼意思?就是充電器啊。」愛芮卡氣呼呼地低聲說,要往客廳走,但是蓮卡卻把她拉回去。

「不行,妳會把他們吵醒。凱若琳娜一整天都很不開心,我好不容易才把他們哄睡了。」

「蓮卡,我需要充電器。」

「妳吃過飯了嗎?」

「吃過午餐。」

蓮卡雙臂抱胸,翻個白眼。「妳至少應該要吃飯。我來煮,妳去洗澡,我會幫妳找充電器。」

愛芮卡想抗議,但是蓮卡把她推進浴室裡,關上了門。

愛芮卡洗好澡後,一出浴室就聞到美味的煙燻肉、馬鈴薯和醃黃瓜。微波爐響了一聲,蓮卡端著一盤熱呼呼的法式馬鈴薯,有馬鈴薯、蛋、醃黃瓜、煙燻香腸,切成薄片,堆疊在砂鍋裡再送進烤箱烘烤。

「我的天啊,好香喔。就跟媽以前做的一樣。」愛芮卡說,流口水了。

兩人來到臥室,裡頭塞滿了一堆尿布和伊娃的娃娃車,梳妝台被改成了換尿布台。馬克的鍍金框照片被推到後面,他英俊的臉回望著她,笑容固定不變。愛芮卡坐在床上,大吃熱食。

「喔,好吃極了。謝謝妳。」

「我去採購了,」蓮卡說。「這附近滿不錯的,很多不同的人,印度人、黑人、中國人。孩子們有點嚇到……妳的花園不錯，我們遇到了幾個鄰居。樓上有個女人有兩個小女兒。雅庫布敲了每一家的門才找到她們，他們就一塊玩。」

「是嗎？那妳怎麼跟她們說話？」

「我知道一點英語，她們的媽媽人很好。她叫什麼名字？」

愛芮卡聳聳肩。

「妳住在這裡五個月了，連鄰居都不認識？」

「我很忙。」愛芮卡含著滿口的食物說。

「今天跟那個帥哥，彼得森，怎麼樣？」

「沒怎樣。我們沒談。」

「妳覺得會有後續嗎？他很可愛。」

愛芮卡聳聳肩。

「妳可以請他過來，我會煮點什麼……」

愛芮卡看了她一眼，邊吃邊說：「饒了我吧。」

蓮卡走向梳妝台，拉開第一個抽屜，把台面上的墊子和幾條毯子塞進去。

「有個男的打電話來，說要查瓦斯表。我正忙著孩子，不在屋子裡；那時樓下的兩個女孩子正在這裡。他留下了那封信。」她說，指著窗台上的一張紙。

愛芮卡掃瞄了一遍，發現是租屋仲介寫的，證實了瓦斯憑照必須檢查更新。

「這裡的食物好貴。妳都買哪些東西?」

「蓮卡,妳能不能給我一分鐘時間喘息?我過了很緊繃的一天,妳又囉囉唆唆個沒完!」

蓮卡繼續塞毯子。

「妳在幹什麼?」

「在幫伊娃鋪床。」

「在抽屜裡?」

娃娃車裡的伊娃醒了,哭了起來。

「妳把她吵醒了,」蓮卡說,從愛芮卡面前擠過去,抱起了伊娃。「乖、乖,沒事了。噓,噓。」蓮卡拉下了襯衫,給孩子哺乳,但是她卻哭得更大聲。「妳可以去把客廳門關上嗎?」

愛芮卡又舀了一匙馬鈴薯到嘴裡,這才擠過去,一手端著盤子,關上了客廳門。伊娃的尖叫聲又高了八階,所以她把臥室門也關上了。愛芮卡坐在前門的地毯上,盤子放在地上,把菜吃完。她並沒有看見在上方,裝置在電表殼內的小竊聽器。

晚上十一點剛過,亞曼達.貝克在扶手椅上打呼。一杯喝了一半的茶放在旁邊桌上,桌上還有成堆的列印紙和兩本筆記簿。沙發上方的客廳牆壁上釘滿了紙張,歪歪斜斜的,每一張都寫滿了細長的黑色字體。最中間是崔佛.馬克斯曼的大頭照的A4影印本,以及喬爾.麥可斯和巴伯.簡寧思的照片。對面牆上,電視機隔壁,是潔西卡.柯林斯的照片。

輕柔的敲窗聲，她從打盹中醒來。用力撐起身體，從椅子上站了起來，走向窗戶。克勞佛站在外頭，滿臉通紅，閃著汗光。她拉起窗戶，一陣冷風灌入。

「我拿到了。」他說，轉頭看著後面的馬路，一個人也沒有。

「你幫我全都弄到了？」她問道。

他點頭，挪動身體重心。「我能進去嗎？」

「很晚了，我需要睡眠。明天是潔西卡．柯林斯的葬禮。」亞曼達說。

克勞佛看著她的後方，看見了客廳門後掛著一套黑色洋裝。「妳要去？」

「對。」她說。伸出了一隻手。

「我能進去，就喝一杯……今天難過死了。」他說。

「我沒在喝酒，我也不想讓你破壞了我的清醒。」她說，仍伸長著手。

「愛說笑；妳戒了？」

「三天了，而且還在繼續。」

他從外套內袋抽出一個小信封，交給了她。

「謝謝。」她說，接了下來，關上紗窗，拉上了窗簾。

克勞佛在屋外站了一會兒，瞪著窗簾，然後拖著腳步走向他的車。

49

潔西卡．柯林斯守靈會是在布羅姆利的聖母馬利亞教堂舉辦的，小房間內裝飾得很樸實；空氣中飄散著焚香和地板蠟的味道，蠟燭在陰暗中閃爍。

潔西卡的棺木是瑪麗安和馬丁能找得到的最上等的深色桃花心木，放在木架上。沒有嬰兒那麼小，也沒有成人那麼大。

瑪麗安天光乍亮就來了，等著棺木從葬儀社送過來。她坐在那兒瞪著女兒的遺骨；骨頭既小又脆弱，整齊地排列在緞質內襯上，覆著一條蕾絲細棉布。那件潔西卡的生日禮物大衣折疊起來，擺在綢緞枕頭旁邊。

馬丁、蘿拉、托比稍後抵達。他們輕敲沉重的木門，瑪麗安起身去開門。

他們愕然愣在門口。

「沒蓋棺，」馬丁說，瞪著骨骸，排列得彷彿潔西卡的骨頭剛爬進去，安頓下來睡覺。「我們不是說好了，要蓋棺嗎？」

「我們沒說好，是你說的，」瑪麗安抑鬱地說。「我要看我的寶貝。我要摸她，我要跟她在一起。」

托比看著父親，又看著蘿拉。「爸。這樣不對。」他說。他們移向那層薄薄的蕾絲細棉布，馬丁伸出了手。

「喔，潔西卡。」他說，一手貼著蕾絲布，摸女兒頭骨。

蘿拉仍一手掩口，雙眼寫滿了恐懼。

「來啊，摸摸她，」瑪麗安說。「是潔西卡……妳妹妹。」

蘿拉靠近，仍瞪著大眼。瑪麗安傾身拉住她的一隻手。她想掙脫，但是瑪麗安抓得很牢，把她的手放在潔西卡頭骨的額頭上。「摸她的頭髮，蘿拉。妳記得幫她梳頭髮是什麼感覺嗎？」

「不！」蘿拉尖叫，猛地奪回了手，跑出了房間。瑪麗安幾乎沒注意到，逕自盯著棺材。

「托比，我要你摸她。我要你摸你姊姊。」她說。

「不，媽……我要用別的方式記住她。對不起。」他說。他看著父親，他似乎被棺材裡的骨骸催眠了，所以他也跟著蘿拉到走廊上。

「我一直只想要另一個女兒，我一直只想要她平安快樂，」瑪麗安說，抬頭看著馬丁。「這是因為我們做的事才受到這樣的懲罰嗎？」

「我們說好了不要再提的。」馬丁說，回望著她。

「我同意。不過這是最後了，是不是？」

「不，不是。她被奪走了，可她現在和天主在一起了。我們會再見到她的。我們不應該質問祂為什麼要帶走她。只要覺得安慰，我們現在找到她了，而她安息了。」

「喔，馬丁。」瑪麗安說。他繞過來把她緊緊抱在懷裡，他有好多年不曾如此了，兩人一起哭出他們的傷心和愧疚。

馬丁離開後，瑪麗安一個人留下來。蠟燭燒盡了，一方五彩玻璃窗投射下光芒，緩緩地在牆上移動。

她一整天都在禱告，俯身在女兒的小小骨骸上方。她的禱告詞說得很流暢，多年的練習幾乎是不假思索。可是在她吐出「原諒我天父，我犯了罪」這句話時，總是感覺她是第一次說的。

50

彌撒之後，來賓和棺木移向遼闊的墓園。

愛芮卡和馬許參加了葬禮的最後一部分，加入新挖的墳坑旁的大群致哀人群。空氣爽脆，看來就快有暴風雨來襲。遠處的天空漸漸變成深藍色。

愛芮卡總覺得參加受害人的葬禮很不舒服；基本上他們是在值勤，而要在致敬同時又要環顧賓客之間找到平衡點，實在很難。通常只有在這個時候才能在同一個地點看到所有人。

墓穴旁擺著等待下葬的棺材，裝飾著大量百合，一旁的神父開口說話。

「永恆的主，我們因為不遵守祢的律法而失去恩典，而死亡進入了世界……」

瑪麗安坐在排成半圓形的椅子的前排，緊挨著墓穴，一身黑衣，戴著一頂寬邊黑帽。她大方地哭，默然無聲，玫瑰念珠攥在一隻手裡。馬丁握著她的另一隻手，她偶爾會掙脫，用白手帕擦眼淚。她的另一邊是托比，蘿拉坐在他旁邊，她先生和兩個小兒子在她身邊。愛芮卡注意到坦維爾被安排在後排。

後排上坐著南西．格林，當時的家庭聯絡官。她也是一身黑，唯一的顏色是受傷鼻子上的小片白紗布。奧斯卡．布朗和一位優雅的高挑黑人女性略坐得遠一些。他的視線與愛芮卡相遇，微微歪頭。她也歪歪頭，不確定是表達了什麼。

神父的聲音醇厚，似乎在他們的上方盤旋：「我們以懺悔的心真誠請求祢照看這座墳墓，賜福……」

愛芮卡看著馬丁，看他是否注意到奧斯卡，但是他被他們放大的一幀照片吸引住了，照片擺在鮮花叢上方的木架上。潔西卡穿著瑪麗安展示在門廳上的那件藍大衣。英國式葬禮這麼做倒是少見。

「我一直想可能是我自己的女兒，」馬許低聲說。「我一直想我會如何面對。」

他們一起搭車過來，在車裡馬許告訴了愛芮卡瑪西的律師提出了監護權聽證的時間。馬克的葬禮畫面掠過她的腦海：他的棺木抬上靈車，車子一動，棺木裡他的身體……

愛芮卡轉向馬許，緊握住他的手。這麼做時，她注意到亞曼達．貝克坐在更遠處，在他們那排的尾端。亞曼達盯著她看，眼睛向下掃到她握著馬許的手的地方。

愛芮卡向她點頭招呼，再不著痕跡地放開了手，但是馬許卻不肯放。亞曼達也注意到這一點了，挑高了一道眉。她有點不一樣，沒那麼浮腫，衣著優雅，還化了妝，頭髮染成了柔和的棕色。

神父的賜福來到尾聲：「因此，在我們將您的僕人潔西卡的身體交給大地之時，她的靈魂也許能夠進入天堂。我們透過主耶穌如此請求。阿門。」賓客一起說：「阿門。」

愛芮卡回頭看瑪麗安，看出了她的傷心難過：這是她必須和潔西卡道別的最後一刻。馬丁緊抓著瑪麗安的手，愛芮卡這才第一次看到她的女朋友。她被安排在離馬丁兩張椅子之外，兩人的兩個小孩幾乎被用來當屏障。小女孩在椅子上動個不停，穿著黑色的蓬蓬裙，她把裙子拉上來露出黑色內搭褲。她的弟弟穿著套裝，瞪著天空，雷聲也開始轟隆。

瑪麗安顫巍巍地站了起來，走向墓穴，而棺木也緩緩下降。她抓了一把土，握著一會兒。雷聲大作，下起了雨來——不出幾秒就變成傾盆大雨。瑪麗安對著天空揮拳，忽然身體一軟，跌進了開著口的墓穴裡。

大雨毫不留情，墓園被一道道的閃電照亮。有人尖叫，大家紛紛衝向墓穴，現場一團混亂，而堆在墓穴旁的土很快就變成了泥沼。

51

雨勢不歇，敲打著愛芮卡的車頂，她和馬許、亞曼達・貝克一起坐在車裡。在混亂之中，加上下大雨，找不到計程車，所以愛芮卡就主動開口要送亞曼達一程。他們停進了麥當勞停車場吃點東西，現在正沉默地喝咖啡。亞曼達坐後座。

「全能的上帝。還真會搞絞架幽默，」亞曼達說，打破了沉默。馬許轉頭看了她一眼。「喔，得了。她摔進了墓穴裡，被神父拉出來，全身是泥還一直尖叫。簡直就像是恐怖片……她這麼多年來一直想要接近天堂，結果卻是掉進了六呎之下！」她笑了起來，是深沉的咯咯笑。愛芮卡瞧了馬許一眼，但是他仍板著一張撲克臉。「靠，對不起，」亞曼達說，拂掉黑外套上的麵包屑。「只是在發洩多年的挫折和絕望。」她看到馬許的臉色，又吃吃傻笑。愛芮卡別開臉，咬著嘴唇。

在一片混亂中，賓客麇集在墓穴邊，被暴雨澆淋。瑪麗安被拉上來之後就由神父和家人扶進教堂裡。其他賓客四散到角落去躲雨。

愛芮卡把汽車駛出停車場時才看到蘿拉和奧斯卡仍在外面，躲在遠離教堂的一株大樹下談話。

「哼，我很高興妳覺得這麼好笑，貝克前偵緝總督察……我們有的人還在調查這件案子，而據我看，是一點好笑的地方也沒有。」

「對，你說得對，」亞曼達說，鎮定了下來，拿餐巾擦眼淚。

馬許看著手錶。「好，愛芮卡。十二點半了，我們最好趕回去……」他一句話沒說完就打開了車門，衝向他停車之處。

「要我送妳到哪裡？」愛芮卡問道。

「布羅姆利火車站就行了。不過，我可以坐前面嗎？我討厭讓別人誤會。」亞曼達說。

等她在前座坐定之後，愛芮卡才駛出停車場，匯入主幹道。

「那你們是要去哪裡？妳跟馬許是怎麼回事？下午約好了飯店？」

「不是。」愛芮卡說，瞪了她一眼。

「我看到妳把他的手……」

「不是妳想的那樣。而且，我也不在乎妳怎麼想。」

「人人都在乎別人怎麼想。妳是要去逮捕馬克斯曼嗎？」

「不是。」

「那是誰？妳可以信任我。」

「不行，我們不和平民百姓討論案情。」

「唉喲，」亞曼達說，擦掉車窗上的水氣。「知道嗎，我還是有妳的理念，我還是想維護法律，抓到壞蛋……那妳能說說是不是快破案了？有嫌犯了嗎？」

「妳覺得蘿拉和奧斯卡．布朗是什麼關係？」愛芮卡停下來等紅綠燈時問。她能看到馬許的車在前頭。

「他們是嫌犯嗎？」

「不是。我只是想摸清楚那一家。」

「祝妳好運。我就弄不懂蘿拉和奧斯卡約會是為了要惹惱她爸媽，或是她真的愛他……不過他們的關係在潔西卡失蹤的那一刻就結束了。他把她像塊熱磚頭一樣丟之唯恐不及。這是根據南西．格林的說法。」

「沒有人懷疑他？」

「沒有。他和蘿拉在一起，有不在場證明，而且馬丁和瑪麗安喜歡奧斯卡。年輕有為的律師，還拿獎學金。我覺得是他想要成功的野心讓他拋棄了蘿拉。事情發生後一團混亂，那家人的傷心，媒體的注意，他不想沾上邊。」

她們來到了火車站外，愛芮卡停在計程車等候區。

「謝了，」亞曼達說，解開安全帶。「對了，馬克斯曼扣押的錄影帶裡我想起了什麼來。妳願意的話，我可以在這件案子上當無薪的顧問，要我簽什麼都行。我想幫妳破這件案子。」

愛芮卡看著她，她整個人非常熱心。「今天不行。我再想想。」

「好吧，謝了，還有謝謝妳載我。」亞曼達說，抓起皮包下了車。

愛芮卡盯著她走進車站，思索著讓她協助調查會不會是瘋了。而如果讓她加入，又要如何說服馬許。

她離開了車站，駛向警局停車場，專心在下午的事上。

52

愛芮卡敲了崔佛·馬克斯曼的閣樓公寓門，來開門的是喬爾·麥可斯。他穿著時髦的牛仔褲和襯衫，拿著一個加了吸管的咖啡杯和一只髒盤子。背景裡，馬克斯曼似乎是在睡午覺，躺在落地窗邊的躺椅上。

「有什麼事？」他問道，眼睛在愛芮卡、摩斯以及兩名警員的身上移動。「為什麼不按對講機？誰讓你們進來的？」

愛芮卡跨步向前。「喬爾·麥可斯，你被逮捕了，罪名是涉嫌綁架殺害潔西卡·柯林斯。偵訊時你不需要說話，但是你說的一切都會用在法庭上作為不利於你的證據。」

他看著愛芮卡舉高的逮捕狀。背景中馬克斯曼在毯子下動了動，醒了過來。

「怎麼回事？」馬克斯曼說，掙扎著掀開毯子，顫巍巍地走過來。

喬爾把咖啡杯和盤子放在咖啡几上，走去握住他的胳臂。一名警員抓住他，他轉身把他推開。

「嘿、嘿，別激動。」摩斯說。

「我是照顧他的人。」喬爾說。光頭這時閃爍著汗光，延伸到耳朵的傷疤變得通紅。

「喬爾什麼也沒做，要抓就抓我，」馬克斯曼說，他走到了他們面前，抓著沙發背穩住自己。他看著愛芮卡。「我是說真的，抓我。」他眼睛四周的皮膚痛苦地收縮。「我承認。是我殺了潔西卡。我在她去派對的路上抓走了她。我把她從街上帶走，然後——」

「崔佛，閉嘴，」喬爾說，一手輕輕按著他的胸口。「打給馬賽，現在就打……跟他說我被捕了。你們要帶我去哪裡？」

「布羅姆利警察局。」摩斯說。

「豈有此理！」崔佛大喊。「你們警察簡直就是混飯吃的。」他看著喬爾被戴上手銬，由警員帶走。「你們幹嘛不抓我？是太害怕了嗎？」

「我們再聯絡。」愛芮卡說，旋即離開了。

回到布羅姆利警察局後已經天黑了。喬爾．麥可斯被登記之後就關押到牢房裡。他的律師沒多久就趕到了，是個頭髮變灰、戴著厚鏡片的年長男士。他們按照程序，告訴他們逮捕喬爾的理由，幫他安排了一間偵訊室。

「妳還好吧，老大？」摩斯問道。兩人在觀察室裡，看著喬爾．麥可斯跟他的律師在偵訊室裡等待。喬爾似乎泰然自若，雙臂交抱，坐在一無長物的桌後。他的律師坐在他旁邊，桌上放著一份檔案和文件，正靠過去熱切地說著話，一面拿著鋼筆比劃。

「嗯。感覺一點也不對。我不覺得有足夠的證據讓我走進——」

「我們有哪個人沒有過這種感覺？」摩斯說。

「希望在他躲開警察這麼多年之後能殺他個措手不及。那個混蛋一直不必做性侵犯登錄，他一直都沒有那種壓力。」

愛芮卡點頭。「直到現在。」

兩人進入偵訊室，摩斯坐在律師對面。愛芮卡坐在喬爾面前，把檔案放在桌上。

「現在是十一月十日週三下午五點。偵訊室中有佛斯特偵緝總督察以及摩斯偵緝督察。」愛芮卡說。說完她向後坐，注視喬爾一會兒。

他跟她四目交會，連眼都沒眨。

「我今天去參加潔西卡・柯林斯的葬禮。她現在還活著的話，三十三歲了。」

「真不幸。」喬爾說。

愛芮卡打開檔案，拿出巴伯・簡寧思的照片，滑過去。「這個男人你認識嗎？」喬爾一直盯著愛芮卡。「請看著照片。」

喬爾瞄了一眼。「沒見過。」

「你確定？」

「對。」

「他叫巴伯・簡寧思，竊佔了海斯採石場旁的村舍，就是潔西卡・柯林斯消失的地方。」

「這倒是新聞。」喬爾說。

「我有屬於崔佛・馬克斯曼的錄影帶。他喜歡錄影，對吧？」

「不予置評。」

「他是比賽贏來的，而且他喜歡拍海斯公園裡的年幼兒童。」

「不予置評。」

「你也幫他拍，拍幼童，而且你也和他一樣，你也拍了潔西卡．柯林斯。你不是只用鏡頭捕捉她，而是一個小時又一個小時的錄影。對一名七歲女童的病態跟蹤行為。」

「不予置評。」

「你拍的影片，使用的是崔佛．馬克斯曼的攝影機，也拍到了巴伯．簡寧思。你叫了他的名字，還跟他打招呼。」

喬爾在椅子上移動，翻個白眼。「不予置評。」

「你在一九九〇年八月接受偵訊時，你說你和崔佛．馬克斯曼彼此不認識。」

「不予置評。」

「我倒想置評。你向警方說謊。」

「我一定是搞錯了。」

「你喜歡小孩子，是不是？你覺得他們有性吸引力？」

「我們都知道我的委託人有性侵兒童的前科，他服過刑了。」律師插口道。

「而且他還真走運，不用登錄性侵名單……」

「那個容易得很。」喬爾冷笑道。

愛芮卡向後坐，努力保持平靜。

三小時後，愛芮卡和摩斯從偵訊室出來，看著喬爾被帶向反方向，從走廊通往牢房。

「我靠，」愛芮卡說。「我們什麼都有也什麼都沒有……我沒有足夠的證據可以動馬克斯曼，巴伯·簡寧思又死了。要命。」

「快八點半了，」摩斯說，看了看手錶。「讓他在布羅姆利希爾頓住個一晚。明天我們再來審問他。」

愛芮卡點頭。她看出摩斯也是盡量掩飾沮喪，但是她沒有反對。他們一無所有。

53

愛芮卡在公寓裡過了幽閉恐懼的一晚，翻來覆去，就是睡不著。她愛蓮卡和孩子們，可是全部的人挨在一起卻讓人越來越受不了了。她隔天一大早就出門了，在他們還沒醒來之前，上班途中買了巧克力可頌和咖啡，帶到事件室。

她在一張辦公桌前坐下，瞪著所有的證據。潔西卡的照片，採石場，巴伯．簡寧思。案子似乎越來越讓她掌握不住了。

九點還不到，事件室就快滿了。愛芮卡在辦公室裡敲電腦，摩斯門都沒敲就衝了進來。

「抱歉，老大，」她說話時吞了一口氣，調勻呼吸。「妳得下樓來，快點。」

「靠，是喬爾．麥可斯嗎？不是給他強制自殺監視嗎？」

「不是喬爾，是崔佛．馬克斯曼。」

愛芮卡站起來跟著摩斯下樓。

一到警局的門廳就看到一輛黑色大型廂型車違法停在外頭的雙黃線上。愛芮卡和摩斯出去站在門階上，很快就發現有人通知了媒體。一群記者和攝影師聚集在門階底下，而崔佛．馬克斯曼站在車邊，穿著黑色長大衣，戴黑色軟氈帽，拄著金頭枴杖，以沙啞的聲音對著鵠候的媒體說話。

「逮捕喬爾．麥可斯，只是因為他是我的照護員，又是倫敦警察廳的一招霸凌伎倆……喬爾是無辜的，但是你們也看見了，警察廳根本就不在乎。我在一九九五年控告他們，因為他們的一名警員把我的住址洩漏給一個守望相助隊，他們把汽油彈扔進我的住所。法院判我勝訴……」

他一個花式動作脫掉了帽子，露出了光頭上的植皮。

「搞什麼？」愛芮卡說，和摩斯在警局大門口看著這一幕。「我們能做什麼嗎？」

「我這輩子都得要帶著這張臉！」他大喊，眼周皮膚皺縮。「潔西卡．柯林斯的死是悲劇，但是我是無辜的！我被無罪釋放，我沒有罪責。現在警察逮捕了喬爾．麥可斯，他照顧了我二十六年。他是我的全職照護員。他是無辜的，而警方使出這一招完全是狗急跳牆，只想威懾我，為了打官司贏了他們來懲罰我。」

聚集在對面人行道上的人群和記者群中有人說話，瑪麗安．柯林斯出現了，穿著冬季的長大衣。她搖搖晃晃，推開人群，蘿拉跟在她的旁邊。

「殺害兒童的兇手！」她放聲大叫。「你這個說謊的殺人兇手！」

一陣騷動，因為她得要擠過一些攝影師和記者才能接近崔佛所站之處。

愛芮卡趕緊跑進櫃檯，拿起電話。「警局入口有情況，對，布羅姆利，就是這個警局。我需要所有值班的警員都到前台來集合。」

愛芮卡掛上電話後就又回到門口。瑪麗安和崔佛文風不動，只隔了幾呎。瑪麗安的眼裡寫滿了痛恨，崔佛兩隻爪子似的手舉在面前，意在求和。

人群越來越多，媒體也是，許多年輕一輩的拿著自己的手機在拍攝。

「你綁架了我的女兒，你跟你的狐群狗黨殺了她，而現在你還在嘲笑我們！」瑪麗安大吼大叫，聲音分岔。

「拜託聽我說，」崔佛說。「我一直想找機會跟妳說話——」

「你還敢叫我聽！你休想跟我說話！」瑪麗安尖叫了起來。「你殺了她，你這個邪惡的畜牲！你殺了我的女兒，還把她丟進水裡！我昨天得幫她辦葬禮，能埋的只有她的骨頭！」

淚水從瑪麗安的臉上撲簌簌流下，四周的人群全神貫注，一聲不吭。人群又變多了，從人行道上站到馬路上了。車輛開始向堵塞了兩條車道的人按喇叭。

「快點！警員都死哪兒去了！」愛芮卡大吼。前台的女警又拿起了電話。愛芮卡向後轉，注意到蘿拉站在崔佛．馬克斯曼的車子邊，沉默不語，眼淚滾滾而下。

人群中的氣氛改變了，突然之間瑪麗安揮舞著一把大菜刀，周圍的人四散逃逸，躲到了馬路上，而馬路上的交通現在是喇叭大作。

瑪麗安撲向崔佛．馬克斯曼，拿著菜刀亂揮，他本能地舉起手臂自衛，前臂立刻皮開肉綻。蘿拉的眼神驚恐，放聲尖叫，要她母親住手。

「操！」愛芮卡大喊。「警員呢？」

她和摩斯衝到外面去，推開人群，不出幾秒，就有六名警員趕到了。

他們設法制住了瑪麗安．柯林斯，把她壓制在地上。她一臉狂野，滿臉是血，三大塊血漬從她的白上衣前襟擴散，左頰也濺到血。一名年輕的警員穿著防刺背心，抓住了瑪麗安的手臂，扭掉了她的刀子。他把菜刀踢開，另一名警員立刻用腳踩住。

瑪麗安在放聲尖叫，聲音恐怖刺耳。一名女警一腳踩著她的背，瑪麗安奮力掙扎，還是被反銬住雙手。

愛芮卡奔向崔佛．馬克斯曼，他躺在人行道上，全身浴血，鮮血從前臂上的三處傷口噴湧而出。她看出有一處切到了骨頭。愛芮卡脫下了薄外套，跪下來，包裹住他流血的手臂。

「我們需要救護車！這個人在流血！」她大吼壓過騷動；人群又麇集在人行道的兩邊，從馬路對面的火車站裡出來的人一出站就看到亂糟糟的一片。

瑪麗安．柯林斯被拖走了，全身是血，尖叫個不停，一名警員從警局的大門跑出來，提著急救箱。

而在整個過程之中，媒體的攝影機都忙著拍照片，記錄下這一片狼藉。

54

凱蜜拉・布雷斯－寇斯沃利從辦公室牆上的大電視螢幕轉過頭來，看著站在她桌前的愛芮卡。

這是隔天一大清早，她剛把昨天的事的兩分鐘快報播放給愛芮卡和馬許看。馬許坐在一旁，有如石像。

布羅姆利警察局外發生的事是昨天晚間的頭條新聞。兩分鐘的快報是從天空新聞應用程式剪輯而來的，意圖彰顯混亂的最高峰。內容糅合了專業的媒體錄影，在崔佛・馬克斯曼在布羅姆利警察局外說話時拍攝的，還有抖動的手機錄影，近距離拍攝瑪麗安・柯林斯揮舞著菜刀，高潮是她被捕被銬上手銬，面朝人行道，全身都是崔佛・馬克斯曼的鮮血。

愛芮卡不自在地挪動。助理總監沒請她坐下，這是個惡兆。

「悄悄逮捕喬爾・麥可斯到局裡來偵訊，有哪個步驟是妳忽略了？」凱蜜拉問道，從眼鏡上緣盯著她看。「妳向我們提出這次逮捕時，我們是這麼建議的吧？」

「是，長官。我們無法預料到這次的連鎖事件。我們相信有人通知了瑪麗安・柯林斯，就和有人通知媒體一樣。」愛芮卡答覆道。

「我建議妳把漏洞找出來，好好堵死，不講情面。」

「是，長官。我的警員正在全力調查。」

「那麼這件案子呢？」

「崔佛．馬克斯曼被送進了醫院，他大量失血，不過他會完全康復。由於他的皮膚是植皮，他需要在加護病房裡住上一陣子。」

「瑪麗安．柯林斯呢？」

「她被捕了，也被起訴了。交保了。」

「喬爾．麥可斯呢？」

「還有兩天時間，然後就得釋放他。」愛芮卡說。

凱蜜拉向後坐，瞪著愛芮卡一會兒。「當然，佛斯特總督察，這是妳的案子，可如果我是妳，我會放了喬爾．麥可斯。」

「可是長官，我有證據證明他也跟蹤潔西卡，拍攝影片。他是個性侵兒童的前科犯，他謊稱不認識巴伯．簡寧思。我相信潔西卡是被關押在那棟海斯村舍地窖裡的。」

「妳在地窖裡找到了一顆牙齒，卻不是潔西卡．柯林斯的。」

「沒錯，但是卻是一顆兒童的牙齒。而且我們在地窖地面找到的汽油沉澱是有鉛汽油，而潔西卡的骨骸中發現了高濃度的鉛。」

凱蜜拉舉起一隻手。「妳需要的是牢不可破的鑑識證據。妳能證明喬爾．麥可斯或是崔佛．馬克斯曼進過那個地窖？」

「不能，可是——」

「妳能證實，百分之百證實，潔西卡．柯林斯在那間地窖裡嗎？」

「不能。」愛芮卡努力保持視線接觸，而不是看著地板。

「我們正計畫要和柯林斯家在電視上呼籲，」馬許說，這還是頭一次開口。「不過我覺得計畫應該中斷了。瑪麗安．柯林斯揮刀的畫面在許多人的心裡被放大了……」

「對，我們需要的是傷心的母親，而不是揮刀的瘋子。」凱蜜拉也同意。摘掉眼鏡，咬著一邊眼鏡架一會兒。

愛芮卡能感覺到汗從背後流下。

「妳之前來過好幾次，是不是，佛斯特總督察？」

「我來過這裡一次，長官。」

「我是在比喻，」她厲聲說。「妳似乎是在絕頂聰明和笨得像豬之間來回擺盪。」

「我得幫自己說句話，長官。瑪麗安．柯林斯抽出菜刀時，我立刻就叫警員到現場——」

「事情就發生在妳的警局的大門外，每天都有五到五十名警員出入。少跟我廢話！」凱蜜拉吼道，一巴掌打在桌上。「葉爾警司就在他媽的同一個台階上展開持刀傷人以及上繳刀械調查！」

凱蜜拉冷靜下來，又戴上了眼鏡。愛芮卡張口欲言，卻被她舉手制止。「我並不懷疑妳是個好警察，佛斯特總督察，但是我們現在手上是一件棘手的案子，而媒體的鎂光燈也集中在這裡。妳相信妳能找到足夠的證據確認喬爾．麥可斯、崔佛．馬克斯曼或是巴伯．簡寧思是潔西卡．柯林斯命案的主謀嗎？」

「是。我想再進一步開棺剖驗簡寧思的屍體。」

「絕對不行，」凱蜜拉說。「入土都二十六年了，妳以為能找到什麼？」

「毒物檢測，斷骨的證明，他殺嫌疑，都可以證明他不是自殺的。」

「然後呢？鑑識證據是可以忽略的，而鑑識科已經搜查過村舍，差不多什麼也沒找到。」

「我們找到了牙齒。」愛芮卡說，但是她知道她輸了；她只是沒辦法停下來，袖手不管。

「牙齒有可能是被打掉的，或是自行脫落的。竊佔荒屋的人可不會多注重口腔衛生。我強烈建議妳釋放喬爾．麥可斯。在我尋找適合的遞補人選之前，這件案子還是暫時交給妳。也許這樣對妳比較好。妳好像會在緊要關頭交出好成績。」

會議結束後，馬許在電梯裡追上愛芮卡。

「情況還可能會更壞。」

「怎麼可能還會更壞？」她說，轉頭看他。

「換作歐克利就更壞了。」他說，還聳個肩，露出微笑。

「我應付得了歐克利助理總監，他是個心胸狹窄的飯桶。丟個餌給他，他就會上鉤，我能智取他。這一個……這一個實在厲害。」

「對。我這話是以朋友的身分說的，不是妳的上級長官，她也會害我的睪丸縮進肚子裡。」

電梯門開了，兩人進去。馬許按了一樓的鍵，電梯開始從新蘇格蘭場大樓的十二樓向下降，愛芮卡覺得胃突然傾斜。

「保羅。這是第一件案子我覺得……」她閉口不說，俯視著腳。

「怎樣？」馬許問道。

「我覺得破不了。」

馬許的表情像是要伸出手臂摟住她，但電梯停止，一群警察進來。愛芮卡轉身面對牆壁，努力讓情緒恢復正常。

步出大樓走到人行道上後，車輛呼嘯而過，天空又像是要下雨了。兩人大步朝地鐵站走。

「我一直在回想那一天，這麼多年之前：八月七日，」愛芮卡說。「我一直在看證詞，那一區的幾百人，其餘的鄰居。一個小女孩怎麼可能會無聲無息地消失？」

「每一個國家每一天都有兒童失蹤，」馬許說，扣好大衣抵禦寒風。「一九九〇年在肯特就有超過六百名兒童失蹤，幾乎全部都生還。只有八名仍下落不明。」

「所以你是說這是有關聯的？」

下雨了，他們躲到一處空辦公大樓街區的門口避雨。

「不是，愛芮卡。我的意思是這不是個案。一九九〇年還有八個孩子消失，誰在找他們？潔西卡·柯林斯是白人，金髮，又是中產階級。媒體抓著她的故事不放，扯動我們的心弦，特意放大，雖然也是合乎情理，可是其他的孩子呢？潔西卡就跟瑪德琳・麥肯[5]一樣，深印在大眾的心裡。我很不願這麼說，可是我們並不是每件案子都破得了。拜託不要把妳破不了這件案子看作是個人的失敗。」

馬許伸手按住她的肩膀，露出笑容。

「你說得倒輕鬆，保羅。我只會當警察，我不是人妻，也不會是母親。這就是我的人生。」

「等再十年妳得退休了怎麼辦，愛芮卡？」他說。「妳需要給自己在人世間找個定位，讓妳可以不當警察也快樂。」

[5] 瑪德琳・麥肯（Madeleine McCann, 2003-）二〇〇七年在葡萄牙最南端的阿爾加維區失蹤，時年僅三歲，至今下落成謎，是史上最出名的失蹤案之一。

55

愛芮卡從事件室的窗戶看著喬爾・麥可斯自由自在地走出警局。他穿過馬路，停在火車站前的人行道上，轉身回望，瞪著窗裡的她。她抗拒著躲起來的念頭，迎視他的目光。他冷笑，隨即轉身，消失在從地鐵站出來的人流中。愛芮卡猜測他是要去哪裡。*他是要去醫院看崔佛嗎？*

「妳還是覺得是他幹的？」摩斯說，也站到窗邊。

「問題就在這裡，我沒把握。」愛芮卡說。

下午接下來的時間她都在辦公室裡，盡量專心，努力理出個頭緒，懷疑自己是否真能找到頭緒。五點半，在電腦上漫無目標地瀏覽檔案幾個小時後，她抓起大衣下班了。

愛芮卡發現自己是往海斯而行，接著駛入了埃芳岱爾路。街道寂然無聲，不見人影，只停著兩輛車。她停在七號之外，鎖上車門，步行在長下坡車道上，看到前門有個圓臉的矮小女子，還有個灰髮男子脖子上掛著攝影機。屋裡頭有模糊的聲音叫他們走開。

「這裡是私人土地，你們是誰？」她問道，掏出了警徽。

兩人都轉身。「伊娃・凱索，《每日郵報》，」女子說，上下打量她。「我們只是想聽聽她母親的說法……」

門打開了一吋，被鐵鍊阻住。「我母親不在這裡！她在醫院。」裡面的人說，愛芮卡聽出是蘿拉。

「她持刀刺傷了一個本地的性侵兒童犯，在大庭廣眾之下……」伊娃說，靠向門縫。「她在哪裡？瘋人院嗎？這是妳訴說她的說法的機會，我們會付錢的。」

「行了，滾開。」愛芮卡說，伸出一臂驅趕他們。

攝影師舉起相機拍了起來，愛芮卡伸手把鏡頭往下壓。

「這是警察暴力！」他說，眼裡閃著光。他的聲音粗啞，音調很高。

「我可以用騷擾罪逮捕你們兩個。你們是在私人土地上。」愛芮卡說，一手仍壓著照相機。「而且我可以保證會慢慢處理你們兩個，採DNA、指紋等等。我也會沒收你們的攝影機。官僚體系的動作那麼慢，你們大概要等上好一段時間才能拿回去。」

「走吧，戴維，」伊娃冷哼一聲說。掏出了名片，塞進門縫裡。「改變心意的話就打給我，蘿拉。」

愛芮卡盯著他們離開，步上車道，這才轉向門口。蘿拉的臉在門縫中往外看。

「我能進去嗎，談一談？」愛芮卡問道。

蘿拉拿掉鍊子，打開了門。「談什麼？」她問道，一張臉恐懼地垮了下來。她穿著緊身牛仔褲，白襯衫塞進褲腰裡，露出了令人稱羨的好身材。她素著一張臉，愛芮卡發現她沒化妝居然這麼老，不免意外。

「談妳媽，以及警局外發生的事。」

「我做過筆錄了。」

「拜託，蘿拉，也許對我們的調查有幫助。我剛剛不得不釋放了喬爾・麥可斯。」

「好吧。」她說，讓到一旁。

愛芮卡把鞋底擦乾淨，走進屋內。

蘿拉帶她穿過門廳到廚房裡。「要喝茶嗎？」愛芮卡點頭。蘿拉過去裝滿水壺，兩手發抖。

「媽會怎麼樣？」

「她被控殺人未遂，不過妳也知道，因為精神衛生法，她日前被羈押在路易申醫院裡。她必須經由醫師評估。她並沒有犯罪前科，所以可能會依普通傷害罪或是持械傷人罪起訴。我覺得法院可能會酌情減刑。事情走到這個地步實在是非常遺憾。」

蘿拉繼續泡茶。

「家裡的人呢？」

「爸跟他的女朋友和孩子住在我北倫敦的家裡。我只是過來收拾守靈會的東西的。」

「蘿拉。是誰通知你們崔佛・馬克斯曼在布羅姆利的？」

「媽接到電話。」蘿拉說，放下水壺。

「什麼時候？」

「昨天一大早。」

「是誰打來的？」

「不知道，我在花園裡。」

「所以是妳母親接的電話？」

「對，她接的電話，然後她就來這裡告訴我。」蘿拉打開櫥櫃，拿出兩只茶杯。

「妳不是說妳在花園裡？」

一只杯子脫手砸碎在地板上。「抱歉……」

「沒關係。」愛芮卡說，看到門邊的散熱器上擺著掃把畚箕，就去拿過來，蹲下來幫忙清理。

「我是在花園裡。我剛才是要說她跑出來花園叫我，」蘿拉說，謹慎地撿起兩大塊碎瓷片。

「是她的主意要去當面質問崔佛的？」愛芮卡問道，把小碎片掃進畚箕裡。

蘿拉點頭，撿起最後幾塊大碎片，站起來，走向垃圾桶。

「妳覺得那是個好主意嗎？」

「當然不是！」

「她說過是誰打的電話嗎？」

「她說是記者，」蘿拉答道，把碎片丟進垃圾桶裡。「我不知道他叫什麼名字。」

「那個記者是男的？」

蘿拉又慌張了起來。「她沒跟我說記者的名字，也沒說是男是女……這些年來記者一大堆，監視、打聽。通常都是男的。」

蘿拉背對著愛芮卡往茶壺裡沖水。

「妳媽有沒有明確地說她想做什麼？」

「她說她要見崔佛，她要問他是不是他做的。」

「妳沒發覺那是個餿主意嗎，蘿拉？」

蘿拉兩手按著流理台，低著頭點頭。「那是葬禮的第二天，還有守靈……她喝太多了，說她要開車到城裡，我去不去都無所謂。」

「那大家呢？」

「他們前晚就回家了。我留下來陪媽，跟她作伴。」

「妳知道妳母親還帶了刀子嗎？」

「不知道，否則的話我是不會帶她去的！好嗎？她會怎麼樣？」蘿拉哭了起來。

「妳和奧斯卡．布朗有聯繫嗎？」

「什麼意思？」她很尖銳地問。

「他是個優秀的律師，我想他可以幫妳母親。」

「對，我知道妳的意思，」蘿拉說。兩手仍抖個不停。「不，我沒跟他聯絡。喔，我在葬禮上見過他，想也知道。」

「這麼多年了，你們的關係怎麼樣？」

「我們並沒有關係。我們分手了，我已經不注意他了。我有孩子有先生。他有他的……」

「好。我要調閱你們的通聯紀錄，看是否能追查出這個記者。」愛芮卡說。

蘿拉點頭，眉頭深鎖。「妳還要喝茶嗎？」

「不了，謝謝，我得走了。」

兩人穿過客廳，客廳的窗簾合攏。她們走到前門，蘿拉一開門就發現奧斯卡．布朗站在門階上，正要按門鈴。他看到愛芮卡很是詫異。

「佛斯特總督察是來問媽的事的。」蘿拉趕緊說。

「啊，對，當然，」他說。他似乎站得更高，變得比較正式。「我就是為了這件事來的。蘿拉為了她母親的官司聯絡了我。」

「對，沒錯，」蘿拉趕緊說。「抱歉，我現在的腦筋就跟漿糊一樣。」

尷尬的停頓。

「那，多保重。」愛芮卡說。

「謝謝妳過來看她，佛斯特總督察。」奧斯卡說。挪到屋裡幫愛芮卡把著門。

愛芮卡走回到馬路上，坐進車裡，被蘿拉和奧斯卡的互動弄得一頭霧水。這件案子害她頭痛，她被各種資訊轟炸，卻完全沒辦法抽絲剝繭。她需要好好睡上一覺，外加一杯酒。

她發動汽車，打道回府。

56

一進門就看到雅庫布和凱若琳娜在你追我逃，滿公寓又叫又跑。

「嗨，愛芮卡阿姨！」兩人在經過時大喊。寶寶跟著哭，洗碗機也叫個不停，電視音量開到最大，正播放著MTV頻道。蓮卡抱著伊娃在跳舞，想讓她安靜下來。

愛芮卡的心一沉。經過了悲慘的一天，她只想要一點點安寧。

「*Zlatko*！妳回來早了！」蓮卡高聲喊。「妳總算聽我一次了。」

愛芮卡走向冰箱，打開冷凍室，凱若琳娜和雅庫布跑過來，繞著她的腿廝殺，想抓住對方。

「我的伏特加呢？」愛芮卡說。

「我換地方了，好放冷凍蔬菜。我怕瓶子會冰破。」蓮卡說，把尖叫的伊娃換到另一邊肩膀。螢幕上出現了辣妹樂團的〈給生活加料〉（*Spice Up Your Life*），兩個孩子跳上了沙發床。

「拜託妳行行好，叫他們安靜！」愛芮卡說。

「妳是他們從來不在家的阿姨，妳可以跟他們說點話的，知道嗎？」蓮卡不客氣地說。

「我要上班！他們為什麼要在家具上跳來跳去？」

「那是一張床，知道嗎，小孩子是可以在床上跳的——」

「那是沙發床，不是床鋪，蓮卡。」

「打開來就是床了，愛芮卡。」

兩個孩子繼續跳上跳下，隨著音樂發瘋。

「妳為什麼把冰塊也拿出來了？」愛芮卡說，看到冰塊盒被丟在洗碗槽裡。

「現在是十一月中了，還要冰塊幹嘛？」蓮卡厲聲說，把尖叫的伊娃又換到另一邊肩膀上。

「我只想喝杯冰的，就一杯！」愛芮卡做個深呼吸，走進臥室。臥室像垃圾堆，床單拉起來團成球，地板上到處是玩具，散熱器旁烘著一袋髒尿布，散發出臭味。

愛芮卡側身擠過門口的娃娃車，看到她的馬克照片被平放在梳妝台上，而玻璃面上則放了一瓶嬰兒油。她抓起相框，拆開後面。油滲進去了，弄髒了馬克的頭頂上方，連他的髮際線也沒能倖免。

愛芮卡大步走回客廳，舉高相片，幾乎撞上飛奔而過的兩個孩子。

「妳以為妳是誰？」她大吼。

蓮娜抱著伊娃轉身，瞪著照片。「嗄？」

「妳把嬰兒油放在我的馬克照片上……」

「對不起，愛芮卡。我會幫妳換一張，妳有存在隨身碟裡嗎？」

「蓮卡，這張照片我沒有備份……我是用舊式的底片照相機拍的，」愛芮卡說，聲音分岔。

「妳有個比性命還要珍貴的老公，可是他的照片卻僅此一張！妳為什麼不拿去掃描？」

這話讓她猛地愣住。她說得對。她為什麼不拿去掃描？又不費事。

「妳他媽的又粗心又髒亂！」她大吼。

「妳老在我們面前擺那個了不起的大刑警姿態，可是全天下最寶貴的照片妳卻只有一張！我把它從換尿布台上拿走了，是妳又放了回去的！妳明知道我在那裡幫她換尿布！妳跟我說可以住下來，然後妳又開始保護地盤！」

「我在屋子裡放照片又怎麼保護地盤了？還有，看看這個地方！我看這裡都快成**妳的**地盤了！」

蓮卡轉身看著電視。伊娃不哭了，正瞪大眼睛看著她。

「妳還要住多久？還是全都得看妳的蠢老公怎麼樣？」

「至少我還能把老公找回來！」蓮卡大吼道。

一陣恐怖的沉默。

「妳為什麼要說這種話？」

「愛芮卡，我不是故意的。」蓮卡說，轉了過來，表情沮喪。

「好。我要妳跟所有東西明天早晨全部消失。聽到了嗎！」愛芮卡大吼。離開了客廳，帶著馬克的照片，抓起車鑰匙，走出了公寓。

愛芮卡坐進車裡時雨勢驚人。她發動引擎，駕車離開，不知道要去哪裡。

57

亞曼達．貝克沒發覺雨點敲打著窗子，她目不轉睛看著電腦，一看再看崔佛．馬克斯曼拍的影片。克勞佛不錯，提供了她複本，幫忙她填補記憶的空檔。

她客廳牆上的紙變多了，釘滿了沙發上方的整面後牆。

亞曼達一向就喜歡研究，解開謎團，拼湊線索。少了向頂頭上司報告的壓力，甚至是少了離家外出的壓力，她覺得一切都在掌控之中，幾乎就像是她又回去辦案了。

她傾身靠近筆電，沐浴在螢幕光芒中。她正看到瑪麗安和蘿拉．柯林斯一起在公園裡的那部分。那天陽光普照，母女倆坐在一株大橡樹下。鏡頭中潔西卡和另一個女孩在盪鞦韆，長髮飛舞，兩人的動作整齊劃一，越盪越高。瑪麗安和蘿拉的交談也變得激烈，鏡頭放大，有一秒變得模糊，然後她們的爭吵變得清晰。音效受到一點風聲干擾，但是亞曼達能清楚聽見她們的聲音。

她按了暫停，伸手到扶手椅旁地板上的那碗焦糖爆米花裡，卻抓了個空。

她用力一撐，從椅子上站起來，走向廚房。她下定了決心不喝酒，而糖分似乎能夠壓抑酒癮。打開冰箱才發現最後一桶冰淇淋已經吃完了，她放餅乾和巧克力的櫥櫃也空了。她走向小食品室，打開門，利用手機照明，掃瞄了架子，尋找可以吃的東西。光線掃過罐頭、香料、一袋袋的米和麵條，她很確定有什麼甜的東西躲在黑暗的角落裡。

她看著窗外漆黑的花園。雨水不留情地鞭打窗戶，閃電照亮了一塊凌亂的草皮。她真的不想在這種天氣下為了一塊巧克力出門。

她從廚房拖了張椅子到食品室的門口，站了上去，用手機光掃瞄最上層的架子，又是罐頭，還有一盒陳年的Weetabix全穀片，接著她的手機光照到了一小堆OXO高湯塊，後面有盒子，是非常久的泰瑞巧克力橘子（Terry's Chocolate Orange），藍色盒子覆滿了灰塵，她從盒身上的小圓窗看到錫箔紙包裝的巧克力橘已經浸透出來了，不過，她注意到的不是這個，而是寫在盒子上的字。

「不是泰瑞的，是我的，」她讀著古老的品牌廣告詞。她拿起盒子，從椅子上下來，走到客廳。「不是泰瑞的，是我的……」她重複唸道，幾乎像是恍神了。她回到筆電前，又回播了錄影帶兩次，盯著瑪麗安掌摑蘿拉的那一幕，聽著她尖聲喊的話。

她伸手拿手機，撥了一個號碼，卻只聽到答錄機：「克勞佛，是我，」她說。「潔西卡・柯林斯命案。我想我破案了……收到留言後就打給我，我需要你幫忙查證一個地方。」

城市的對面，蓋瑞在他位於摩爾登的公寓中，躺在電視面前。他已經習慣的警鈴又響了，他暫停正在看的節目，走向筆電去聽。

58

彼得森站在公寓廚房裡，腰間只圍了條擦手毛巾。他看著冰箱，只有半罐的義大利圓圈麵和一些發霉的麵包。

他的小公寓在一樓，是租來的，位於西登罕一處滿體面的地區。他的鄰居主要是早出晚歸的上班族，還有兩位老太太一看到他總是兩眼發亮。她們在他搬進來幾週後發現他是警察，很覺得安慰她們的鄰居有一個是執法人員，而也像他的朋友德文說的，她們八成也對他有興趣。

他嘆口氣，關上冰箱，對講機響了。他以為可能是那兩位老太太之一。他在門縫下發現一張紙條，要他去參加一場守望相助會議。

不過，他打開門卻發現是愛芮卡，淋得像隻落湯雞。

「老大，嗨。」他說，撿起了浴室門邊地上的內衣和襪子。

「抱歉，你有客人嗎？」她說，眼睛從他光滑胸肌上的聖克里斯多福銀鍊到他平坦腹部上的一層體毛上。

「沒有，我只是有點邋遢。」他咧嘴笑。「不好意思，我剛洗完澡。」他說，套上了白色T恤，而在過程中幾乎把腰上的小毛巾弄掉。「妳要進來嗎？」

「對不起，我不應該來的。」她說，轉身要走。

「老大，妳淋濕了，天氣這麼冷。讓我起碼給妳一條毛巾……我還有一條。」他說，看著腰上的那條。

他帶她進客廳，然後走進臥室。她環顧四周，發現屋子真的是個王老五的窩。矮几上擺著一台大螢幕電視，連接著一台PlayStation和兩個控制器。兩面牆上排著書架，塞滿了書籍和影碟。家具是黑色皮革，牆上掛著倍耐力輪胎的二〇一六年月曆，仍停留在十月。彼得森穿著白T恤和一條寬鬆的運動褲回來，愛芮卡想著他的味道真好聞。

「月曆是怎麼回事？」她問道，指著小野洋子穿著緊身褲、夾克，戴一頂高禮帽坐在一張凳子上的黑白照。

「喔，我朋友每年都會給我倍耐力的月曆……今年的重點是藝術和概念化。」

「沒有露奶的辣妹。」愛芮卡微笑道。

「很可惜，沒有。」他笑著說。眼光落在她淋濕的上衣前襟上，她循著他的目光往下看，發現自己濕透了，露出了胸罩，覺得很羞愧。

「我的天啊。」她說，舉起毛巾遮掩。

「沒事，」他說。「要T恤嗎？我可以把妳的上衣披在散熱器上烘乾？」

他離開了，拿著一件T恤回來，又走進廚房，讓她換衣服。她走向角落，快手快腳解開濕上衣的鈕釦。她的胸罩也濕透了，她花了幾分鐘決定是否應該也脫掉胸罩。最後她解開了鉤子，套上T恤。他端著兩小杯威士忌回來，而她正忙著把胸罩藏在窗下的散熱器上，拿上衣蓋住。閃電照亮了天空，雨水一片片狂掃玻璃窗。

「來，這可以讓妳暖起來。只有一點點，不會超標的。」他說。她接過杯子，兩人小口啜飲。他暗示他們應該坐在沙發上。

「案子沒問題吧？我知道今天很難過。」他說。

「還好，嗯，不是還好……」

「不過？」

「我不知道我為什麼會來，」她說，俯視著杯子裡的琥珀酒液。「我妹妹還在這裡，你遇見的那個。」

「妳的公寓不是只有一張床嗎？」他問，喝了一口酒。

愛芮卡點頭。「今晚壓力來到了高點，我衝了出來。」

「很遺憾。」

兩人又喝了一口酒。威士忌在愛芮卡的胃裡發熱，她覺得放鬆了一點。

「我是不是讓人家覺得很賤？」

彼得森鼓著臉頰。「妳必須領導一群警察，不強勢也不行。」

「所以答案是對。謝了。」

「我不是這個意思，老大。」

「別叫我老大，叫我——」

「羅絲小姐[6]。」彼得森幫她說完。

愛芮卡噗哧一聲笑出來，他也跟著笑。她又低頭看著酒杯，再抬頭時，彼得森靠得更近了些。他拿掉她手上的杯子，放在面前的桌上，傾身捧住她的下巴，吻了她。他的唇柔軟溫暖又性感，而且他的舌頭只像蜻蜓點水。他有威士忌和男人的味道，她開始融化了。

愛芮卡伸手撫摸他結實的背部，手指頭在他的T恤上蜷曲。他的皮膚溫暖光滑。他的手溜進了T恤下，手指緩緩沿著她的背向上移動。

「妳沒穿胸罩就跑來了？」他喃喃說。

「在散熱器上。」她氣憤不平地說。

他的手挪向前，輕捏她的乳頭。她呻吟，向後躺，讓他移到她身上，兩人現在四唇膠合。

突然間，馬克的臉閃入，影像太清晰，她喊了出來。

「怎麼了？妳沒事吧？我弄痛妳了嗎？」彼得森說，向後挪開。

她瞪著他美麗的褐眸，哭了出來，一躍而起，跑進小小的浴室裡，把自己鎖在裡面，坐在浴缸邊緣哭，大口哽咽，身體抽動。她有好久沒有這樣子哭了，感覺很好，但也感覺很不好。啜泣減緩之後，門上有輕柔的敲門聲。

「老大，我是說，愛芮卡，妳還好吧？如果是我失態了，對不起。」彼得森說。

[6] 彼得森是引用了一九七〇年代美國樂壇天后黛安娜．羅絲的一本自傳名《叫她羅絲小姐》。

愛芮卡走向鏡子，擦了臉，這才開門。

「跟你沒關係……」

「有關係，我抓了妳的咪。」

「我是認真的，」她說，拿面紙擤鼻子。「當寡婦很難。馬克是我的命，他是我的畢生所愛，而他走了。他不會再回來了，可是我每天都想他……好累，傷心好累，帶著這個生命中的大缺口活著好累。可我只是個凡人，我巴不得能……你知道……跟你在一起，可是我心裡的這份罪惡感。馬克是那麼忠實的一個好人。」她聳肩，擦眼淚。

「愛芮卡，我們可以放輕鬆。我讓妳獨處一會兒，我去對著小野洋子的照片打手槍……」

她抬頭看他。

「開玩笑早了點嗎？」他說。

「不，」她微笑道。「我現在就需要開玩笑。」

她站著，帶著笑容看著他斜倚著門。她一把抓住他，又吻了他。兩人移動，他踉蹌倒退，沿著門廳摸索去路，最後找到了臥室門，雙雙倒在床上。而這一次，她沒讓他停。

59

蓮卡睜著眼睛躺在愛芮卡漆黑的公寓裡，瞪著臥室天花板，聽著外頭大雨肆虐。伊娃在旁邊睡覺，還一邊發出喀喀聲和吸鼻聲。她伸出手去確認她沒事，輕撫她柔軟的頭和頭髮。她跟愛芮卡剛才的吵架重重壓在她的心上。她坐在漆黑的客廳裡，孩子們都睡了，她卻一直等到午夜過後，然後她撥打愛芮卡的手機，手機從愛芮卡掛在椅背上的大衣裡發出模糊的鈴聲。蓮卡拿了出來，但是響著響著電池就沒電了，她在黑暗中也找不到充電器。

蓮卡向後坐，看著雅庫布和凱若琳娜，覺得好想家。她知道愛芮卡有個朋友是鑑識病理學家，但是她想不起他的名字；她知道馬克的爸叫愛德華．佛斯特，住在曼徹斯特附近。她為姊姊擔心，這樣衝動離家又不交代去向，實在很不像她。

愛芮卡枕著彼得森的胸膛，感覺他的體溫以及平靜的心跳。他動了動，用強壯的胳臂把她拉近。

她覺得既興奮又愧疚，他們居然上床了，還是兩次。第一次激烈快速，然後幾乎是才完事又來一遍，這一次緩慢性感。事後兩人很快就睡著了，但是她一個小時前醒來，看著他臥室裡的數字鐘，心思飛轉。

現在是半夜三點零四分。她往他的臂彎裡鑽，閉上眼睛，命令自己睡覺。

蓮卡在床上翻身，拿起床頭几的手機，發現是三點零五分。她躺回去，查看伊娃是否沒事。小女娃輕聲呼吸，嘴巴含著小小的拇指。

蓮卡聽到一種噪音，像是塑膠裂開的聲音，不禁僵住。然後又來了，接著是撞擊聲，像是什麼東西打中了客廳的地毯。她趕緊下床，掃瞄房間；角落擺著吸塵器，塑膠管盤捲著，和金屬管分開來。她一把抓起金屬管，跑進客廳。

內院的門被推開了，她能看到歹徒強行進入的那一處。窗簾被間隙的風吹得晃動，她把金屬管扛在肩上環顧漆黑的房間，難以置信的是兩個孩子仍然在毯子上熟睡。

隱隱約約的吱嘎聲，蓮娜感覺到一雙強有力的手掐住她的脖子。想也不想她就把金屬管從右肩上甩了出去，砰的一聲，有人慘叫。兩個孩子醒了，放聲尖叫，蓮卡轉身就看到一條大漢朝她撲了過來。她揮動金屬管，打中他的鼠蹊，力道不大，但他還是呻吟，也讓她有足夠的時間退後，用力再把金屬管砸下去，打中他的頭，然後又打了一次。他跌在地板上，她仍不停手，在那人向前仆倒，不再動彈之前又打了他三次。

雅庫布和凱若琳娜現在又叫又哭，蓮娜叫他們去抱伊娃。她看不清地板上男人的模樣，他體型龐大，有一頭黑色鬈髮。她一面盯著地板上的人形，一面把廚房的刀架抓過來，再把家用座機連同充電座一起塞進口袋裡，回頭走向浴室，仍握著金屬管。

「進去，」她對孩子們說，他們從臥室出來了；凱若琳娜抱著伊娃，她奇蹟似地還在睡。他們躲進了浴室，蓮娜關上門，拉把椅子頂住，卻發現椅背太矮，無法阻止門把轉動。

「沒事，」她對凱若琳娜和雅庫布說，兩人像受驚的小動物蹲在浴缸裡。「沒事的。凱若琳娜，我需要妳幫我抱著伊娃。」她說。小女孩噓口氣，點點頭。

蓮卡低頭瞪著電話，這才明白她一個號碼也不知道。她不知道該如何報警，也沒有足夠的英語能解釋他們需要幫助。她唯一記得的號碼是馬立克的。

她抵著門坐，撥打了在斯洛伐克的先生的電話。雅庫布一臉慘白，拉扯她的衣袖。

「什麼事？」她說。

「媽咪，門不能鎖，」他低聲說，小臉既蒼白又發抖。「愛芮卡阿姨說壞了……」

電話開始響，蓮娜聽到了吱吱聲，抬起了頭。她頭頂上方的門把正在轉動，她感覺到門在背後移動。

一隻大手從縫隙裡伸過來，這一次蓮卡跟著孩子們一塊尖叫。

60

愛芮卡早晨醒來，看到彼得森在夜裡翻身離開了她，睡在他那一邊，被子纏在光裸的腿上。時間是六點零一分。太多的情緒當頭罩下：慚愧，因為她很享受跟彼得森上床；還有一種深深的哀傷，因為她和馬克隔得更遠了。他的回憶消退了一點，現在她有了跟別的男人在一起的新經驗，舊回憶變得更加黯淡遙遠。她知道今天上班時必須見到彼得森，不禁一顆心往下沉。她坐起來，拿回床邊地板上的衣服，穿上內褲。彼得森翻身，她正把窗簾拉到一側。外頭仍然是一片漆黑。

「早。妳不留下來吃早餐嗎？」

「不，我該走了。」她說。

「過來這裡。」

「為什麼？」

他坐起來。「什麼意思為什麼？我想吻妳。」

愛芮卡走向他那邊的床鋪，坐在邊緣。他伸出一臂摟住她。

「我們需要設一點界限。」她說。

他挑高一道眉。「昨晚好像就沒有啊。」

「我是認真的。我是你的上司。工作時不談這個會比較輕鬆。」

「可惡，我本來是想要站到桌上對著整個事件室的人說妳的床上功夫有多棒……」

「彼得森。」

「妳床上功夫真的很厲害啊，」他眨眨眼說。她看著他。「我一個字也不會說……」

「好。」

「妳還想要下一次嗎？」

「不知道。我們能不能就把它當作一次很棒的經驗？」

「很棒的經驗？」

愛芮卡站了起來，摸索著襪子。「不然你要怎樣？談個戀愛？」

「不是。」

「好。因為我一點也不想要。」

「妳早就表達得很清楚了。」他說，坐了起來。

「好。那就是一夜情，我們玩得很開心，然後一切都恢復以前的……」

「行。那，上班時見。」他從她旁邊爬下床，走進浴室，甩上了門。

愛芮卡跟著他走出臥室，去敲浴室門。她猶豫了一會兒，再走進客廳拿她的上衣和胸罩。把他的T恤折好，放在沙發背上，她就自行離開了。

61

愛芮卡去了西登罕的麥當勞得來速，點了香腸加蛋滿福堡和一杯咖啡。她正要付錢，卻發現既沒帶手機也沒帶皮包，幸好置物箱裡有零錢，是她放在裡面付停車費的。

她把車子停在曼諾山時天空才剛要破曉，天際出現藍色。她一看見外頭停了兩輛警車心臟就開始狂跳。她停在警車旁，從大門進入，看到自己的門開著，一名警員在外面站崗，她感覺心臟跳得更厲害了。

一名穿著藍色鑑識服的高個子出現，拎著一個長塑膠袋，裡頭裝著她的吸塵器的管子。金屬管上覆著乾涸的血，弄髒了塑膠袋。他的另一隻手拎著的袋子裡裝著她的客人用毛巾：也沾滿了血。

「抱歉，妳是誰？」警員問道，伸手阻擋她的去路。她看見他非常年輕，一張狹長的臉，佈滿恐怖的刮鬍紅疹。

「這是我的公寓。我妹妹和她的孩子呢？」她說，感覺驚慌失措，想要走過去。

「這裡是犯罪現場。」他說，仍然攔著她不放。

「我是警察，不過我沒帶著警徽。為什麼會有血？我妹妹和孩子們呢？」她現在整個慌了手腳，心臟狂跳，眼淚也刺痛了眼睛。令人震驚的是，她有多快就轉換為被害人的角色。

接著她最不願意看到的警察出現在門口，穿著藍色連身服。史巴克斯警司拉下兜帽，露出了向後梳的油膩頭髮。他蒼白又佈滿青春痘疤痕的臉凝視了她好一會兒。

「愛芮卡？」

「史巴克斯，出了什麼事？這是我的公寓。我妹妹和孩子們呢？」她淚眼婆娑地問道。她不在乎他們過去有什麼齟齬，只想要知道真相。

「妳妹妹和孩子們都沒事，」他說。「他們在樓上的鄰居家。半小時前我總算找到了翻譯。他們受到驚嚇，不過沒有受傷。」

「喔，感謝主，」愛芮卡說，用手背擦掉眼淚。「是怎麼回事？」

史巴克斯把她帶回共用的入口。

「今天半夜三點半從妳的座機打出了一通緊急電話……總機起初聽不懂，幸好有一個總機居然會說斯洛伐克語。」

史巴克斯接著說有人從內院窗戶入侵，蓮卡拿吸塵器的金屬管攻擊了歹徒。「她把自己和孩子們反鎖在浴室裡，撥了一一二，幸運的是轉接到了九九九緊急電話。闖進來的人失血嚴重，他們想進浴室，在門上留下了很多血。但不知為何他們逃走了。我們在四點剛過就抵達了，一個人影也沒看見。」

愛芮卡癱靠在牆上。「有什麼被偷嗎？」她問道。

「據我們所知並沒有。」

「史巴克斯，我該死的手機在裡面，我的警徽，我的皮包……我的筆電。」她兩手抱頭。他矗立在她面前，不知該說什麼。

「妳也知道規矩。這裡是犯罪現場……」

「史巴克斯，我知道我們過去有過不愉快，可是能不能暫時擱置個幾小時？換作是你我也會為你這麼做的。你能不能讓我快點拿到這些東西？」

「我說過了，這裡是犯罪現場。沒有人受傷，妳可以等。」

「對了，為什麼是你過來？」愛芮卡問道。「這種案子不該你這個階級辦啊。」

「我在辦一樁私闖民宅案，有一具屍體。東歐女性惶恐不安。」

「還在挑吸睛的輕鬆案子是嗎？你永遠都是個懶惰的混蛋。」

史巴克斯退後一步。「我不認為這是對上司說話的正確態度，佛斯特總督察。」他冷嘲道。

「今天早晨我只是普通的佛斯特女士，是繳稅讓你有薪水可領的被害人。好了，我妹妹呢？」

愛芮卡沒見過她樓上的鄰居，是個活潑、肥胖而且邋遢的女人，叫愛麗森，四十幾歲，一頭鬈髮亂七八糟的。

「哈囉，」她開門看到史巴克斯和愛芮卡時說。「妳妹妹和孩子們在客廳裡，嚇壞了。」她說話帶著軟軟的威爾斯口音，穿著一件印花洋裝。她的公寓比愛芮卡的大，鄉村風的木家具，每面牆上都擺了書和家人的照片，裝飾得讓人很舒服。她帶他們進客廳，蓮卡坐在沙發上，伊娃在她懷裡睡覺。她正對著一個又高又瘦的男人說斯洛伐克語，那人穿了一套綠色燈芯絨套裝，坐在她對面的咖啡桌上。

凱若琳娜和雅庫布坐在長沙發的兩端，中間夾著一隻年長的大羅威納犬，枕著凱若琳娜的大腿在睡覺。

「愛芮卡，」蓮卡一看到她就說。

愛芮卡走過去擁抱他們。「對不起，我好抱歉那樣子衝出去就不回來。」她說。

「對不起我說的話，我不是故意……」

「沒關係，我們都沒事，大家都平安，我愛妳。」愛芮卡說。姊妹倆又擁抱，然後愛芮卡去孩子身邊，問他們好不好。他們嚴肅地點頭。凱若琳娜揉著狗的大耳朵，雅庫布歪歪頭表示愛芮卡擋住了他的卡通。

「那個鬼鬼祟祟的男人是誰？跟吸血鬼一樣的？」蓮卡以斯洛伐克語說，朝史巴克斯歪個頭，他站在角落，穿著黑套裝，一臉不高興。

「他好像《尖叫旅社》（*Hotel Transylvania*）裡的那個人，」雅庫布說。

「他們在說什麼？」史巴克斯厲聲問道。

口譯員開口欲答，愛芮卡卻按住他的手臂。

「沒事，我來就好……我在問他們好不好。」她轉向蓮卡，轉換成斯洛伐克語，說：「他就是我跟妳說的那個混蛋。」

「妳知道我們是在英國，我們應該都說英語。」史巴克斯說。

「*Kokot*。」蓮卡說，點頭附議。

「我還沒笨到不知道那不是什麼好話，」史巴克斯說。「妳顯然沒事，我的手下也做好筆錄了，那我要走了。」他說，轉身就走。蓮卡謝過了口譯員，他也跟著離開了。

「要喝杯茶嗎，親愛的？」愛麗森問道。

「好，謝謝妳。」愛芮卡說。

「妳想坐的話就推公爵一把，」她又說，指著羅威納犬。「他不會咬人，整天都在睡覺放屁……他沒聽到小偷。」

「謝謝妳讓他們待在這裡，」愛芮卡說。「抱歉我從沒上來自我介紹……」

愛麗森不讓她把話說完。「總是靠危機才會讓大家相遇。我去泡茶。」

她離開了，愛芮卡坐在咖啡桌上，抓住蓮卡的手。「妳看清楚是誰嗎？」

「只看了一眼他的臉。很龐大的一個混蛋，頭髮好多。」蓮娜說，嘆口氣要繼續說，卻停住了。

「怎麼了？妳想起了什麼，多不起眼都……」

「妳知道我說前天有個人來查瓦斯表和電表？」

「對。」

「我不是很肯定，屋子太黑了，可是好像就是同一個人。」

62

有人闖入之後，愛芮卡的公寓就變成了犯罪現場，所以她們訂了一家在布羅姆利外圍的飯店。愛芮卡之前住過，那裡靠近布羅姆利市中心，卻可以俯瞰高爾夫球場。蓮卡為她和孩子們訂了套房，和愛芮卡的房間相連，儘管她不斷抗議。

「不，我自己付錢。我一直在省著用馬立克的信用卡，」蓮卡說。「不過奢侈個幾晚他還是付得起的。我有沒有跟妳說那個混蛋闖進來的晚上我在浴室裡打電話給他，他卻一直等到隔天早上才打給我！」

「那時是半夜三更啊。」愛芮卡說。

「我開著手機睡覺，怕他會需要我。我以為他也會一樣，就算不是為了我，至少也要知道孩子們沒事……」

「妳告訴他出了什麼事嗎？」

「有，他很擔心，可是他沒說要飛過來。他太忙著和律師商量了，而且也在躲子彈，不管是比喻的還是真的子彈。」

「套房還附管家服務。」接待員說。愛芮卡幫忙翻譯。

「好，我們要。還有你們最貴的spa是什麼？」蓮卡問道。

「她說是浣腸水療。」愛芮卡翻譯道。

「好，幫我下禮拜每天都訂！」

「她要管家服務。」愛芮卡對接待員說。她們拿了鑰匙，到房間去，房間很漂亮。

愛芮卡睡了點覺，卻無法分享蓮卡和孩子們的興奮。她仍在辦案心態，很慶幸週一早晨能回去上班。

她抵達事件室，她的部下也才剛到，正脫掉大衣，談論著週末的活動。她走進門，人人都靜了下來。

「你們可能聽說了，我這週末遇上了意外。沒有人受傷，倒是闖入者被我妹妹打得狼狽竄逃。這是我們的家族遺傳……」

她環顧房間，看著她的手下，約翰、摩斯、奈特偵查員都對她點頭微笑，然後她看到彼得森，他只是回瞪著她。

「一切照舊。我們還是有案子要辦，所以，開工吧。」

她走向辦公室，摩斯緊隨在後。

「老大，鑑識科把妳的手機還回來了，還有妳的筆電和警徽。他們什麼也沒找到，沒有指紋。喔，史巴克斯說嗨。」

愛芮卡抬頭看著她。

「開玩笑的，老大。」

「真好笑。我想史巴克斯警司已經在路易中辦什麼備受矚目的案子了吧？」

「他就是這個毛病，只會找那些高調的案子，就跟演員只想要拍得獎片一樣……」

「所以他還是很會把他不感興趣的案子推給別人？」

摩斯點頭。「我覺得昨天接到妳妹的求救電話時，他是希望能抓到個很有料的案子，可是……」

「他碰上的卻是我妹，」愛芮卡咧嘴笑道。「這倒讓我想起來了，妳能不能叫一個肖像畫家帶著口譯員去她那兒？這次的事件有個地方讓我覺得不對勁。」

「是，老大。」

摩斯走了，愛芮卡打開裝著她的所有物的證物袋，拿回了警徽，放進口袋裡。手機電池沒電了，她插上了放在辦公室裡的充電器，打開電源。一連串的語音信箱和未接來電湧入。幾通是來自蓮卡，但是她聽到第一則語音留言是亞曼達．貝克的則很意外。她說潔西卡．柯林斯案她有重大情報，叫她立刻回電。

之後亞曼達又打給她五次，也留了信息。愛芮卡回撥，但是亞曼達的手機直接轉入語音信箱。她登入電腦，找出電話號碼簿，鍵入亞曼達的地址，打到她家裡，卻沒人接聽。

愛芮卡打開辦公室門，叫約翰過來。

「你能不能繼續撥這兩個號碼，都是亞曼達．貝克的。她一接聽你就立刻轉給我。」

「是，老大。」他說，接過了她抄下電話號碼的紙。

愛芮卡回到辦公桌，想埋頭到潔西卡．柯林斯案上。她翻閱了這幾天寫的筆記，檢視喬爾．麥可斯被捕的經過。

有人敲玻璃，然後彼得森打開了門。他用紙托盤端著兩杯星巴克咖啡，走向她的辦公桌，擺了一杯在她面前。

「這是什麼？」她問道。

「我幫妳買了咖啡。」

「我沒有要你買。」

「看妳的樣子像是需要一杯……」

愛芮卡把它推過去。「彼得森，你是在做什麼？」

「我不能幫妳送杯咖啡嗎？」

愛芮卡壓低聲音。「你是幫你的上司買咖啡，還是你的，呃，一夜情對象？」

「這樣說就不公平了。我只是幫妳買了杯咖啡，妳愛怎麼解讀都隨妳。還有，那晚是很特別的。」

「我們不會在這間事件室裡談那種事！」

摩斯敲了一下門，又出現在門口。「我正要到馬路對面去買咖啡，你們……」她一句話沒說完。「喔。我錯過買咖啡時間了嗎？」

「我剛去過。」彼得森說。

「你一路跑到星巴克去？」她說，看見了杯子。然後她看看愛芮卡又看看彼得森，咧開了嘴。「喔……我懂了。你們兩個……？」

「摩斯，妳能不能進來，把門關上。」愛芮卡說。

她等到門關好了。「我不知道彼得森跟妳說了什麼，不過這可不是什麼約會遊戲。我不想聽到我的或是彼得森的私生活在這裡被討論。不會有什麼辦公室戀曲或是什麼……」

一陣沉默。

「彼得森什麼也沒跟我說，可是現在我知道你們之間有怎樣了。」

「什麼也沒有。」彼得森說。

「真的？那這個星巴克是怎麼回事？你還不嫌麻煩去拿了紅糖和白糖，餐巾。杯子上甚至還放了攪拌棒。好甜蜜喲。」

「滾一邊去，摩斯。」彼得森說。

「你們的秘密我是不會洩漏的……不過，我要聲明，我再高興不過了。」

「回去工作，你們兩個。」愛芮卡說。兩人離開後，她瞪著咖啡一會兒，軟化下來，喝了一口。

又有人敲門，是約翰。

「什麼事？撥通亞曼達．貝克了嗎？」她問道。

「不是，老大，可是有人從亞曼達·貝克家報警，是郵差。他打了九九九，因為他覺得從她的前窗看到了什麼——」

「嗄？」

約翰緊張地吞嚥。「他覺得他看到她的腳懸掛在玄關的地板之上。」

63

愛芮卡和約翰趕到時有一輛警車停在亞曼達．貝克的房子外。兩名警員，一男一女，正在和郵差說話。愛芮卡上次來時見過他，他一臉驚魂未定。

「哈囉，我是佛斯特偵緝總督察，這位是麥高瑞偵查員。」愛芮卡走近時說，並亮出了警徽。一段距離外有幾名鄰居站在院門後觀望。

「我是戴斯蒙警員，他是西維特警員，」年輕女警說。「沒有人進去過屋裡，我們想撞開前門，卻撞不開。」

「她把報紙都堆在門後面。」郵差說，一臉灰白。

愛芮卡走向前窗，透過窗簾的一條小縫往裡張望。她能看見玄關的門洞裡有一雙穿襪子的腳掛在半空，頓時覺得胃裡發涼。

「我通常都是用前窗，不能鎖。我老是叫她要找人來修理。」郵差說。

「這裡可能是闖入點。我不想破壞了物證。」愛芮卡向約翰低聲說。

「可是老大，她看起來像是上吊自殺。」他說。

愛芮卡回頭看窗子。事情不對勁。亞曼達不像是有自殺傾向；葬禮後她開車送她一程時她樂觀積極，充滿了活力和熱忱。

「我們繞到後面去。」她說。

他們設法打開了側門，再從甬道走入花園。

後門大開。

「靠。」愛芮卡悄聲罵道。

她帶頭，約翰和兩名警員尾隨，四人進去了廚房。整理過了，到處都乾淨有序。通往玄關的門關著，他們慢慢往那兒走。地板吱呀聲讓他們停下了腳步，聲響是從關著的門後面傳來的。警員抽出了警棍。

「我們是警察，雙手舉高，出來。」愛芮卡說。

一片寂靜，吱呀聲又響起，這次更大聲。接著是撕扯聲，什麼被扯斷了，某個重物落地，震動了整面樓板，緊接著是殘骸摔下樓的聲音。

他們又等了一會兒，寂靜擴散。愛芮卡向後看了一眼，點個頭，一把拉開門。

亞曼達．貝克的屍體倒在樓梯底的玄關地板上，角度詭異。她只穿著白色印花睡袍和藍色襪子。她的左臂和肩膀壓在背底下，右腿在膝蓋處脫臼。她全身都是塵土和一塊塊泥灰，旁邊還有一方薄木板，是閣樓的活板門。一陣粉塵落下，瀰漫在空中。

「它從天花板上掉下來了。」約翰說，摀著嘴，指著樓梯頂天花板上的一個大洞。愛芮卡伸手遮在眼睛上方，遮掉仍如雨點般落下的塵土和泥灰。她走向亞曼達的屍體，看到她的臉浮腫，變成了紫色；脖子上緊緊綁著一個套索，她的眼睛仍張開著。

64

「你覺得是自殺嗎？」愛芮卡問道。幾小時過去了，艾塞克．史壯和尼爾斯．阿克曼以及他的犯罪現場小組正在處理現場。

愛芮卡和約翰跟艾塞克站在玄關裡。

「死因是窒息。脖子拉長了，頸部還有很深的勒痕，」艾塞克說，把亞曼達的頭輕輕歪向一旁。「我的問題是樓梯頂的地毯上有一只酒杯，裡頭還有殘餘的汁液，聞起來像可樂。牆上也有相應的潑濺痕跡，」他接著說。「如果她要上吊，她也不用同時拿著杯子。我們需要化驗杯子，有可能是飲料中摻入了什麼藥物……」

「她有可能是在樓梯頂被人突然攻擊嗎？」愛芮卡問道。「她穿著睡袍，表示她很可能是半夜起床。有人在屋裡，黑暗中埋伏，而她直接走進了圈套裡？」

「這就有待妳去調查了。」艾塞克說。愛芮卡一手摸臉。「妳不想把它當成自殺？」他問道。

「她是我們的人，」愛芮卡輕聲說。「而且她不像是……」

「我們是沒辦法鑽進別人的腦袋知道他們在想什麼的，愛芮卡。」

約翰走向閣樓的活板門，就掉在樓梯半途的地毯上，仍連接著套索的另一頭。

「繩子是綁在活板門的內側，綁在一根小鐵棒上。」他說。

愛芮卡環顧玄關的泥灰和塵土。

「能知道死亡時間嗎？」

「等我再仔細檢查之後才會知道。」他說。

犯罪現場攝影師從客廳門過來，開始拍照。亞曼達的眼睛反射了鎂光燈的強光。

尼爾斯出現在他後面。「我想妳會想看看這個。」他說。

他們跟著他進去，看見客廳很整潔，但沙發後的牆壁上卻釘滿了紙張。有谷歌地圖、潔西卡的照片、崔佛．馬克斯曼的照片，以及一些瑪麗安和蘿拉坐在公園裡的照片。

「這是錄影帶裡的，是崔佛．馬克斯曼的錄影帶的定格畫面，」愛芮卡說，看向約翰。「她是怎麼拿到的？她的電腦呢？」

「在這裡，」尼爾斯說，移向角落的金屬電腦架。「只有一個筆電盒和充電器。底層有一台噴墨印表機，」他說，指著架子的底座。「沒發現手機，走廊的座機被拔走了，」他補充道。

「她的皮包仍在廚房流理台的水壺旁邊，裡頭有兩百鎊，所有的信用卡也都在。」

「所以就不是搶劫。」

「並沒有強行進入的跡象。」尼爾斯說。

「我們來的時候就發現廚房門開著。」約翰說。

「可如果有人是從廚房進來的，那他們就會看到皮包。」

愛芮卡注意到電腦架上層有什麼東西，就走過去，從口袋裡抽出一雙乳膠手套。她拿起了一個泰瑞巧克力橘的小盒子，看到裡頭的巧克力早就過期了，不但變硬，還滲出了錫箔紙。

「她還沒拆開來，」愛芮卡說。「看，盒上的廣告詞用麥克筆劃了線。」

「不是泰瑞的，是我的，」尼爾斯說，也走過來，從愛芮卡的肩上看。「這是很久以前的，他們現在不用這個廣告詞了……我一星期至少吃一個巧克力橘，已經上癮了。」

「那你怎麼會這麼瘦？」約翰問道，抬頭看著尼爾斯高瘦的身材。

尼爾斯聳肩。「我的新陳代謝很快。」

愛芮卡不理他們，把盒子轉過來。「保存期限是二〇〇六年十一月十一日，」她讀道。「為什麼要把盒子上的那句話劃線呢？」

約翰和尼爾斯都看著她，聳聳肩。

愛芮卡和約翰從屋子出來，兩人坐在車子裡一會兒，看著屍體裝在黑色屍袋裡，放在金屬擔架上被運出屋子。

「我要她的網路紀錄，她的通聯紀錄。我要看她是在查什麼，死前又和誰通話，」愛芮卡說。「而且我要知道有誰能取得崔佛．馬克斯曼的錄影帶。查出是誰傳送給她定格畫面，或是把錄影帶交給她的。」

「是，老大。」

愛芮卡低頭看著大腿上的證物袋裡裝的泰瑞巧克力橘。

「不是泰瑞的，是我的……」她反覆唸道，看著劃線之處。「事情有點不對勁。亞曼達打電話給我，打了好幾通。她留言說找到了什麼，要我立刻聯絡她。」

愛芮卡掏出手機，撥了語音信箱。

「您沒有新的留言。」自動語音說。

「搞什麼鬼？」愛芮卡又撥一次，得到同樣的結果。「幾小時前我還有三通亞曼達留的訊息啊。」

「妳不會是不小心刪掉了吧？」約翰問道。

「沒有，我沒有，是被別人刪除了。」

65

下午時愛芮卡回到了事件室，手機被送進了倫敦警察廳位於倫敦塔橋的電子犯罪部，同時她也申請調閱亞曼達・貝克的手機通聯紀錄以及上網紀錄。

愛芮卡跟摩斯、彼得森站在一部筆電前，審視監視畫面。

「這是十一月九日，上週三下午的，」摩斯說，螢幕上是警局放映室外走廊的黑白畫面。「這是妳，老大，以及麥高瑞偵查員走進去看影帶，」她接著說，然後加快播放。「幾小時後彼得森也來客串了，」她說，快轉了幾分鐘。「現在是七點之前，妳要離開了，鎖上了門。」

「那時我才剛叫大家下班。」愛芮卡說。

「對，好，這是七點過後，同一天。」摩斯說，以正常速度播放。走廊空洞洞的，接著克勞佛走入畫面，而且還東張西望。他在放映室門外停下來聽，接著就開鎖，走了進去。

「他可能是為了別的事情進去的？」愛芮卡說。

摩斯繼續。「好，他進去了，我快轉個幾分鐘……有了，老大，七點十二分。妳過來想開門——」

「門是鎖上的，克勞佛在裡面。」愛芮卡幫她說完，看著螢幕上的自己。

「喔，彼得森又亮相了；他去採購了，還拿著……」

「那是我的筆記本，」愛芮卡說。三人看著愛芮卡和彼得森交談，氣氛彆扭。「可以快轉嗎？」愛芮卡說。

「放心。」摩斯說，看了她一眼

螢幕上，快轉的畫面顯示彼得森快步離開，接著幾分鐘後愛芮卡也從走廊離開。

「再來是七點三十六分，幾乎是二十分鐘之後，克勞佛出現了，」摩斯說。螢幕上門起初只打開一條縫，他的頭探出來，然後迅速動作，鎖好了門，匆匆消失在走廊上。

三人都沉思了一會兒。忽然約翰出現在事件室的後方。「老大，我剛看完亞曼達・貝克的通聯紀錄，沒有多少號碼，她似乎沒有一大堆聯絡人，可是克勞佛的號碼卻常常出現。這兩星期來她每天都打給他好幾次。」

「那又回到這個問題了：克勞佛偵查員在哪裡？」愛芮卡說，環顧事件室中的警員。

約翰聳肩。「不知道，老大。」

「那你能用用大腦，打電話給他嗎？」她厲聲說。

又下雨了，天空越來越黑，愛芮卡和摩斯從布羅姆利開車到克勞佛的住處，位於貝肯罕和西登罕之間。他們打了他的手機和家用電話，他都不接。打給他太太也一樣枉然，她有幾天沒見到他了。

「我有種不好的預感。」摩斯說，車子正好停在他的公寓外。

「是這裡嗎？」愛芮卡說，從擋風玻璃向上看。他們在貝肯罕山路上，馬路一側的商店櫛比鱗次，一鎊商店、書報店、簽賭站、幾家低劣的自助洗衣店，以及一家冰島超市。馬路上交通繁忙。

「我不能停在外面，後面還有兩輛公車。」愛芮卡說。再向前開了一會兒，停進了麥當勞的停車場。

兩人匆忙下車，穿越繁忙的馬路就等了幾分鐘。克勞佛的公寓就在一間領薪日貸款店的樓上，白色前門，緊鄰馬路。她們在一長排的門鈴下找到了他的門牌號碼，按了兩下電鈴，卻無人回應。有個男人從前門出來，為愛芮卡和摩斯扶著門，她們就溜了進去。

一道樓梯鋪著污穢的地毯，蜿蜒而上，共有四層。克勞佛的公寓在頂樓。她們爬到三樓，有扇門打開來，一名華裔女子在叫嚷。一個灰髮男子來到門邊，緊跟在後的是那位女士，雖然身材嬌小卻氣勢洶洶。

「你們水電工，修不好漏水？」

「我說了，是上面公寓漏水，那個人不在家。」他疲憊地跟她說。

「哈囉，我是佛斯特偵緝總督察，這位是摩斯偵緝督察，」愛芮卡說，向他們亮出了警徽。「樓上沒有人應門嗎？」

「他是這麼說的，」華裔女子厲聲說。「我的廚房在淹水，很嚴重，從昨晚開始整個天花板都在漏水……」

愛芮卡看著摩斯，兩人邁步就往樓上跑。

她們踢了兩次才把門踹開。克勞佛住的是單間公寓，擺在窗下的床鋪沒整理，角落的小廚房有蒼蠅在三十個骯鍋子和煎鍋上飛舞。一面牆上貼著照片，是克勞佛和兩個孩子，一男一女，都是十一、二歲。

角落那扇門的外面地毯上有很大一片弄濕了，門微微敞開，兩人緩緩過去。

愛芮卡把門推開。裡頭是一間噁心的小浴室。克勞佛光著身體漂浮在水裡，水是粉紅色的。浴缸後方的牆上噴濺了斑斑血跡，還有一條足足有四呎高的抹痕，血跡一路延伸到克勞佛的手臂無力地下垂之處，和地上的水混合。

她們看到他是割腕自殺。

66

隔天愛芮卡到彭奇的停屍間，溫度似乎比平常還冷，螢光燈更亮，刀子一樣戳刺她的眼睛。亞曼達．貝克和克勞佛並排躺在不鏽鋼解剖台上，看到同事，兩名警察，喚回了愛芮卡寧可遺忘的回憶；她先生馬克，以及四名警察全都在那致命的一天賠上了性命。

她倒抽一口氣，這才明白艾塞克在說話。

「我對這兩樁死亡感到不安的地方是，無論兇手是誰，都沒有很用心佈置成自殺。」

「你覺得克勞佛不是自殺的？」她說。

「沒錯。」

他先移向亞曼達．貝克。她面朝下，蓋著一條白布。艾塞克輕柔地將白布往後折。她的頭面對著愛芮卡，一邊臉頰貼著不鏽鋼台，變灰的長髮披在兩邊肩膀，露出了脖子，脖子上有一圈傷痕和瘀血。愛芮卡見到仍然很震驚；她幾天前才跟亞曼達說過話。

「妳看到的是上吊會有的瘀傷，」艾塞克說。「繩子咬進了脖子四周的皮膚，留下了很清晰的一圈瘀血。」他用戴手套的一隻手指著她脖子上的一條紫痕。「可是看這裡，除了這個之外，後頸上還有一連串的圓形小瘀傷，這表示索套是放在她的頭頂上，再拉緊，然後她掙扎或是抵抗。繩結因為掙扎而移動，造成了這一圈的傷痕……另外，注意她背部中央的瘀血。」

愛芮卡看出是一個橢圓形。

「這可能是她被推下樓梯時造成的。她的頸子折斷了，所以有可能是她以極大的動能摔下樓梯，然後在繩子拉緊之前折斷了頸骨……她很可能抵抗了攻擊者。我從她的指甲下也採到了一些皮膚樣本，送去化驗了。」

「她是不會束手待斃的。」愛芮卡說。

艾塞克頓了頓，隨即走向旁邊克勞佛的屍體。他正面朝上，頭髮旁梳，露出額頭，除了蒼白發黃的皮膚之外，他就像是在睡覺。

艾塞克把白布向後折，露出了克勞佛的胳臂。他抬頭看著愛芮卡，發現眼淚從她的臉上落下。

「喔，妳還可以繼續嗎？」

「可以，」愛芮卡說，抽出面紙擦眼淚。「是我們自己人，一個就夠慘了，兩個……」

「妳要休息一下嗎？」

「我沒事。」她說，吞下眼淚，鎮定下來。

「好。看胳臂的話，妳看這裡，兩條長切口，都在前臂上。差不多三十公分，切口是垂直的，割在手臂的正中央，手腕上的切口會是橫的。兩條切口都割斷了橈動脈，就是供應胳臂和手血液的主動脈。是用一把筆直的刮鬍刀成的，也就是舊式的理髮店刮鬍刀。」

愛芮卡看到手臂上兩條長刀痕，現在已經縫合起來了，忍不住縮了縮。

「切口的深度和長度會造成大量失血。他的血液中也有高濃度的酒精以及微量的古柯鹼……」

「對，我們在他的公寓找到了少量的古柯鹼……艾塞克，他如果是自殺的，我能理解，比亞曼達還能。他來上班的最後幾天好像很緊張。很難說，可是他正在辦離婚，他太太會拿到兩個孩子的監護權，她也說他很沮喪。」

「他並沒有割腕。」艾塞克說。

「你怎麼能斷定？」

「刮鬍刀是在洗手台的邊緣發現的，被清理得很乾淨，沒留下指紋。」

「他很顯然自己是做不到的，是吧？」愛芮卡說。

「是有可能，但是他割開了兩條手臂上的橈動脈，會有大量的血跡。」

愛芮卡又閉上了眼睛，回想現場，瓷磚上的斑斑血跡以及白色浴室一側的血痕。

「他勢必得用衛生紙或布來擦拭刮鬍刀，然後放在洗手台的邊緣。現場找不到帶血的布或衛生紙。血是流進洗澡水裡以及浴缸四周的地磚上。除了一小塊噴濺血跡之外，洗手台是乾淨的。無論兇手是誰都是想把它佈置成自殺。」

愛芮卡看著兩具屍體。「他們在討論潔西卡．柯林斯命案，卻引火上身。亞曼達．貝克發現了什麼線索。我不知道是突破口或是新證據，她正想聯絡我。」她說。

「而妳的公寓也是在同一晚遭人入侵。」

「對，我想我也是目標。」愛芮卡說。

67

蓋瑞坐在沙發上看《一擲千金》（*Deal or No Deal*），只穿了一條短褲，那個黑髮女孩蜷縮在他身邊。她穿著他的白T恤，這一次他讓她穿。她說她叫翠依絮，她還是沒問他的名字。

翠依絮在他從愛芮卡．佛斯特公寓逃出來的那個下午來敲他的門，那時他被打得昏倒了。翠依絮不肯離開，非要他開門讓她進去不可。兩人面對面站在門檻兩邊，大眼瞪小眼。她的一隻黑眼圈和他的傷勢相比根本不算什麼。

「你像是受傷了，滿重的。」她說，朝他額頭上的紅腫與凝結的傷口伸出一隻小手。他把三吋長的傷口用手術膠水草草處理過，還擦了碘酒，他的咖啡色皮膚擦上碘酒後讓碘酒出現了綠色。

他抓住她的手，把她拖進去，摜上了門，再把她扛起來，帶進臥室，兩人就在那裡消磨了夜晚剩餘的時間。

電視上，《一擲千金》的參賽者只剩下最後一個盒子了。他是個瘦子，一張臉像馬鈴薯上嵌了兩顆綠豆眼。

「他叫什麼名字？」蓋瑞問道。

「就寫在他的名牌上。」翠依絮嘻嘻笑著說，從他的胸前仰起了頭。她想吻他，卻被他推開。

「妳以為我的臉被打爛了還能看得清楚嗎？」蓋瑞兇巴巴地說，指著臉上的紅腫。

「他叫丹尼爾。」翠依絜趕緊說。

節目暫時沒有動靜，因為丹尼爾繞過去扯掉了他的盒子前面的膠帶。攝影機轉向他坐在觀眾席上的太太，她的衣著質料並不好，不像是個一生順遂的人。攝影機又回頭照著丹尼爾，他把盒蓋掀了起來。「不！」他大喊一聲，兩隻手抱著額頭，重重跪了下去。攝影機拍到盒子，只價值一英鎊。

「嘍，真他媽的白痴。」蓋瑞說。

螢幕上丹尼爾的太太受邀上台，她擺出了一張堅毅的臉。

「他拒絕了什麼？」

「銀行家提出給他一萬五千鎊。」翠依絜說，把大拇指含進嘴裡。

蓋瑞站起來，走向冰箱。翠依絜坐直了，頭靠著沙發背，把大拇指拿了出來。

「有果汁嗎？」她問道。

蓋瑞打開冰箱，拿出一罐啤酒和一瓶果汁。他和翠依絜所坐的沙發之間隔著一張木頭小圓桌，桌上是一把克拉克十七手槍，以及兩萬五千鎊無標記鈔票。

他兩手各拿著一瓶飲料，站在那看著她，她的眼神飄向槍和錢，但趕緊看向別處。

「乖孩子，」他說，「眼睛要放在我身上。」

他走回去，把果汁插在她旁邊的沙發墊上，打開了啤酒。翠依絜坐直，喝了一大口果汁。

「等一下要看《聖橡鎮少年》（*Hollyoaks*）嗎？」她問道。

他的手機響了，他從咖啡桌上拿起來，走向陽台，關上了玻璃門。

「你是死到哪裡去了？」熟悉的聲音說。他沉默不語。「喂？」

「我在。」他答道。外頭天黑了，一排排的橘光在他底下展開，有如光網。

「你應該要幹掉他們三個的。兩個自殺，一個入室竊盜。那個佛斯特女人還活著。」

蓋瑞頓了頓，回想起《一擲千金》節目中丹尼爾的臉。

「我不幹了。」他說。

「什麼意思？你不幹了！你需要把工作做完。我不會再付你一毛錢了。」

「錢你自己留著吧。老子不幹了。」

「不是只有錢，知道吧。」

「你知道什麼？你老拿這個來威脅我，我受夠了。你還不明白情況嗎？你是遮蓋不住的，蓋子已經掀開了。我如果完蛋，你也完蛋。我剛剛才發覺我甩手走人也不會有什麼損失。」

說完這句話，蓋瑞就掛了電話，把手機翻過來，拆開背面，拿出SIM卡，折成四半。

他現在得動作快。他猜他還有一天的時間，也許還不到。他一口喝乾啤酒，走進屋去。

68

下午比較晚的時候愛芮卡坐在葉爾警司的辦公桌對面，他一副筋疲力盡的樣子，臉色蒼白，眼下有很深的黑眼圈。他們在等馬許，他打電話說會遲到。

「長官，我不需要你再調撥人手給我。」她說。

他舉起一隻手。「愛芮卡，我不認為派一輛警車到妳的飯店外會害警局破產。我們已經發生過一次光天化日下在警局外揮刀傷人了，而且我還有一名警員死因可疑。」

「是兩名警員，」愛芮卡說。「一位已退休，亞曼達．貝克。」

「對。」他說，不情願地承認，揉揉眼睛。「我想妳聽說了傑森．泰勒的事了吧？」

「什麼事？」

「法官不准他交保，他就被關進了貝爾馬什，A監。有人聽說他要認罪協商，會提出證據，他們就處置了他。他昨晚在浴室裡被刺殺了。」

「那兇器是怎麼拿到的？」

「說了妳也不會信。奇巧。」

「這是什麼新的街頭黑話嗎？」

「不是，」他不耐煩地說。「是真正的奇巧巧克力。也許我應該說是錫箔包裝紙。有個無期徒刑的天才攢了幾個月，弄成了一把致命的扁鑽，一定是用了幾百張的錫箔紙。泰勒被刺在大腿上，大量出血，現在他的帝國也跟著他一塊死了。」

有人敲門，一名雇員端著一盤茶進來，把「誰是老大？」馬克杯交給葉爾，給了愛芮卡有餅乾怪獸圖案的馬克杯。

「來，」她說。「我覺得你們也會想吃點甜的。」她在冒著熱氣的茶杯旁又擺了兩條奇巧。

「喔，真的假的！」他大聲嚷。

愛芮卡忽然好想笑，使出全力才繃著一張臉，看著葉爾把巧克力掃下桌，丟進垃圾桶。

有人敲門，馬許進來了。

「抱歉耽擱了。」他說。

「沒事，坐。」

「情況真糟，失去一名警員，對士氣打擊太大。」馬許說。

「兩名警員。」愛芮卡刻意說。

「對，沒錯。」馬許說。

愛芮卡接著討論命案的進展。

「我們有克勞佛偵查員的手機通聯紀錄，證實了他在過去幾週一直和亞曼達・貝克聯繫。我們也找到了亞曼達・貝克的手機，掉進了扶手椅的縫隙裡，所以才沒被兇手拿走。電子犯罪部的人檢查過，發現兩週前被駭了，使用的是特洛伊木馬程式。克勞佛的手機和我的也一樣。有人一直在竊聽，監視來電。他們也變造了通聯紀錄。亞曼達在被殺的當晚打電話給我，留了訊息；她也打給了克勞佛偵查員。那些留言都從遠端刪除了。」

「要命，愛芮卡！」馬許說。「那我們全部的調查都曝光了？」

「是的，長官。」

「我得回報給助理總監……」

「我沒別的意思，不過我還得住在飯店裡，因為我家被入侵了。我們在對付的這個人處處都超前我們一步，而且持續了幾個星期。」

「所以妳不覺得和喬爾・麥可斯有關？」

「喬爾・麥可斯這幾天都在崔佛・馬克斯曼的病床邊，而他正在加護病房裡。根據護理人員的說法，他只有上廁所時才會離開。瑪麗安・柯林斯雖然像個亂劈亂砍的瘋婆子，但是她因為心理健康法案被強制送院，住在戒護病房裡。我沒法接近她，沒法偵訊她……而唯一一位似乎領先我們的警員，嗯，死了……誠如我所說，無論兇手是誰，都超前我們一步。」

葉爾和馬許沉默了一會兒。

「喔，我叫人回去搜索亞曼達・貝克家，她好像是自己在研究檔案，她家裡到處是文件和影本。我們一件都不會遺漏。他們還在她的煙霧偵測器裡找到了一個小竊聽器。」

「柯林斯家到底是何方神聖？」馬許問道。

「我是不會放棄的，」愛芮卡說。「我希望你和助理總監能允許我繼續辦案，重新調整方向。」

馬許沉坐了一會兒。

「目前，可以。不過我會讓妳知道我向助理總監報告時她怎麼說。」

會議結束後，愛芮卡去女廁，往臉上潑涼水。她看著鏡中疲憊的臉孔。有人沖馬桶，一名年輕女性出來，走向洗手台。愛芮卡認得她是在焰火節募款的警員。她正準備上班，在制服外穿了防刺背心。

「妳還好嗎，長官？」她問道，移向洗手台洗手。

愛芮卡看著背心，立刻不再自憐自艾。

「沒事，今天只是很漫長。」

「這星期都很漫長。」她說，擦乾了手，轉身欲走。

「在外面小心一點，妳……」愛芮卡發現自己這麼說。

「克雷蒙警員。」

「克雷蒙警員，要提高警覺。」

「我一向如此。謝謝，長官。」她說，隨後離開了。

愛芮卡洗了手，又回到事件室。

69

傍晚剛到愛芮卡就回到飯店洗個戰鬥澡，換套衣服，然後敲了相連的門。蓮卡來開門，抱著伊娃。

「你們都還好吧？」她問道。「對不起這幾天幾乎沒看到妳。」

「孩子們樂不可支：我們有客房服務和游泳池，飯店人也不多。我都快忘了我還有個老公在家裡等我了，」蓮卡說，又補充說：「妳還好嗎？」

「嗯。我只是回來喘口氣，然後就要回局裡了。妳有沒有提高警覺，留意有什麼異常？」愛芮卡問道。

「有，我們在這裡覺得非常安全。為了以防萬一。」她指著她和肖像師拼湊出來的電子肖像。

「妳幹嘛把他釘在牆上？」愛芮卡問道，挪近前去看那個詭譎的合成圖：圖上的男人有粗眉毛，兩隻眼睛露出凶光，一頭濃密的深色鬈髮。

「好讓孩子們知道他是誰，長什麼樣子。飯店櫃檯也有，員工休息室和廚房也都有。」

「他要追殺的是我。」愛芮卡說。

「我們長得很像，雖然我稍微漂亮一點。」蓮卡咧嘴笑道。

「不要臉。唔，我不知道會去多久，我要加班。停車場上還是有一名警員在站崗。」

她吻了蓮卡和伊娃，要妹妹等雅庫布和凱若琳娜游泳回來之後代她說哈囉。

愛芮卡回到警局，上樓到事件室，彼得森和摩斯正在放下一袋子的外帶餐盒。

「中國菜嗎？」她打開門後就說。

摩斯點頭，舉高一個鼓起的白色袋子。「全都是好東西喔。乾椒牛肉絲，雞肉炒麵，海苔，蝦餅。」

「妳怎麼會知道我不會帶吃的來？」

一小時後，他們用餐完畢，坐在一張長桌後，桌上擺著亞曼達．貝克的通聯紀錄，網路搜尋紀錄，她釘在公寓牆上的文件。

接下來的幾小時他們一件一件研究。

「有兩個地方很突出。她從崔佛．馬克斯曼的錄影帶裡截圖，」愛芮卡說，拿起瑪麗安和蘿拉坐在椅上的列印照。「我覺得另一個就是巧克力橘盒子，她劃線的句子：『不是泰瑞的，是我的。』」

三人面面相覷。

「噫，一說起巧克力橘，我現在就能幹掉一個。」摩斯說。

「用字不夠精準，」彼得森說。「再說妳剛剛才撐了一肚子的中國菜。」

「好了，專心點，」愛芮卡說。「我要看她截圖的那段影片。」

他們登入愛芮卡的筆電，搜尋一陣之後，找到了他們要的影片。在兩段錄影中蘿拉和瑪麗安都在吵架；聲音模糊不清。愛芮卡把影片拖回同一點，放大音量。公園裡孩子們的尖叫歡笑聲響徹房間，還有盪鞦韆的吱嘎聲。三人伸長耳朵聽母女倆是在吵什麼。

「蘿拉在說什麼？『妳不准對我發號施令……她也一樣……』」愛芮卡說。

「對，她的聲音比較大；瑪麗安的聽不清楚。」彼得森說。

他們又倒帶。

「妳不准對我發號施令……不是妳的……我的……」蘿拉的聲音從擴音器中傳來。

「再來一遍，」愛芮卡說。「音量開最大。」

摩斯再放一遍，公園裡的聲響以及蘿拉的聲音從擴音器中訇然傳出：「妳不准對我發號施令……她不是妳的……她是我的……」

愛芮卡暫停了影帶，站了起來，心思飛轉。

「怎樣？」彼得森問道。

「她不是妳的，她是我的……她不是妳的，她是我的……那個泰瑞巧克力橘盒子，在亞曼達的筆電旁邊。」

愛芮卡急忙翻犯罪現場的照片。「她花那個精神去給廣告詞劃線：『不是泰瑞的，是我的。』」

「妳覺得有個叫泰瑞的人涉案？」彼得森問道，盯著愛芮卡來回踱步，腦筋動個不停。

愛芮卡猛地停下來，文風不動。「如果蘿拉說的『她不是妳的，她是我的』，指的是潔西卡呢？」她轉向摩斯和彼得森。「蘿拉和潔西卡差幾歲？」

「潔西卡七歲，而她是在蘿拉二十歲時……」彼得森說。「等等，妳不會是以為……？」

愛芮卡在桌上亂翻。

「妳要找什麼，老大？」摩斯問道。

「我在亞曼達・貝克的網路搜尋紀錄上看到了什麼，是個網址，愛爾蘭的。」

「來，給我一點。」彼得森說。他們分攤列印本，花了幾分鐘掃瞄每一張紙。

「有了。」愛芮卡說。走向筆電，鍵入網址：

www.hse.ie/eng/services/list/1/bdm/Certificates

「亞曼達在找一份出生證明，愛爾蘭的出生證明。她不像我們可以和紀錄局申請，所以她才會用這個應用程式來取得出生證明。」

摩斯注視著螢幕上的網站，讀道：

「由於大英國協最新的公投結果，對出生證明的需求大增，本服務寄發證明的時間會從申請日起延長至三十天。」

「亞曼達必須等上三十天；妳覺得她就是為了這個打電話給妳的嗎？」

「我們的人力荒這麼嚴重了嗎？」愛芮卡問道。「難道就沒有人注意到這一點？」

「第一次調查亂七八糟收場，誰又會想到要去查潔西卡的出生證明呢？我們幾時查過出生證明和死亡證明來著？只有在有問題的時候才會。」

「你們覺得有可能嗎？」愛芮卡說，興奮得臉都紅了。「蘿拉・柯林斯不是潔西卡的姊姊，而是她的母親？」

70

「好，各位，我要你們百分之百專心，」愛芮卡對著小組說。他們都在隔天一大早就進事件室上班了。眾人沉默地聽著愛芮卡繼續說明昨晚的直覺，而且他們有理由懷疑蘿拉．柯林斯不是潔西卡的姊姊，而是她的母親。

「我們已經向愛爾蘭紀錄局申請潔西卡．柯林斯的出生證明影本，要求他們以最急件處理。」

「老大，有人發電郵給妳。」約翰說，指著他的電腦螢幕。

「別只管坐著啊，印出來！」愛芮卡說。

「是，老大。」

愛芮卡走向事件室後面的印表機，她能感覺到每隻眼睛都盯著她。感覺像是等了一輩子機器才運轉列印。然後，極其緩慢地，一張出生證明的掃瞄本出現了。日期是一九八三年，而且上頭的筆跡清清楚楚。愛芮卡不敢相信，轉過身來，得意地大聲唸出來：「母親是蘿拉．柯林斯……等等，父親名也有。是一個叫蓋瑞．歐瑞利的，住在高威市多徹斯特路四號。」

摩斯已經在一面白板上抄錄了。

「好，我們需要盡全力找出這個蓋瑞．歐瑞利。我們不了解情況，他可能是老人，也可能是年輕人，但是我們有了姓名和地址。」

事件室中的警員紛紛動了起來。

九十分鐘後，他們查到了兩個名叫蓋瑞．歐瑞利的男子，登記的地址都在多徹斯特路四號。

「他們是父子，父子同名。」摩斯說。

「好，要怎麼知道哪一個是父親？」愛芮卡說。

「老蓋瑞．歐瑞利是一九四一年十一月十九日出生的，所以他是——」摩斯說。

「四十二歲，在潔西卡出生的那年。」約翰幫她說完。

「你算得真快。」愛芮卡咧嘴笑道。

摩斯接著說：「小蓋瑞和蘿拉是同一年出生的，一九七〇年。潔西卡是一九八三年四月出生的，那時他十三歲。」

「可惡，他們兩個都有可能是潔西卡的父親。」愛芮卡說。

71

蓋瑞．歐瑞利花在預備上的時間比他預料的還多一點，他很不喜歡。他考慮過風險，以及警方可能掌握的線索，最後的結論是他被愛芮卡．佛斯特公寓中攻擊他的女人認出來的機率極低。只有她見過他，而且還是在黑暗之中的短暫打鬥之間。

見過他的兩名警員已經死了。

他自問是否要殺掉翠依絮，還花了幾分鐘盯著她坐在沙發上看電視，衡量著優缺點。然後他決定了，就到廚房去從櫥櫃裡拿出橡皮手套和一只大塑膠袋。

「你在幹什麼？」她說，充滿了恐懼，在他接近時。

「妳得幫我把這個地方從上到下清理乾淨。我要每個地方都擦過。不能留下毛髮；要清潔溜溜。」

「你要搬家？」

「對。而且我要把押金拿回來。」

他們當晚離開公寓，他很遺憾得在摩爾登的鐵路橋下和翠依絮分手。她站在寒風中，口鼻都噴出熱氣，看著他走開。要是能早點認識她，她說不定會是個有用的幫手。

他登上地鐵，戴著棒球帽，帽簷拉得很低，搭北線到查令十字路，走到古吉街，住進了青年旅舍。他只在乎晚上有張床睡，還有Wi-Fi可用。

他在小咖啡吧使用筆電，在入夜之後。翌日一大早，他洗了澡，刮光鬍子，走向蘇活區，買了一套時髦的深色緊身西裝、一件緊身白襯衫和一雙昂貴的黑皮鞋。他的下一站是去尼爾氏香芬庭園找一個高檔理髮師，他預約了要把一頭鬈髮剪短，再吹染成時尚的上抓髮型。接著他去塞爾福里奇百貨公司買一個過夜袋，拎進一間殘障廁所。幾分鐘後再出來時他穿著新套裝，新袋子裡塞滿了他的個人物品，舊衣服和鞋子則塞進了垃圾桶的最底下。

蓋瑞拾級而下到一樓去，經過了化妝品櫃，最後找到了一名年輕清瘦的男子，一頭鮮紅色頭髮，在MAC專櫃工作。

「嘿，」蓋瑞說，亮出笑容。

「嗨，」他說，上下打量蓋瑞。

蓋瑞從口袋裡抽出一張美國歌手亞當・藍伯特的照片。

「你可以讓我看起來像他嗎？」他問道，直視那人的眼睛，刻意對他示好。

那人俯視照片一眼，再抬頭看他。他纖瘦的腰上圍著皮圍裙，插著幾支化妝筆。

「沒問題，」他嘻嘻笑地說，回應他的示好，挑了一支眼線筆。「我喜歡你的愛爾蘭腔。是什麼事讓你離家那麼遠？」

「就這事那事嘛。你覺得能把我的瘀青遮掉嗎？我得去面試，一家電影公司。」

「你想給人留下好印象是吧？」

「差不多。顯顯你的本事，我不會讓你做白工的。」蓋瑞說著咧嘴一笑。

現在是週四十一點剛過，蓋瑞坐在王十字聖潘克拉地鐵站的星巴克裡，盯著筆電。他把最後一點咖啡喝掉，再寫完那封電郵，附上檔案，接著，打開照相機，露齒一笑，豎起中指，拍了自拍，再附到電郵裡，安排好當天傍晚傳送的時間。

他把外帶杯丟進咖啡店的小垃圾桶後就離開了，穿過中央大廳，搭電扶梯，一步跨兩階，到歐洲之星的出境門去。他的火車再七分鐘就要出發，現在不走就走不了。腎上腺素在血液中奔流，他把袋子放進安檢托盤裡。他廚房桌上的兩萬五千鎊已換成了一百五百的歐元鈔票，分別放在隨身行李、他的皮夾，以及外套口袋裡。

他把護照交給一個一臉蠻橫的蠢女人，她接過來，瞄了瞄照片，那是幾年前拍的，樣子比較邋遢，不過她連眼皮都沒眨一下。她刷了他的護照，瞪著螢幕，過了好長好恐怖的一刻，她的小手握著護照。螢幕嗶一聲，她把護照還給他，露出蠟像似的笑容，祝他旅途愉快。接著他得過安檢門。他排到短短的隊伍後面，主要是商務人士，他張望著看金屬探測門是由誰在看守。

結果揭曉：安檢的那傢伙就像個標準的同性戀，他心裡想著，走近隊伍的尾巴，等待著通關。他在打包時很謹慎，以免引起懷疑，也摘掉了皮帶等金屬物品。他身上的三萬五千歐元並不違法，因為他是從一個歐盟國家去另一個歐盟國家，但是他不想被耽擱。

輪到他了，他通過了掃瞄，再等一分鐘他的袋子也通過了。

「旅途愉快。」安檢的那傢伙笑嘻嘻地說。蓋瑞眨眨眼，抓起袋子，搭上了火車，再三分鐘就要出發了。

他在火車正要離站之前找到了他的座位。三十分鐘後，火車離開了英國，開始鑽入海底，進入歐洲大陸。

72

蓋瑞的歐洲之星離開英國，開始穿越英吉利海峽海底的二十六哩隧道時，愛芮卡和摩斯、彼得森、約翰正在布羅姆利不耐煩地等著事件室後方的印表機動作。他們找出的兩個蓋瑞・歐瑞利中，老蓋瑞・歐瑞利已於一九八二年的聖誕節去世，就在潔西卡出生前一年。印表機轉動，嗶了一聲，接著紅燈閃爍。

「有誰知道要怎麼給這個鬼玩意加紙嗎？」愛芮卡大聲喊。

約翰動作快速地往紙匣裡加了一疊紙。印表機又動了起來，然後蓋瑞・歐瑞利的護照照片出現了。

愛芮卡拿了起來，瞪著那雙濃眉下的兇狠眼睛和豐厚的深色鬈髮。她看著摩斯和彼得森。「我的公寓被人闖進那晚的肖像呢？」

奈特偵查員過來交給了愛芮卡。她把兩張紙並排擺在桌子上。

「天啊，是他，同一個傢伙！」彼得森說。

「好，大家聽好了，」愛芮卡說，移向事件室的前方，舉高了肖像和護照照片。貼在白板的正中央。「這是我們的頭號嫌犯：四十六歲的蓋瑞・歐瑞利。我要發出他的通緝令，通知交警、邊界、機場，監視簽帳卡和信用卡活動，什麼都別放過。我們需要趕緊把這個人找出來，他謀殺了我們的兩位同事。我們也相信他是潔西卡·柯林斯的親生父親……我要知道：這二十六年來他在做什麼？他知不知道自己有孩子？蘿拉·柯林斯在八〇年代初期在愛爾蘭生產，那裡是嚴格的天主教環境。我不是說蓋瑞·歐瑞利有動機殺死自己的女兒，但是這是目前為止我們最有力的線索。如果他沒有殺害自己的女兒，那他也一直在費盡心機阻止我們查出兇手是誰。找到他，謎團就解開了。好，幹活吧。」

事件室登時忙碌了起來，警員們開始打電話的打電話，敲電腦的敲電腦。沒多久，摩斯就拿著一份檔案走進愛芮卡的辦公室。「蓋瑞的前科紀錄剛傳過來了，很長。」她說。

「唸來聽聽。」愛芮卡說。

「好。他第一次違法是在一九八〇年，十歲，」摩斯讀著。「加入了一個六個孩子的幫派，攻擊一名年長婦女，偷走她的皮包，被逮捕，口頭警告……十一歲和十二歲又被捕，在商店偷竊，縱火，在學校刺傷了同學的腿。十七歲他在酒吧鬥毆中拿酒瓶打了女服務生，害她失去一隻眼睛，被判傷害罪，送進聖派翠克監獄服刑一年半……後來他好像是改過自新了，一九九一年加入了愛爾蘭陸軍，在波灣戰爭之後被派駐到科威特兩年，接著是厄利垂亞一年，再到波士尼亞的維和部隊……一九九七年他和另一名軍官打架，險些殺了對方，之後被開除軍籍。這些年來他做過幾個保全工作，除了吸大麻被口頭警告之外，他一直是個規矩的老百姓。」

「天喔。」

「我知道。」

「好，但是最重要的問題是：一九九〇年潔西卡失蹤的那個夏天他在哪裡？」

「約翰正在等他的護照紀錄……妳打算怎麼辦，老大？要把蘿拉．柯林斯帶來局裡問話嗎？」

「不。我要用這件事當面質問她，攻她一個出其不備。」愛芮卡說。

73

愛芮卡和摩斯、彼得森從布羅姆利警局開車到海斯，車程雖短，這幾個小時來得到的線索卻重重壓在三人心頭。

轉彎進入埃芳岱爾路後，馬路上不見車輛，沒有行人，萬籟俱寂，只有風緩緩將一堆落葉向他們吹來。愛芮卡和蘿拉的先生談過，他說昨晚她決定要住在埃芳岱爾路，整理她母親的東西。聽他的口氣，她的這個決定似乎滿奇怪的，但是愛芮卡沒有追問。他們在從警局出發時也發現了蓋瑞·歐瑞利這幾週來在摩爾登租了一間公寓，但是兩天前他和房東說他不租了。

愛芮卡放慢車速，在路邊停下來，距離七號的入口略有些距離。摩斯坐在她旁邊，彼得森坐後面。

「好。我們需要謹慎行事，」愛芮卡說，轉頭看他們兩個。「蘿拉不是嫌犯，但是我們需要和她談話。我們不能排除蓋瑞·歐瑞利跟她在一起……我們需要小心謹慎。」

就在這時，一輛黑色荒原路華駛出了七號車道，向左轉彎，輪胎吱的一聲，車子沿著埃芳岱爾路飛馳而去，幾秒鐘內就消失在下坡路段了。

「那會是誰？」愛芮卡說。

「我看不到。車窗是黑色的，不過我記下了車牌。」摩斯說，在筆記本上書寫。

幾分鐘後，一輛銀色荒原路華又從七號出現，向右轉彎，靠近他們時，他們看到駕駛人是蘿拉。

愛芮卡閃了大燈，打開車門，站出去攔住她。她減速了一秒，隨即經過他們，猛地加速，衝向馬路盡頭。

「搞什麼鬼？」愛芮卡說，坐回車內，發動引擎，來了個大迴轉，尾隨上去。

銀色荒原路華仍在路尾等燈號，他們一接近，它突然就衝了出去，險些撞上一輛對向的車子，害它偏離了車道。

「她到底是在幹什麼？」摩斯說。她和彼得森都緊抓著把手，而愛芮卡則加速跟上銀色荒原路華，展開追逐。

馬路是一線道，他們飛馳過房屋、一家小酒吧和一家書報店。荒原路華到了陡峭的上坡路越開越快，上坡路有四分之一哩長。愛芮卡也踩油門，拉近距離。對向車道的下坡汽車一輛接一輛，所以愛芮卡打開了警示燈和警笛。前方汽車趕緊靠邊，讓愛芮卡超車。蘿拉的荒原路華開到了上頂，消失了蹤影。

「她為什麼要逃跑？」彼得森難以置信地說。

他們衝上了山坡，時速八十哩，汽車暫時偏離了柏油路，因為路面忽然向下傾斜，向前延伸，兩側都是樹木，蘿拉的車子在前方。愛芮卡用無線電呼叫，報告他們正在西綠地路上追逐一輛銀色荒原路華。

「她沒減速。」摩斯說。

愛芮卡從樹木之間看到兩邊的綠地。「這條路去哪裡？」她問道，用力踩油門。

彼得森忙著查手機。「這條路穿過綠地，然後會繞回車站。」他說。

前方的荒原路華減速了，煞車燈亮了兩次，接著是方向燈亮起。

「她要向左。」愛芮卡說。

「那裡是克羅伊頓路的路口。」彼得森說。

汽車左轉，然後又消失無蹤。

他們的警笛響個不停，愛芮卡接近了路口，稍微減速。摩斯和彼得森抓緊了把手，車子向前疾衝，左轉，輪胎吱吱響。

「我看到她了，她在前面。」愛芮卡說，又開始加速。

「要是跟丟了，」摩斯開口說。

「我們不會跟丟。」愛芮卡咬著牙，兇巴巴地說。前方的荒原路華慢了下來，亮著方向燈，隨即消失在一排樹後。

「她是在做什麼？」

「她開進了綠地的停車場。」摩斯說。

他們接近了碎石停車場，放慢車速。蘿拉的銀色荒原路華是這裡唯一的車輛，他們能看到她靜止了，正要下車。

愛芮卡猛地開進去，輪胎摩擦著碎石地面。

「她在跑。」彼得森說，不敢相信。蘿拉拔腿跑過草地和石南，往採石場的方向跑。她穿著冬天的黑大衣，緊身褲和及膝黑色繫帶靴子。

他們的車子倏地停住，碎石噴飛。愛芮卡一躍下車。

「蘿拉！停下來！」她大聲嚷，但是聲音卻被風吹散。

「她是要跑去哪裡？」摩斯說，跳下了車，旁邊跟著彼得森。

他們拔腿追上去。彼得森的腳步大，追在最前面，躍過濃密的石南、樹枝和岩石，拉近了距離。愛芮卡緊跟在後。

「耶穌基督！」摩斯在最後面大吼，上氣不接下氣，兩隻手緊握著胸口。「我應該要穿運動胸罩的！」

「蘿拉！」彼得森在大喊。「蘿拉，停下來！妳是在做什麼？」

蘿拉轉身，風撕扯著她的長髮，遮住了臉。她把頭髮撥到旁邊，又繼續跑，越過了山丘。彼得森和愛芮卡只差幾米就追上她了，兩人衝上了山頂，採石場映入眼簾，水面被風吹得略顯洶湧。

「蘿拉！停下來！」彼得森大嚷，跑上前去一把攫住她的胳臂。她猛地一轉，失去了平衡，摔倒在碎石地上。彼得森也重重跪下，愛芮卡差一點也跟著摔倒。她停下來，因為在寒風中全力衝刺而整個肺有如著火一般。

蘿拉又抓又踢，緊身褲在一邊膝蓋處磨破了，她在流血。

「蘿拉！蘿拉！」愛芮卡大喊，設法壓制住她，把她的雙手反翦到背後。「要命喔，蘿拉，妳幹嘛要這樣……妳害我別無選擇，只能以逃避警察的罪名逮捕妳。」

「還是三名警察。」摩斯說，停在他們旁邊，喘不過氣來。她掏出一副手銬，彼得森接過去，銬住了蘿拉的手。

「我要以協助他人犯罪的嫌疑逮捕妳，」他喘息不定地說。「妳不必說什麼，不過如果在被訊問時妳不回答，將來可能會對訴訟不利。妳說的一切都會被當作呈堂證供……」

蘿拉全身癱軟，瞪著採石場，哭了起來。

74

他們把蘿拉帶回了布羅姆利警局，幫她清理了傷口，把她關在偵訊室裡。

愛芮卡和摩斯、彼得森在觀察室裡盯著她。她一個人坐在光禿禿的桌後，看來既嬌小又脆弱。有人敲門，約翰走進來。

「蘿拉．柯林斯說了什麼？」他問道。

「什麼也沒說，」愛芮卡答覆道，看著那排監視器。「她在車子裡一個字也沒說，她也不要律師。」

「妳覺得我們需要做心理評估嗎？」彼得森問道。

「要是找醫生來，只會拖延我訊問她的時間，」愛芮卡兇巴巴地說。「這是我們最接近——」

「什麼？她顯然很難過。而且她開車載她母親過來，在光天化日下拿刀攻擊崔佛．馬克斯曼，這些都不是最有理性的行為表現。」

「彼得森，我上週六跟她說話的時候，她說她不知道她母親會帶刀子……她似乎神智夠清楚，有能力和別人交談，一直到我離開奧斯卡．布朗抵達……」她的聲音多了猶豫。「她不要律師，可是她認識奧斯卡？」

又有人敲門，奈特偵查員拿著一張紙進來。「老大，監理站查到了妳看到離開埃芳岱爾路的那輛黑色荒原路華了，是登記在一個叫奧斯卡．布朗的名下。」

愛芮卡、摩斯、彼得森三人互看了一眼。

「好，謝謝。」愛芮卡說。

「老大，妳說妳是幾時在柯林斯家裡看到奧斯卡．布朗的？」彼得森問道。

「星期六。我問蘿拉瑪麗安是不是請他辯護，她說不是。可就在我要離開時他就站在了門口，他的說法和她矛盾。我要跟他談一談。奈特，妳能查出他在哪裡嗎？」

「是，老大。」奈特偵查員說，離開了房間。

愛芮卡回頭看著螢幕中的蘿拉。「好，我們來看看蘿拉願不願意說話。」

愛芮卡和摩斯進入偵訊室，彼得森和約翰留在觀察室裡看。她們進去，坐在對面時，蘿拉毫無反應，仍交抱雙臂，垂頭喪氣坐著，眼睛瞪著前方。

愛芮卡唸出有誰在房間裡，說明時間和日期，再註明蘿拉拒絕律師到場。

蘿拉仍瞪著桌子，眼睛眨也不眨。

「蘿拉。妳怎麼會在這裡？」愛芮卡問道。「妳讓我們別無選擇，只能逮捕妳。妳為什麼要跑？」

沉默。

「妳母親攻擊崔佛．馬克斯曼那天，妳跟我說是一個記者打電話通知妳們的。我們查了你們家座機的通聯紀錄，那天總共三通電話。兩通是那天早上妳先生用手機打的，另一通就在下午一點之前，是奧斯卡．布朗打的。」

蘿拉仍一言不發，瞪著前方。愛芮卡打開桌上的一份檔案，拿出潔西卡的出生證明影本，滑過去。蘿拉瞪著看，眼睛變大。

「我們知道潔西卡是妳的女兒。妳的家人為什麼要隱瞞？」

沉默。

愛芮卡拿出蓋瑞．歐瑞利的護照相片以及嫌犯肖像。「我們知道這個人，蓋瑞．歐瑞利，是潔西卡的父親。我們也懷疑他是謀殺兩名警察的兇手。妳能不能說說他的事？」

一顆淚珠從蘿拉的眼睛滴落，她拿衣袖去擦。

沉默。

「這幾週來妳見過他嗎……妳為什麼不要律師？」

蘿拉咬著嘴唇，幾乎故意作對，抬眼看著愛芮卡。「不予置評。」

「知道嗎，蘿拉？我累了，我們都累了。這麼多年了，警察二十四小時忙碌，想要把殺害妳女兒的兇手繩之以法，只不過他們是被誤導以為她是妳妹妹。警察很辛苦，也做了犧牲，他們非常在乎，一心要揪出兇手。有兩位在追兇的過程中喪失了性命……而妳卻隱瞞重要的情報，還說：『不予置評！』」愛芮卡一巴掌重重拍在桌上。

「不予置評。」她又說一遍。

「好，蘿拉。妳要這樣玩是吧？把她關進牢裡去。」

75

彼得森在走廊上等著愛芮卡從偵訊室出來，幾分鐘後摩斯帶著蘿拉出來，她被上銬，滿臉怒氣。他一直等到她被帶走，聽不到他們說話為止。

「老大，蓋瑞・歐瑞利就在中午前搭上了歐洲之星離開了倫敦。」

「我操，」愛芮卡大吼，一手拍在牆上。

「還有奧斯卡・布朗下落不明。他今天下午應該要出庭的，卻不見人影。他的秘書說他從來沒有這樣子過。他在幫一名委託人辯護一宗備受關注的詐欺案。他的秘書不知道他去了哪裡，他太太也一樣……」

愛芮卡看著手錶。「去查出蓋瑞是否在巴黎下車，或是繼續搭火車。天知道他是要去哪裡，簡直就是大海撈針。聯絡國際刑警，我要發布他的國際逮捕令。」

「是，老大。」

「還有通知各機場和火車站，以免奧斯卡・布朗想潛逃出境。」

「妳覺得他會潛逃出境？」

「鬼才知道。我們什麼也不知道，不過很顯然，別說出來。蘿拉・柯林斯知道什麼，而她除非是說出來了，否則別想離開這裡。就算我得聲請再多拘押她四天。就讓她待在牢房裡等。」

「還有一件事，老大……她先生和孩子來了。他在接待區，執意要見負責的警官。」

愛芮卡和彼得森匆匆下樓去接待區。那裡很安靜，值班警員在忙她的，一長排塑膠椅是空的，只有蘿拉的先生陶德和兩個小兒子。他們四周放著幾個TK Maxx的購物袋。兩個男孩跪在地上玩玩具汽車。

陶德一看到他們接近就站起來。

「這是什麼意思？」他說，美國腔充滿了鼻音和憤怒。「我接到埃芳岱爾路的一個鄰居的電話，說什麼汽車追逐？還是蘿拉？我正在逛街，就打了她的手機，卻是妳的值班警員接的，說妳逮捕了我太太！」

「沒錯。」

「她的手機呢？你們最好沒有在她找到好律師之前跟她說……」

兩個男孩抬起了頭來。

「媽咪被捕了？」一個說。陶德不理他們。

「蘿拉可以打一通電話，也可以找律師，但是她都拒絕了，」彼得森說明道。

「開玩笑的吧？」他說，拉扯頭髮。「她為什麼被捕？」

「今天稍早我們去到埃芳岱爾路，想要和她談話，但是她飆車離開。我們別無選擇，只能因逃避警察的罪名逮捕她。」愛芮卡說明道。

「你們為什麼要找她談？你們確定她知道你們是要找她談什麼嗎？」

「我們追了好幾哩，打開了警示燈和警笛。」彼得森說。

陶德搖頭，臉色變得非常蒼白。「可是她沒有前科，她連違停罰單都沒收到過。」

「爹地，我害怕。」一個男孩說。陶德彎腰把兩個孩子抱起來，一邊抱一個。愛芮卡和彼得森面對著三雙迷惑的棕色眼睛。

「陶德。蘿拉跟你說過潔西卡嗎？」愛芮卡問道。

「她說她妹妹失蹤了。我知道來龍去脈，而且我們一而再再而三……」

愛芮卡和彼得森互看了一眼。他不知道。

「我要請你們在這裡等。」她說，然後就和彼得森一起離開了。

「嘿！你們不能莫名其妙把她關著！你們得有個罪名！」陶德在後面喊，仍抱著兩個孩子。

「現在該怎麼辦？」彼得森說，刷卡進入了警局的主區。

「我要看看她是不是願意說話了。」愛芮卡說。

兩人朝警局地下室的牢房走，通過了厚重的金屬門。接近時，他們被警鈴聲驚擾，兩人面面相覷，拔腿就跑。

在日光燈照明的長廊上，一排金屬門緊閉，漆成綠色，佈滿了抓痕，最後一間的門開著。兩名警員蹲在地上，愛芮卡和彼得森走上前就發現蘿拉躺在地板上，一名警員正慌張地想解開纏住她脖子的黑色鞋帶。鞋帶一端纏綁在牢門小活板門上的小金屬把手上。

蘿拉突然喘氣，臉上恢復了血色，又是咳嗽又是發出咕嘟聲。愛芮卡跑過去，蹲下來，握住她的手。

「沒事了，蘿拉，妳沒事了，」她說。蘿拉吞口氣，咳嗽一聲，沙啞地低喃：「好，我告訴妳。我會告訴妳是怎麼回事……」

76

一會之後，愛芮卡、摩斯、彼得森又回到觀察室，盯著蘿拉和值班辯護律師坐在一起。

「妳覺得她真的會說嗎？」摩斯問道。

「我跟她說她先生和孩子還在找她，而且他們什麼也不知道，她似乎就改變心意了。我想她是想要親口告訴他們。」

「告訴他們什麼？」彼得森說。

「我希望我們很快就會知道。」愛芮卡說。

愛芮卡和摩斯回到偵訊室，蘿拉跟一位值班律師坐在一起，她是一名年輕女性。兩人都有一杯熱茶。蘿拉脫掉了大衣，卻仍圍著圍巾。愛芮卡為錄影唸出時間和日期，隨即伸手抓住了蘿拉的手。

「沒關係的，我們在這裡，不會有事的。」她說。

摩斯盡力藏住懷疑，也微笑點頭。

「不，不會！」蘿拉說，眼淚流到臉頰上。「不會。」

「從頭說。」愛芮卡說。

摩斯遞給她一張面紙，她接過去擦臉。吞嚥了一下，似乎平靜了下來，開始說話。

「我很喜歡住在愛爾蘭，我們在高威有一棟小房子，靠近海邊。我們的生活並不富裕，爸忙著幾個工地，媽跟我在家裡，可是我們很快樂。我十三歲時認識了蓋瑞．歐瑞利。」

「妳是在哪裡遇見他的？」愛芮卡問道。

「當地的天主教青年會，海灘頂端山丘上的一棟小茅屋。茅屋有點像個小教堂，掛滿了聖母的圖片，還有遊戲，有時候他們會推出一台古老的電視，放卡通。大一點的孩子會溜到海灘上，成雙成對的，躲在沙丘間。我是那個弄大肚子的倒楣鬼。」

「跟蓋瑞？」

蘿拉點頭，喝了一口茶，吞嚥時痛得縮了縮。

「後來呢？」

蘿拉往下說。「唉，那是陳年往事了，八〇年代初期的愛爾蘭一定就和六〇年代的英國一樣。我媽氣瘋了。我掩飾了好長一段時間，可是有天晚上我站在電視機前面，她看到我的輪廓，我的童年就從此結束了……」

「妳母親當年比現在還要虔誠？」摩斯問道。

蘿拉點頭。「那就像是在愛爾蘭流行的熱病，大家都在比賽誰更有資格當天主教徒，就像是鄰居間在比較誰過得比較好一樣，只不過大家投資的不是洗衣機或是擴建房屋，而是累積神像，是花在彌撒上的時間。我被送到一個阿姨家……瑪麗阿姨，一個恐怖殘忍的老太婆。妳一定聽過那種人。她覺得整個梵二[7]就是對天主的褻瀆。她現在已經死了，所以你們不需要去調查，你們也看到我把孩子生下來了，我生了潔西卡……」她又情緒潰堤，她們給她時間平靜下來。律師的興趣也不下於愛芮卡和摩斯。

「等我從瑪麗阿姨家所謂的度假回來之後幾個月，我們就搬到英國了。」

「妳跟潔西卡的父親呢？蓋瑞・歐瑞利？」摩斯問道。

「什麼也沒有。他是個花花公子，不知道我懷孕了。反正他也不會想要孩子，所以我也沒告訴他。我們差不多是偷偷摸摸搬家的，誰也沒通知。那是一九八三年，沒有網路或臉書，沒有手機。他們斬斷了一切的關係，決心要忘記。應該是全新的開始，對我父母來說。我們搬到了倫敦，兩手空空，全都住在倫敦橋附近的青年旅舍裡，住了兩個星期。而且我們都口徑一致，潔西卡是我母親在幾個月前生下的。她是她的女兒，我的妹妹。旅舍就像貧民窟，沒有人會在就寢前禱告，大家都妄用主的名，有些女人到處陪人睡覺……可你們知道他媽的最嘔的是什麼嗎？那段時間居然是我爸媽最快樂的時光！誰也不會在乎我是個十三歲的單親媽媽！他們可以讓我留下孩子，我也可以有個全新的開始。」

「那你們是如何從倫敦橋的青年旅舍搬到海斯那樣的豪宅呢？」愛芮卡問道。

[7] 梵二是梵蒂岡第二屆大公會議的簡稱，是天主教會歷史上第二十一次大公會議。最主要結果是認同被傳教國之傳統可與天主教相容，且能互相援引。

「我們搬到倫敦幾個星期之後，我爸談成了一件營建工程，是一棟辦公大樓。工程進度落後了，他們砸錢下去要完成。加班，他賺得比在家鄉多了四、五倍。而他一開始簽合約，工作就綿綿不斷。他沒賺過這麼多的錢，不到幾星期，我們就住進了東倫敦一棟租來的房子。」

「而這段時間妳一直都向外說潔西卡是妳妹妹？」

「我和他們抗爭過，」蘿拉說，直勾勾看著愛芮卡，表情兇悍。「我抗爭得很激烈，而且我還以為我快贏了——」

「結果並沒有。」

蘿拉搖頭，眼淚又掉下來。「那天我記得好清楚。我快十四了，爸那天帶我去工地。我們讓媽照顧潔西卡。他在忙一個大房屋開發區，雅痞的公寓。一堆舊房子被拆除，他們挖地基挖出了好大一個洞。泥巴是乾的，你可以順著梯子爬下去，在他們還沒開工的地方走動。爸讓我自己隨便走動，我跟這個漂亮的小夥子，他是吉普賽人，正在泥土裡找破銅爛鐵。我開始偷抽菸，也給了他一根，我們就攀談起來。他很聰明，告訴了我『雅痞』是什麼意思，就是年輕的都會專業人士。我不知道。我跟他說我有個女兒，我會好好把她養大。他祝我好運，跟我說我會是個很好的母親，然後我爸就突然大叫，叫我回去。他說他談成了一筆交易，買下了一塊地來蓋我們自己的房子。我們回家去跟媽說，他好興奮。到家後，我媽已經幫潔西卡登記了托兒所、醫生、牙醫，全都寫她是潔西卡的母親：她已經昭告天下了，之後我就沒有再跟別人說我是潔西卡的母親了。」

愛芮卡和摩斯耐心地看著她停下來喝茶。

「我爸買的土地，就是埃芳岱爾路的那棟房子。之後時間過得好快，生活改變了，我努力跟上。我們搬進了大房子，然後媽有了托比。我以前會看著爸媽帶潔西卡和托比，他們是完美的小家庭，模範四口之家，而我是那個格格不入的。我母親從不讓我忘記我是罪人，是個墮落的女人。但一直到我去斯旺西念大學我才明白我是跟一個宗教狂母親住在一起。第一年念完，我在一九九〇年回家，發現我母親已經讓潔西卡和托比為初次聖禮念書了。她是我的女兒，我不要她受那種狗屁倒灶教育，小小年紀就得告解，學習什麼原罪……大約就在同一個時候我認識了奧斯卡，在斯旺西念大一時。他好英俊，又聰明，而且他愛我……他有點像我父親，白手起家。他拿獎學金，而且非常用功。」

「就是在潔西卡失蹤時跟妳去露營的人？」愛芮卡問道。

蘿拉低頭看著桌子好久好久。一分鐘過去了，接著是兩分鐘。等她終於抬頭，她說：「潔西卡沒有失蹤，是我把她帶走了。」

77

一九九〇年八月七日週二

天氣暖和，蘿拉和奧斯卡坐在明滅不定的營火邊的沙地上，微風從海岸向他們吹來。晚上涼爽，天空上繁星點點。方圓幾哩內只有他們兩個，坐在斯旺西附近的高爾半島上這處隱密的小海灣。

「她很可愛，妳妹妹。」奧斯卡說，用樹枝戳動著餘燼。

「潔西卡一直都很可愛，即使是在嬰兒時期。大多數的嬰兒都滿醜的。」

「反對，庭上！」他玩笑似地說。「我就是個非常可愛的寶寶。」

「我相信你是，而你現在更是一個英俊強壯性感的男人……」

奧斯卡把蘿拉拉過去，兩人擁吻。

「你想要孩子嗎？」她問道，抬臉看他。

「當然，將來有一天，」他說。一陣停頓，他傾身去拿靠在一塊小石頭上的酒瓶。「妳還要嗎？」他問道，舉起了酒瓶。蘿拉傾身，讓他幫她倒滿。她覺得他好美，沐浴在火光中。他站起來伸個懶腰，走向那堆他稍早去撿來的漂流木，潔西卡也幫了忙。

「你沒問我。」

「問妳什麼？」他說，在木頭堆裡翻找，選中了一塊平扁的木頭，被海水漂白了。

「我要不要孩子？」

「我猜妳會要。」他笑嘻嘻地說，把木頭丟進火裡。

「我當然要。」

「這麼說吧。等我取得了律師資格，那時我們再來考慮生孩子。」他輕聲笑著說。

蘿拉望著大海。他是用開玩笑的方式說的，但是他是認真的。

來到這處隱密的小海灣時，潔西卡雖然搞不清狀況，卻很興奮看到露營車，看到海灣被陽光照射得波光粼粼。高爾半島美得令人屏息，而這個小海灣本身就像天堂：無邊的草地和石南，間而有岩石露頭，下坡就是遼闊的沙灘，陽光在遠處的海面上閃爍，濕沙子上佈滿了一窪窪被岩石圈起的水池。

「我們可以抓螃蟹和海星嗎？」潔西卡笑嘻嘻地說，露出快樂的表情，剛掉了第一顆乳牙的嘴巴張開著。

「當然可以啊。妳跟奧斯卡下去，我去把露營車整理得舒舒服服的。」蘿拉說。

她想要一切都完美無瑕，所以潔西卡和奧斯卡兩人帶著一支綠色小網子到海灘去時，蘿拉快手快腳把露營車弄成舒服的家。她為潔西卡在露營車的前部鋪了張小床，就在車窗下，讓她能看到大海，晚上抬頭就看得到星星。她把她最愛的泰迪熊放進被子下。

奧斯卡是從旅遊書背面的廣告上租的露營車，而身為一個喜歡舒適的女人，蘿拉很高興聽到露營車有電。不過，等他們帶著在附近買的冰淇淋和冷凍牛肉堡抵達後，他們才發現電力供應靠的是一台很吵的汽油發電機，一發動就什麼浪漫氣氛全打破了。不過在露營車外噪音倒是沒那麼大。

蘿拉整理停當之後，露營車看來很是溫馨，她私心期待晚上的相依相偎。她挺直腰，撥開眼睛前的頭髮，看著窗外。奧斯卡和潔西卡光腳走在沙子上，往一個水池亂戳。她尖叫著跳開，咯咯笑，舉起網子，裡面有一隻大螃蟹……蘿拉微笑。然後她注意到潔西卡仍穿著那件派對洋裝，一絲罪惡感爬上心頭。

她會需要衣服，她真後悔沒幫潔西卡收拾一點東西，但是她不想讓她母親發現，破壞了整個計畫。

蘿拉跟父母親謊稱她和奧斯卡八月六日要去露營，她也騙了奧斯卡說她父母知道他們要帶著潔西卡。說謊並不會使她不安，使她不安的是她帶走潔西卡的方式。

帶走是正確的字眼嗎？去接她比較對。他們在七日下午開車到他們家，等在外面接走潔西卡。

蘿拉知道她兩點得去參加朋友的生日派對，她是個獨立的小東西，會想自己去，像個長大的女孩。所以潔西卡出現在車道頂時，蘿拉就在等候，端坐在引擎蓋上假裝一派輕鬆，而奧斯卡則坐在汽車裡研究地圖。

「哈囉！大驚喜！」蘿拉喊道。

「妳不是去玩了？」潔西卡說，小跑步過來，一面緊緊抓著臂下的小禮物。

「我幫妳準備了一個驚喜。我們要去海邊！」

「可是我要去派對……」

「喔，可是這個會更好玩喔。我們可以在海裡游泳，吃冰淇淋，蓋沙堡。而且我們要住在海灘旁的露營車裡。我們可以看夕陽，而且早上一醒我們就可以到海邊去，可以看日出……」

蘿拉盡量不讓焦慮滲入聲音之中。

「媽咪知道嗎？」潔西卡問道，把禮物換到另一邊。

「當然知道啊！我跟她說我要給妳一個驚喜。請妳好好玩一次。妳可以把禮物留著等我們回來後再給凱莉。我已經跟她說妳不會去派對了，她沒關係。這是一次很特別的旅行……我們今天晚上要在海邊燒好大一堆營火，烤棉花糖。」

潔西卡終於同意了，而且變得非常興奮。她爬上了車，奧斯卡轉頭來跟她嘻嘻笑，他們就上路了。

誰也沒看見。

我沒有綁架她，我是她母親，蘿拉在腦海裡不斷重複。他們明天會到斯旺西幫潔西卡買點衣服，小事一樁。最重要的是她跟女兒可以整整一個星期在一起，而且她可以當她的母親，一個她被否決掉的角色，害得她這麼多年來一直內疚不安。

蘿拉一個月前回校念書時，她對潔西卡懷有的強烈母性又回來了。她渴望和女兒在夏天共度更多時光。蘿拉在某天下午沒有別人在家時提出了這個話題，她到屋子後部的洗衣間去找瑪麗安，問她第二天是否能帶潔西卡到倫敦去。

「不行！妳得放下，」瑪麗安惡聲惡氣地說，把乾淨衣服從滾筒烘衣機裡拉出來。「她很快樂，要是有誰要帶她出去，那就是她的母親，妳是不是忘了，她的母親是我！」

「才不是。」

「是，我就是，」瑪麗安咆哮著說。「妳老抱怨什麼看不到她，可妳其實非常滿意這些年來可以利用這份自由，成天不在家，跟男生鬼混……」

「我沒有……」

「潔西卡比妳墮落的年紀只不過小了幾歲，可是她不會跟妳犯同樣的愚蠢錯誤。妳比妓女好不到哪兒去。我本以為只是一次犯錯，不會有第二次了，可妳這些年來的行為讓我知道妳就是邪惡。」

「妳的意思就是潔西卡是個錯誤！既然是我犯了一個錯，那潔西卡就是那個錯！」

瑪麗安轉過身，眼中燃燒著真正的怒火，摑了她一巴掌。她被打得後退跌倒，頭撞到洗衣室門的邊緣。她震驚地躺在地上一會兒，伸手摸頭，拿開手後發現有血。她看著她母親，她漠不關心，又回頭去弄衣服，而且還在哼歌，真的是哼著歌把衣服從烘衣機裡拿出來。

就在那時蘿拉決定要帶著潔西卡去和奧斯卡露營。她騙瑪麗安說八月六日要去，其實他們計畫是遲一天出發。

她也沒有向奧斯卡吐實。他以為她的父母知道潔西卡要和他們一塊去，所以不需要多費唇舌他就同意了。他喜歡小孩。

沙灘上一片漆黑，就在營火邊，奧斯卡和蘿拉躺在柔軟的乾沙子上，腳邊營火嗶剝，空氣清新，充滿了海洋的味道，遠處海浪翻湧。

他一條手臂懶洋洋地掛在她的脖子上，她感覺到他的手開始在她的肩膀上移動，鑽進了她的上衣領口底下。

「什麼聲音？」蘿拉說，從他的胳臂底下溜出來，坐直了。

「嗄？我什麼也沒聽到，」他說，把她拉回去。「來嘛，我真的很想在這片沙灘上跟妳做……這裡又沒有人。」

「潔西卡，她在露營車裡；燈滅了。」蘿拉說，指著遠處。

他看到露營車黑魆魆的。「沒事，發電機不動了。可能是沒汽油了。」

「可是她怕黑，她一個人在黑暗裡！」蘿拉說，站起來找鞋子。

「沒事，她可能睡熟了。一整天在海邊玩，她累壞了……」

「我們一開始就不應該讓她一個人在裡面的！」蘿拉大吼。

奧斯卡舉高雙手。「嘿，又不是我的錯，沒事的啦。要是她害怕，她早就跑來找我們了。妳不是還叫她把門鎖好嗎。」奧斯卡說，掏出口袋裡的鑰匙。

「少自以為聰明了。我要回去。」蘿拉說。她這時已經穿上了兩隻鞋子，正大步爬上小步道往露營車的方向走去。

奧斯卡匆匆追上來，來到了車前，他把鑰匙插進鎖孔。

「發電機真的臭死了。」蘿拉說。

「是廢氣。」奧斯卡說。他打開露營車的門之後，臭味更重了，而且還有濃煙竄出。

78

愛芮卡和摩斯驚駭地聽著蘿拉敘說。

「露營車裡瀰漫著濃煙和廢氣……不知道是我們哪一個把發電機換了位置，因為外面的土地不平坦，我們不想讓它翻覆，或是被風吹倒。但是我們沒發覺我們把它搬到了露營車前側靠近出風口的地方，正好就是潔西卡床鋪的對面。她被鎖在車裡，窗戶也關著，而露營車充滿了廢氣。

「奧斯卡把門窗都打開了，想讓空氣流通，我去看潔西卡……她動也不動。她仍躺在被子底下，皮膚變成了紫灰色，已經死了。」

漫長的停頓。律師摘下了眼鏡，擦拭眼淚。

「所以是意外？」愛芮卡問，覺得匪夷所思。

「對。我們應該去查看她的，我應該要檢查通風口和窗子這些東西的。」

「後來呢？」摩斯問道。

「我們都嚇壞了。我們想不起來是誰搬動發電機的。我以為是奧斯卡，他以為是我……這時我才告訴他潔西卡是我的女兒。他開始說什麼綁架、殺人罪，說是他簽了露營車的租約的，他還簽了一份使用發電機的法律文件。他說他是個年輕的黑人，正要踏上前景光明的司法生涯……

『妳知道司法體系是怎麼對待年輕黑人的嗎？』他一直又喊又叫。

「後來我把潔西卡抱起來，一路跑到海邊，坐在沙灘上抱著她一整夜。就只是抱著她。她這麼美……奧斯卡沒有跟上來。接下來我只記得天亮了，我聽到汽車發動。奧斯卡開車走了，過了一會兒他回來了，說他去了幾哩外的露營用品店，新聞上說潔西卡被綁架了，他因為我騙了他更害怕。」

「然後你們怎麼做？」愛芮卡問道，幾乎不敢再聽下去。

「我們埋葬了她……我們埋葬了我的女兒……我們挖了個洞，把她放進去。在一棵樹下，她可以看到大海。我們太害怕了。奧斯卡威脅我，我又一夜沒睡……」

就在這時她崩潰了。愛芮卡繞過桌子去抱住蘿拉，同時看著摩斯，看見她的眼裡也有淚。蘿拉盡量鎮定下來，把愛芮卡推開。

「奧斯卡總算不再那麼擔心了。我們回到布羅姆利，他把事情埋進心底，可是我卻忘不了這個可怕的秘密。我像被壓在一塊大石頭底下，想著我丟下了我的女兒……我的潔西卡。妳們知道最恐怖的地方在哪裡嗎？我很高興能瞞著我母親。那個臭女人搶走了我的女兒，現在她也知道滋味了吧！她可以下地獄去！」蘿拉大吼，一巴掌打在桌上。「我恨她！」

「那潔西卡既然是埋在幾百哩外，為什麼又會跑到海斯採石場的水底？」摩斯問道。

「我快瘋了，警察在找她，然後他們逮捕了崔佛．馬克斯曼，這簡直就是天上掉下來的禮物。他是個戀童癖；我很高興讓他來為潔西卡的死揹黑鍋……可是我受不了她孤伶伶的一個人，埋在那麼遠的地方。我做了一件我根本不應該做的事情，我寫信給蓋瑞。我覺得他有權知道……

我給蓋瑞寫了一封信。」

「蓋瑞・歐瑞利？潔西卡的父親？」

蘿拉點頭。「我要他打電話給我。我們說上了話，他說他會到倫敦來看朋友，之後就要派駐到伊拉克了。我去了他的飯店，在那裡過夜，把一切都告訴了他。我以為他會很生氣，可是我不能不說。他是潔西卡的父親。」

「結果呢？」

「結果是我明白了他是多變態的一個混蛋。妳們知道他聽到什麼更有興趣嗎？一個新進律師也捲入了，奧斯卡正要成為一位新銳律師……他逼我說出了奧斯卡的電話號碼，說他會處理……」

「那他處理了嗎？」

「他之後告訴我都處理好了，說她在採石場裡。」

「那巴伯・簡寧思，那個竊佔了村舍的人呢？」

「蓋瑞跟我說他們被看到了，不過已經解決了。他叫我乖乖閉嘴，這樣的話，我還可以繼續過日子，有個將來。」

「巴伯・簡寧思不該死。他是被佈置成上吊自殺的。」摩斯說。

時鐘滴答，打破寂靜。

「我以前偶爾會去那邊，」蘿拉說。「她在那裡讓我覺得安慰。我從沒和家人說過，我先生，或是我的朋友。我把它鎖在外面。活在謊言裡它會變得非常模糊粗糙，你差不多會相信是真的，直到你們又找到了她，在我心裡，她是在出門去參加派對的那天下午失蹤的。」

「那麼蓋瑞為什麼又出現，蘿拉？」愛芮卡問道。

「奧斯卡，都是奧斯卡。妳們也看見他今天的成就了，一位頂尖律師。有傳言說他會當上法官。」

「他為什麼要這麼做？」

「潔西卡死了幾年後，蓋瑞惹上了麻煩，被控殺人未遂，他逼奧斯卡為他辯護。我不知道他是怎麼做的，不過奧斯卡讓他無罪釋放了，然後他們就開始了這種不正常的……關係。權力使得奧斯卡越來越貪腐，蓋瑞變成了他的打手，他幹骯髒活。所以潔西卡被找到之後，奧斯卡就叫蓋瑞幫他取得辦案的進度……」

「後來亞曼達．貝克即將挖掘出真相了，他就佈置成她自殺的樣子，可是她已經告訴克勞佛偵查員了，所以他也得死，而且她也準備要告訴我，不是嗎？」愛芮卡說。

蘿拉抬頭看她，眼中盛滿了那麼多的悲傷與自厭。「本來應該弄成入室盜竊的，妳驚嚇了竊賊，他失手殺了妳。」

「我妹妹在家裡，還有兩個年幼的孩子和一個嬰兒。你們為了守住秘密還有什麼做不出來的嗎……？你們真以為可以躲得掉？」

「我們就躲了二十六年。」蘿拉說。

愛芮卡和摩斯向後坐，對蘿拉的憐憫煙消雲散了。

「妳知道蓋瑞．歐瑞利的目的地嗎？」摩斯問道。「他今天搭上了往巴黎的歐洲之星。」

「他老是說有一天他會走……帶上屬於他的東西，而且他會有足夠的錢讓他消失在人海裡。」

「說清楚一點。」愛芮卡說。

「他說到摩洛哥。」

「為什麼是摩洛哥？」摩斯問道，眼睛瞟向愛芮卡。

「它和英國沒有引渡條約。」蘿拉說。

79

蓋瑞搭上歐洲之星已經六個小時了，他變得焦躁了起來。他查看手錶，綠色的田野向後飛馳，田園風光中終於出現了第一抹的建築物。

七分鐘。七分鐘後他們會抵達馬賽的聖查爾斯站。他感覺到一條腿抵著他的，抬頭看著對面那個褐眼男。他很瘦，五官分明，嘴唇上有穿環。他叫皮耶，那種普通的法國派頭幾乎惹出他的嘲笑來，「巴黎來的皮耶」，但是一回想起他們在擁擠的廁所是如何相遇的，笑聲被窒塞了。他過去也和男人打情罵俏過；甚至還在喝醉時吻過幾個，只是好玩。但是真要說到性，他覺得噁心憤怒。皮耶卻很享受，彎著腰在噁心的洗手台上……一腳踩著馬桶；蓋瑞越是用力戳刺，他越是享受。

「我的飯店和車站很近。」皮耶說，大腿在桌上緊緊貼著他的。

「行。」蓋瑞笑著說。他認為和皮耶手牽手一起出站會是個很好的掩飾，而且他們的穿著也很體面。蓋瑞希望他能夠甩掉這個小子而不至於鬧出什麼事來。

馬賽有艘漁船正在港口等他。朋友的朋友欠了他人情，會把他從馬賽的海運碼頭載送過地中海，到摩洛哥的首都拉巴特去；嗯，看來渡海可能會既漫長又顛簸，但至少能夠神不知鬼不覺地抵達，不引起注意。

他又看了一次手錶。四分鐘。他應該搭飛機的，他心裡想，但如果他們要抓他，那麼機場海關可能就是第一個會提高警覺的單位。

建築物變得稠密，火車接近馬賽市中心了。夜幕降臨，接著車站的巨型玻璃屋頂出現了，被燈光照耀得光芒萬丈。

皮耶微笑，從座位上站起來，把袋子從頭頂上的置物架拿下來，再微笑著把蓋瑞的袋子拿給他。

「我喜歡。」他哼唱著說。

蓋瑞笑嘻嘻地點頭。這句話好像是皮耶學會的常用英語之一，整趟旅程用個不停：描述他的三明治，一朵像兔子的雲，座椅的顏色，在蓋瑞狠狠肏他時不斷重複，彎著身體在洗手台上，頭頂著自動烘手機。

蓋瑞站起來，走向車廂盡頭。火車現在行駛在大型玻璃頂罩下，旁邊的月台漸漸慢下來。蓋瑞從車窗往外看，除了零零星星的通勤族之外，沒有警察。

兩人下了火車，迎面而來的是地中海吹來的暖風。

「法國萬歲。」皮耶以法語笑嘻嘻地說，褐眼發亮。他牽起蓋瑞的手，兩人沿著月台前行，走入入境大廳。弧形的玻璃屋頂展現的是漸暗的天空：深藍色的，第一批星光閃閃爍爍。

他們似乎走了很久很久才穿過大理石大廳，經過了一面龐大的列車時刻表電子顯示屏，一名穿著優雅的女子抱著貴賓犬，兩個年輕人死盯著蘋果手機。

「要搭計程車到我那兒嗎？」皮耶問道。

「好啊。」蓋瑞說。出口越來越近，他的眼睛瞟來瞟去。

「你不喜歡？」皮耶問道。

「我喜歡……」

兩人站到馬路上，蓋瑞終於放鬆了下來。一個人也沒有，只有車輛，各自忙著奔赴前程。他們走向計程車等候處，蓋瑞停下來，轉頭看皮耶，正要說這一路很愉快，不過我得走了，突然聽見一聲喊，一群憲兵從兩輛運輸車中湧出，兩輛車堵死了計程車等候處的前後兩端。他們一擁而上——個個端著槍。沒有時間抵抗或是移動，蓋瑞就被壓制在地上，皮耶也是，他開始以法語高聲叫嚷，蓋瑞一句也聽不懂。

蓋瑞感覺到一支槍抵著他的臉頰，他被一隻腳踩住，踩他的憲兵短小精幹，留著整齊的小八字鬍。

「蓋瑞．歐瑞利？**蓋瑞．歐瑞利**！」他大聲說，踩得更用力。

「對。」蓋瑞氣呼呼地說。

「你有一張逮捕令，你似乎是他們說的英國雜碎，一個殺人的英國雜碎。」

「我是愛爾蘭人，你他媽的法國雜碎！」他說，吸進了一口塵土。

「無所謂。你還是被捕了。」

蓋瑞被拉起來，推進一輛警車的後面，車門關上時他看到的最後一眼是皮耶，正跟一名憲兵忙著談話，並且拎起了他裝著三萬五千歐元的袋子。

80

蓋瑞在馬賽火車站外吃土的同一時間，奧斯卡・布朗王室法律顧問坐在剛毅法律事務所的辦公室裡，眺望著倫敦。天色變暗了，雨滴敲打著落地窗。

他拿起電話，打給蘿拉，被直接轉入語音信箱。他摜下電話，又開始來回踱步，覺得汗水連同恐懼在背上爬。他離開埃芳岱爾路時看到警察，登時慌了手腳。他詛咒自己犯了致命的錯誤。

他終於恢復了理性，開著車繞了幾小時，讓他驚恐的是，他錯過了出庭。

他猜他的辦公室很安全，他需要地方思考。他跟秘書說要回家，通知了樓下的櫃檯無論如何都不要打擾他……這是一個半小時前的事。

寂靜讓他不安……不，他車子開得飛快；沒有被追逐，而且也是他生涯首次錯過了出庭。

可是蘿拉呢？蓋瑞呢？

電郵通知響起，他轉回去辦公桌。他不認得電郵地址，但是卻有主旨：「一個關心的公民」

他點開來讀，驚恐交加。

奧斯卡，

你的下流生意的所有檔案都在今天下午寄給了倫敦警察廳的大佬。以及我對潔西卡・柯林斯所知的一切。

要是條子有乖乖辦事，那他們隨時都會上門來拜訪你。

我就用掰了來結束吧。

我一向就說我會像一陣煙一樣消失。

蓋瑞

奧斯卡真的開始流汗了。接著他的電話響了。他一把抄起來。

「什麼事，我說過不准打擾——」

「我知道你說過不准打擾，律師，可是有一群警察正要上樓去；他們不聽我的……我看過他們的警徽和……」

他的手臂虛脫了，話筒掉了下去。他看著他太太和兩個孩子的照片，又環顧辦公室，他一手打造的生涯。

對開門被撞開，佛斯特偵緝總督察和彼得森偵緝督察以及三名警員站在門口，尚未開口，奧斯卡就抓起皮包、鑰匙、手機，衝向右邊的門，鎖上了。

愛芮卡衝過去用拳頭捶門。

「開門，奧斯卡，結束了。我們什麼都知道了。我們和蘿拉談過了。她現在被拘押在警局裡……蓋瑞・歐瑞利也因謀殺巴伯・簡寧思、亞曼達・貝克以及克勞佛偵查員被捕了。」她又捶打門。「奧斯卡，你每拖延一分鐘你的未來就會越悽慘。」

秘書跟著衝進來，上氣不接下氣。

「這扇門通向哪裡？」愛芮卡質問道。

「呃，我——」

「哪裡？」

「是一間小浴室，一間小套房，有更衣區……還有一個小陽台。」她說。

愛芮卡看著一名警員，向他點頭。他上前來，用力一撞，門應聲而開。他們走入一間高雅的浴室，再過去是一扇門，門後有個小房間，有洗手台、冰箱、一套矮沙發、落地窗。通往陽台的門打開著，在風雨中搖擺。

他們走上陽台，愛芮卡越過邊緣往下看。摔下去的話一定沒命，馬路在十三層樓之下，大雨一片片灑下來。他們抬頭望，看到一架有護環的鐵梯架設在陽台的後牆上，可以向上再爬兩層樓。奧斯卡正在半途上，朝屋頂攀爬。

「喔，我最恨高的地方了。」愛芮卡說。

她看著彼得森，兩人就往樓梯跑；她先把自己拉上去，彼得森在後。

一名警員也跟著彼得森，另一名和秘書待在原地。

「他快到屋頂了。」愛芮卡大吼，想要加快速度，但是黑皮鞋的鞋底太滑，她得小心翼翼；尖峰時刻的交通在底下延伸，像一條燈光地毯。劈啪一聲，閃電照亮了夜空。

「來得還真是時候，我們在摩天大樓的樓頂上爬鐵梯，偏偏又是閃電又是打雷！」彼得森大聲喊道。

「這不是摩天大樓，是辦公室大樓。」愛芮卡往下對著他喊。

「反正都他媽的太高了！」他喊回來。

她瞧了彼得森一秒，看到他身下的馬路。她把眼睛上的雨水眨掉，轉回頭，盡力不讓雙手雙腿發抖。

奧斯卡到了鐵梯頂端，攀上了屋頂，消失在視線外。愛芮卡奮起直追，幾分鐘後，她也爬到了鐵梯頂端，翻過了水泥屋簷，上了屋頂平台。

奧斯卡癱倒在中央的一處逃生口旁，一看到愛芮卡就站了起來。

「奧斯卡，結束了。」她說。彼得森也上來了，最後是那名警員。

「拜託，老兄，」彼得森說。「你是想要去哪裡？我們都知道了，潔西卡死在露營車裡，你和蓋瑞的事，投降吧，跟我們走。」

「你跟我稱兄道弟？」奧斯卡咆哮著說。「你以為我們都是黑人我就會投降，因為我們是一夥的？」

「對，因為我們都一樣笨。」彼得森說。

忽然間，奧斯卡越過了平滑的柏油地面，跑向屋頂對面，一隻腳踩上女兒牆。

「不要！」愛芮卡說，跟彼得森向他靠近。

「我的人生完了！」他大聲吼。「我還有什麼好期望的？」

「你還有老婆孩子！」彼得森說。

彼得森說話時，奧斯卡的肩膀垮了下來。「我的老婆孩子，」他說，低著頭好一會兒，擦掉眼淚。「我的孩子……」

「拜託，跟我們走。」愛芮卡說，一吋吋靠近，伸出了手。

「我不是故意要這樣子的，」奧斯卡大喊，壓過雨聲和雷聲。「我知道聽起來很老套，可是我不是……我不是殺人犯。事情就、就是控制不住了。」

他看著底下，把腳放了下來，轉過去面對他們。

「好吧，」他說。「好吧。」

「對，對，走到這邊來。」愛芮卡說。那名警員伸手到後面去拿手銬。

說時遲那時快，奧斯卡抓住了女兒牆，把自己撐上去，伸開胳臂站在上面。

「我的老婆和孩子，跟他們說對不起，跟他們說我愛他們。」他說。接著就向前俯身，跳了下去。

「要命！不要！」愛芮卡大吼。他們衝向屋頂的女兒牆，俯瞰底下的馬路。

交通停頓了，喇叭聲此起彼落，接著是隱約一聲尖叫。底下，他們看到奧斯卡·布朗的小小身形躺在馬路上。

尾聲

兩星期後

愛芮卡、摩斯和彼得森從貴橡公園裡的教堂走出來，燦爛的陽光灑在身上。現在是十二月初，今天晴朗美麗，空氣清爽，天空一片湛藍。

這是他們今天參加的第二場葬禮了。第一場在布羅姆利，是克勞佛的。他們剛發現他的名字叫戴斯蒙，而且在他和妻子分居之前他養烏龜。出席的人不多，但儘管人數稀少，他的葬禮仍備極哀榮。

葉爾警司致悼詞，好幾次沒能描畫出克勞佛這個人。然後是克勞佛的女兒，最多不到十歲，走上聖壇，朗誦了一首詩。她母親和弟弟旁觀，默默傷心。

如果我明天會走，
絕不是永別，
因為我把心留給了你，
所以不要哭。

深刻在我心裡的愛，
會從星際照著你，
你會從天上感覺到，
而它會癒合傷痕。

這首詩的酸楚竟然深深觸動了愛芮卡，這麼年幼的孩子能夠用這樣一首小詩表達如此深厚的情感，讓她感觸良多。

第二場葬禮的氣氛比較活潑。貴橡公園裡的教堂美麗，儀式也較活潑。他們唱〈一切美麗光明物〉（*All Things Bright and Beautiful*），風琴伴奏，曲終仍縈繞在愛芮卡的心頭。

亞曼達．貝克的人緣比他們預料中要好，她的葬禮召來了大批老友和同事。愛芮卡看到已卸任的歐克利助理總監也出席了，滿感動的，但他仍然和以前一樣油滑；他的繼任人凱蜜拉．布雷斯－寇斯沃利也出席了，發表了一篇感人的悼詞，滿讓人發噱的。她最後說：「亞曼達．貝克和倫敦警察廳有甘苦參半的淵源，但不幸的是，她最輝煌的時刻是在她英年早逝的前一刻才到來的。多虧了亞曼達始終不放棄潔西卡．柯林斯案，即使其他人覺得已經是毫無希望了。她繼續追查，繼續提問，最後，她把突破點傳送了出來，最終破了案。我想公開向亞曼達致謝，感謝她多年來在倫敦警察廳的服務。」

緊接著是一陣掌聲，愛芮卡看著教堂前方的棺材，心裡想著亞曼達一定無比的驕傲。

葬禮之後，愛芮卡、摩斯、彼得森穿過墓園到下方的馬路。

「嘜，什麼案子喔，」摩斯說。「三個死人，一個自殺，全都為了掩蓋潔西卡．柯林斯的死。他們為什麼不直接去自首？」

「他們嚇慌了，」彼得森說。「然後恐懼發酵，讓他們做出了連做夢也想不到的事情。」

「真是太可惜了。」愛芮卡說。

三人穿過柵門，走到馬路上，很意外看到托比．柯林斯和坦維爾在等他們。兩人都是一身黑套裝，托比還握著一小束紅色康乃馨。他的樣子好年輕、好脆弱。

「嗨。」他笑得很心虛。

「嗨，托比，」愛芮卡說。「你有點遲到了，你錯過了儀式。」

「沒有，我覺得我去參加不太合適。不過我們帶了花來……」他越說越小聲，最後句子懸在半空中。「我真的不知道，」他又說，眼中含淚。「我怎麼會這麼笨？我姊姊會怎麼樣？」

愛芮卡、摩斯、彼得森互看了一眼。

「我不知道，」愛芮卡說。「要由法官決定。我們把她的說法都記錄下來了，很顯然，一開始潔西卡是意外死亡。但她事後和蓋瑞做的事就得由法院來斷定了。」

托比點頭。「我失去了全家人。我現在只有坦了，」他說。坦維爾伸手握住了托比的手。

「我母親仍然在精神病院……情況不太好。爸只會把頭埋在沙子裡，帶著他的新家庭回西班牙了……蘿拉在霍洛威監獄，等著開庭。我得等上兩個星期才能看到她，可我不知道想不想見她。」

「你爸必須要回來，我們也想要跟他談一談。」

托比點頭。「我現在該怎麼辦？」他問道，殷切地盯著愛芮卡，害她說不出話來。

「家人是沒得選擇的。只能緊緊抓住彼此，別放手。」摩斯說，按住他的肩膀。

「好，我們會。謝謝妳。」他說。

他們看著坦維爾和托比離開，向地鐵站而去。

有人瘋狂按喇叭，愛芮卡的車子逆向從十字路口衝出來。

「那是妳妹嗎？」摩斯問，定睛細看。「她知道她開錯邊了嗎？」

又一聲喇叭，一輛對向的汽車戛然急停，然後蓮卡車身一歪，回到了正確的車道上。

「她現在知道了。」愛芮卡說。

蓮卡在他們旁邊停車，搖下車窗。三人往裡看，雅庫布和凱若琳娜坐在後座，而伊娃則夾在他們中間的安全椅上。

「哈囉，各位！」蓮卡說，刻意強調英國腔。

摩斯和彼得森打招呼，向孩子們揮手。

「妳要去哪裡，老大？」摩斯說。

「布萊克西斯的冬季樂園。蓮卡再過兩天就要回家了，看來一切又恢復正常了。」愛芮卡說，翻了個白眼。

「妳會很難過他們走的。」摩斯說，看著彼得森，他正隔著車窗向雅庫布和凱若琳娜扮鬼臉，逗他們笑。

「對。」她微笑著說。蓮卡又按了喇叭，愛芮卡上車，又說：「再見，聖誕節一起喝酒。」

「打電話給我們。」彼得森說。

汽車飛射而出，來了個危險的急彎，穿越到另一條車道，這才又回到左線道。摩斯看著彼得森，他看著汽車消失在轉角。

「你知道她可能不會打電話給我們吧。」她說。

「也有可能會打。」

「你愛上她了，是不是，彼得森？」

他嘆口氣，點了頭。

「你這個可憐的傻瓜。來吧，我請你喝啤酒。」她說。

摩斯勾著他的手臂，兩人往最近的一家酒吧前進，尋找溫暖以及便宜的啤酒。

作者的話

首先，我想大大感激你們選了《黑水》。如果你們喜歡，我會很感激你們寫個短評，不用多長，幾個字就好，卻會很有作用，幫助新的讀者來第一次接觸我的書。

我在前兩本愛芮卡·佛斯特小說《冰裡的女孩》和《暗夜殺手》的後面都寫過我很樂意聽到你們的留言，而你們真的讓我好開心。哇！謝謝你們在我的網站、臉書和推特上寫的話——我有來自世界各地的留言，我好喜歡你們對我的小說的看法，還有讀者傳送給我的狗狗照片。我有兩隻馬爾濟斯犬，他們最愛認識新朋友了！

你們可以在我的臉書頁聯絡我，或是用Instagram、推特、Goodreads、我的網站：www.robertbryndaz.com。我每一則留言都會看，而且一定會回覆。

接下來還會有很多書，所以我希望你們會跟我一起奔馳！

羅伯·布林澤

附註：如果你想在我的新書上市時得到電郵通知，可以使用底下的連結加入我的寄件名單。你的電郵地址絕不會外洩，而且隨時都可以取消。

www.bookouture.com/robert-bryndza

謝辭

感謝奧利佛・羅德茲、娜塔莎・霍吉森、娜塔莉・巴特林、凱特・巴爾克以及神奇的Bookouture團隊。感謝金・納許、Bookouture的公關「宣傳家」以及「琴酒專家」在推廣我們的書上的種種努力。特別感謝克萊兒・波爾德，我出色無比的編輯兼犯罪夥伴，她總是以專業的指導幫我度過寫作的過程。

謝謝你，亨利・史德曼，又設計出精采的封面，也感謝蘿娜・丹寧森－韋金斯巡佐耐心地回答我所有關於打撈隊的問題，並且分享她執掌索塞克斯警察特殊搜尋組的故事和經驗。

特別感謝www.policeadvisor.co.uk的葛拉漢・巴特利前總警司提供了珍貴的司法程序的建議，確保了我在事實與虛構之間不至於逾矩。所有與事實不符之處都是我的自由發揮。

多謝LBLA的蘿蕾拉・貝里揮動魔法杖為愛芮卡・佛斯特系列在世界各地找到了家，現在已經有二十種語言的譯本，而且仍在增加中。

謝謝妳，我的婆婆薇兒卡，妳的炸雞總是在我和最後幾章纏鬥時出現。還有大大感謝我的先生揚以及瑞奇和蘿拉。沒有你們的愛和支持，我是不會有今天的。布林澤團隊萬歲！

最後，要感謝我的每一位美妙的讀者、每一個讀書會、讀書部落格以及書評。我總是這麼說，但我是真心的，口耳相傳是非常強大的，沒有你們的辛苦和熱情，沒有你們討論我的書，我的讀者不會這麼多。

Storytella 195

黑水

Dark Water

黑水 / 羅伯.布林澤作 ; 趙丕慧譯. -- 初版. -- 臺北市 : 春天出版國際文化有限公司, 2024.08
面 ; 公分. -- (Storytella ; 195)
譯自 : Dark Water
ISBN 978-957-741-829-6(平裝)

873.57 113003311

ISBN 978-957-741-829-6
Printed in Taiwan

作　者　羅伯・布林澤
譯　者　趙丕慧
總編輯　莊宜勳
主　編　鍾靈

出版者　春天出版國際文化有限公司
地　址　台北市大安區忠孝東路四段303號4樓之1
電　話　02-7733-4070
傳　眞　02-7733-4069
E－mail　bookspring@bookspring.com.tw
網　址　http://www.bookspring.com.tw
部落格　http://blog.pixnet.net/bookspring
郵政帳號　19705538
戶　名　春天出版國際文化有限公司
法律顧問　蕭顯忠律師事務所
出版日期　二〇二四年八月初版

定　價　460元

總經銷　楨德圖書事業有限公司
地　址　新北市新店區中興路二段196號8樓
電　話　02-8919-3186
傳　眞　02-8914-5524
香港總代理　一代匯集
地　址　九龍旺角塘尾道64號 龍駒企業大廈10 B&D室
電　話　852-2783-8102
傳　眞　852-2396-0050